Francesco Mario Oddasso

Il tocco del ragno

CAIRO

Dello stesso autore:

Gli occhi della farfalla
Il morso del cobra
L'astuzia del pipistrello
Il soffio della mantide

Questo romanzo è opera della fantasia. Nomi, personaggi, luoghi e avvenimenti sono il prodotto dell'immaginazione dell'autore o, se reali, sono utilizzati per conferire veridicità alla narrazione e quindi in modo fittizio. Ogni riferimento a fatti o persone viventi o scomparse è puramente casuale. Qualsiasi errore riguardante questioni legali o procedurali è imputabile esclusivamente all'autore stesso.

ISBN 978-88-309-0372-2
Prima edizione: ottobre 2023

IL TOCCO DEL RAGNO

A Paolo e Roberto, amici unici

1

Campagna della Tuscia, 18 aprile ore 23.30

Buio.

Solo due potenti e fastidiosi anabbaglianti trafiggevano i suoi occhi dallo specchietto retrovisore. Giovedì a quell'ora tarda l'autostrada Roma-Civitavecchia era quasi sgombra, ma chissà perché quell'automobile continuava a tallonarlo così da vicino.

Il sedile della Volkswagen T-Roc era comodo, piacevole, il volante docile, la musica a basso volume spandeva nelle sue orecchie le note di un sassofono, come morbido velluto: un vecchio pezzo del 1971 interpretato da Fausto Papetti, *Djamballa*, il dio serpente, una coinvolgente e suadente composizione del maestro Augusto Martelli.

Tutto contribuiva a rilassare Edoardo Colli.

Il computer di bordo segnalava una strada senza traffico. Lo svincolo di Monte Romano era oramai prossimo, ancora venti minuti al massimo e sarebbe arrivato finalmente a destinazione.

Non desiderava altro.

Le luci del cruscotto illuminavano di un giallo pallido il suo volto segnato dalla fatica. Qualche traccia di stanchezza gli gonfiava le palpebre, ma non era strano, vista l'impegnativa giornata passata al pronto soccorso. Un'automobile lo superò a velocità sostenuta, i suoi costanti centotrenta chilometri all'ora erano considerati dagli altri conducenti elemento ostativo al loro procedere. I fari dei veicoli, che sfrecciavano sulla carreggiata opposta della A12, si incuneavano nell'oscurità come fossero un sipario che si apriva e si richiudeva su di lui, obbligandolo a strizzare di continuo gli occhi per poter riprendere la concentrazione della guida, poi di nuovo il buio lo sommergeva nella sua immensa vastità.

Non aveva fretta.

La monotonia del viaggio piano piano concorreva a dissipare ogni residuo di angoscia e frustrazione per non essere riuscito a tenere in vita quel povero ragazzo che con la sua motocicletta era finito sotto il pianale ribassato del tram all'altezza del Circo Massimo. Il centauro aveva perso troppo sangue, il cuore non aveva retto. Nella mente di Edoardo era rimasto impresso il terrore della morte stampato in quei giovani occhi che imploravano disperatamente aiuto. Aiuto che lui, però, non era stato capace di dargli.

Nulla e nessuno era riuscito a cambiare il suo grado di tormento. Era depresso, pericoloso, distruttivo. Un nodo duro e doloroso di rabbia in gola lo aveva addirittura spinto, poco dopo, a fracassare con un pugno il vetro dell'armadietto dei medicinali situato nell'angusto studio che condivideva con la dottoressa Patrizia Giannini.

«Edoardo, cosa ti prende?» lo aveva ripreso duramente la sua collega, preoccupata per quell'assurdo scatto d'ira.

«Lasciami in pace, cazzo. Vattene!»

Un gesto di evidente contrarietà da parte della Giannini supplì all'esternazione vocale di qualsiasi vocabolo.

Trovatosi solo, Colli aveva gettato con stizza il camice verde sporco di chiazze rubine nel cesto dedicato agli indumenti da inviare in lavanderia, si era medicato frettolosamente le nocche delle mani frastagliate da diversi piccoli tagli provocati dalla sua furia, e se n'era andato via senza salutare nessuno, maledicendo il mondo intero. Al diavolo, ancora una volta si era trattenuto ben oltre la soglia del suo turno, ma lì al Policlinico Universitario Agostino Gemelli c'era purtroppo sempre molto da fare, non esisteva orario, e lui non sapeva dire di no alla sofferenza, che si presentava con disumana costanza alla porta.

La guida e la meta ora gli facevano da psicoterapeute. Stava sedimentando il tutto, la razionalità insita nella sua professione lo stava *demedicalizzando*, come se fosse stato un farmaco antidepressivo.

A mezzanotte, con grande sollievo, finalmente iniziava a sentirsi davvero meglio. Si era allentato il nodo doppio Windsor della cravatta e stava perfino considerando l'idea di fermarsi a sgranocchiare qualcosa nell'ultimo Autogrill prima dell'uscita, ma ci rinunciò, poiché non vedeva l'ora di arrivare.

Lei lo stava aspettando.

Vanessa, quella meravigliosa creatura dalla pelle vellutata e dagli aggrovigliati riccioli castani, di cui si era follemente innamorato. L'aveva incontrata a poca distanza da dove si trovava ora, sul lungomare di Marina Velca, felice e sorridente come una bimbetta delle elementari, che inseguiva a perdifiato i gabbiani.

Uscì dallo svincolo autostradale per imboccare la via Aurelia, ma prese la curva per immettersi nella statale a velocità un po' troppo elevata, pertanto sollevò leggermente il piede dall'acceleratore e, per stabilizzare sull'asfalto bagnato la T-Roc, diede contemporaneamente un impercettibile colpo di freni: una sbandata controllata degna del miglior pilota di rally. Non era proprio il caso di finire in un fosso a quell'ora!

Vide delle luci lampeggianti a bordo strada, a meno di un chilometro di distanza, che fendevano a intermittenza l'oscurità. Qualcuno in difficoltà? Mentre rallentava, si augurò che non si trattasse di un incidente, oggi non ne poteva proprio più di dover assolvere al giuramento di Ippocrate!

Un rumore improvviso si diffuse sordo nel buio: uno sparo?

Possibile, pensò, del resto il Reparto Supporti Logistici Poligono Monte Romano, unità atipica dell'Esercito Italiano, gestiva in questo territorio la più vasta area addestrativa dell'Italia centrale, circa sei ettari messi a disposizione per le esercitazioni militari in bianco o a fuoco in sezioni diurne e notturne. Che ci fossero in azione delle manovre di qualche reparto specialistico così tardi la notte nonostante il forte acquazzone che si era abbattuto poc'anzi?

Stranezze militari, elucubrò.

L'aria, diffusa e indistinta, ancora gravida di pioggia,

era spinta dal forte vento salmastro proveniente dal mare, distante appena una decina di chilometri. La stessa brezza umida che lo aveva colto di sorpresa poco dopo l'uscita di Civitavecchia Nord ora sembrava inseguirlo lentamente, ma con ostinazione, come se fosse un messaggio oscuro, una cattiva notizia impossibile da ignorare.

Una sensazione distorta lo molestava strisciante.

Sciocchezze, rimuginò.

Aguzzò la vista verso quel discontinuo bagliore arancione che squarciava la notte, inequivocabilmente le quattro frecce di un'automobile. La porta della piccola utilitaria, malamente parcheggiata sul lato della statale, sembrava essere aperta. La luce dell'abitacolo inquadrava debolmente una figura al posto di guida.

Uno stridio di pneumatici, un possente rombo di motore, e una moto prese il largo.

Stava succedendo qualcosa di strano.

Accelerò.

Accostò.

Scese.

A un tratto ebbe l'impressione di avanzare a tentoni nelle tenebre, si sentiva sperduto e incapace di afferrare la realtà, le mani gli sudavano. I folti capelli grigi gli si erano appiccicati sulla madida fronte. Guardò con sospetto gli alberi attorno a sé illuminati da una pallida luna affacciatasi tra le ultime nubi, che vorticavano in cielo ancora minacciose. Alberi che sembravano fatti di acciaio con i loro fitti rami intrecciati, quasi fusi l'uno con l'altro sotto l'influsso della forza magnetica del temporale appena placatosi. Come se fosse stato colpito da un improvviso fendente, un brivido gelido si impossessò di lui. Aveva la sensazione di camminare precariamente sull'orlo di un precipizio. Non poteva tornare indietro. Udiva solo un tetro silenzio, il silenzio della morte.

Due dita sulla giugulare della donna, seduta inerte sul sedile davanti, gli diedero la terribile conferma. Non c'era più nulla da fare.

2

Roma, 19 aprile ore 0.30

«Un colpo di arma da fuoco sulla tempia e l'arma serrata nella mano.»

«Gherardo, non è un suicidio!»

«Come fai a dirlo?»

«È una sensazione... e poi ho visto quella moto, quella Ducati...»

«Che Ducati?»

«Una Monster 797 blu, o forse era nera... Uhm, non ricordo bene il colore. Dicevo, la Ducati è schizzata via come un razzo, forse il centauro ha notato che mi stavo avvicinando per vedere cosa fosse successo e avrà avuto paura di essere compromesso...»

«... o era l'assassino che si dileguava in tutta fretta» conclusi al suo posto.

Ero al telefono con Edoardo da una ventina di minuti. Mi aveva chiamato svegliandomi. Mi stava raccontando l'accaduto con così tanti particolari che facevo fatica a seguirlo.

«Stai calmo, arrivo.»

Misi immediatamente in moto la macchina operativa, tra uno sbadiglio e l'altro di mia moglie Geneviève, che amorevolmente mi porgeva l'uniforme.

Denisi, il mio fedele braccio destro, mi venne a prelevare in un baleno, nel frattempo avevo spedito in loco un altro uomo della mia squadra, il vicebrigadiere Pierotti, mentre il tenente Donna e i suoi fedelissimi della Scientifica, il sottotenente Rosiello e il luogotenente Relotti, erano già stati sollecitati di recarsi immediatamente sul punto indicato dal dottor Edoardo Colli.

In pratica, in meno di quanto si potesse supporre il meglio del Nucleo Investigativo dei Carabinieri di Roma, sotto il comando del sottoscritto, il capitano Gherardo Petrone, era stato sensibilizzato a dovere.

Entravamo in azione.

3

Tarquinia, 19 aprile ore 8.00

«Non hai toccato nulla?»

«Se per nulla intendi che: uno, ho tenuto aperta la portiera dell'automobile con il fazzoletto che mi avete requisito come possibile prova incriminante nei miei confronti; due, ho appoggiato l'indice e il medio della mia mano destra sul collo di quella povera ragazza per capire se potessi fare qualcosa, be'... potrei dire, Gherardo... sì, non ho toccato nulla, proprio nulla.»

«Perfetto. Ora, Edoardo, fai un bel respiro, concentrati, e con calma ripetimi tutto quello che mi hai detto al telefono, tanto per avere un quadro completo del casino in cui ti sei andato a infilare.»

«Casino?»

«Sì, mio caro, ti sei infilato proprio in un bel ginepraio, infatti la vittima è stata identificata come l'attuale compagna dell'OF-4 Clyde James Braxstone, un vero pezzo da novanta delle forze NATO che sono di stanza a San Bartolomeo in quel di La Spezia, al Saclant

Undersea Research Centre, parte integrante del Supreme Allied Commander Atlantic.»

«Jodie Mayhem» sottolineò asettico Denisi, consultando il suo taccuino accuratamente conservato in una vissuta custodia di pelle nera.

Ci trovavamo nella piccola sala riunioni della caserma di Tarquinia.

Il comandante della sezione, il luogotenente Amilcare Lemina, ci aveva accolto con tutte le attenzioni del caso mettendosi a nostra completa disposizione.

Edoardo Colli, medico con specializzazione in chirurgia toracica, è un mio vecchio amico, con cui ho trascorso indimenticabili estati in Costa Azzurra, luogo natio della mia dolce consorte, madame Geneviève Cossè Brissac.

Lo avevamo incontrato per la prima volta in un torrido giorno di fine luglio sulla terrazza del Mayssa Beach di Villefranche-sur-Mer, praticamente già sbronzo alle undici e mezzo del mattino. Il suo ondeggiare verso l'uscita del locale ne era testimonianza assoluta. Cercava di tenersi in piedi in qualche modo impugnando a sostegno, passo dopo passo, le poltroncine del bar, sollevava a fatica il capo, spalancando le palpebre oltre misura per tentare di trovare il varco giusto al suo faticoso incedere. A un certo punto aveva ondeggiato oltre il lecito. Era incespicato sulle gambe di una sedia, aveva perso definitivamente l'equilibrio ed era rovinato di schianto tra la braccia di Geneviève.

«*Parbleu, monsieur, attention s'il vous plaît*!» aveva esclamato irritata mia moglie, tentando di togliersi di dosso quella puzzolente massa umana, che in maniera impacciata cercava di ritrovare la dignità perduta.

Pochi e confusi erano stati i vocaboli fuoriusciti dalla bocca impastata d'alcol di Edoardo, mentre una coppia di camerieri, che si sperticavano in scuse nei confronti della mia stizzita signora – termine eufemistico per indicare il suo reale stato d'animo –, avevano preso sotto la loro custodia il deprecabile ospite obbligandolo, con gentile fermezza, ad abbandonare immediatamente il locale, ordinandogli di non presentarsi mai più.

Con grande stupore, lo avevamo rivisto la sera stessa al bistrot La Mère Germaine, la nostra *étape incontournable*, sempre a Villefranche-sur-Mer.

«Una vera persecuzione è costui» ci eravamo sussurrati preoccupati, mentre il maître Bastien ci faceva accomodare al nostro solito tavolo, un separé appartato dove godere i ritmi pacati della vita del porto e gustare le delizie della cucina dello chef Jérôme, quando ecco che Edoardo si era alzato e, con un baciamano di altri tempi, si era presentato dicendo: «Atteggiamento più che discutibile, condotta inammissibile, comportamento assolutamente censurabile, un personaggio cui non dare mai alcuna udienza, ma dinanzi a cotanto charme non sono riuscito, questa mattina, a trattenere la mia arruffata e perniciosa rotta finendo per cadere, *parbleu*, tra le sue braccia. Voglia quindi, madame, accettare le mie più profonde e sentite scuse, e qualora avessi l'ardire di poter credere che ella e il suo nobile cavaliere possano concedermelo, mi farebbe un grato dono se potessi offrir loro un flûte di champagne e lavar di conseguenza l'onta concepita quest'oggi in sì maldestro, esecrabile atto».

L'immediata e spontanea risata di Geneviève di fronte alla scelta di quell'insieme di parole antiquate e barocche era stato il segnale che aveva permesso di trattenermi dall'essere indispettito da quello strano elemento, che pareva voler diventare attaccaticcio come la melassa, e quindi di frenarmi dal mandarlo platealmente a quel paese.

Da quel fatidico giorno di luglio di diversi anni fa, Edoardo aveva percorso insieme a noi i sentieri della più sincera e affettuosa amicizia.

In Geneviève aveva trovato il perfetto contraltare dove sfogare i dubbi, i sensi di colpa, i rimorsi esistenziali dovuti al suo rocambolesco divorzio. In seguito aveva iniziato a chiederle i suoi saggi pareri sui motivi per i quali le sue successive, plurime vicende amorose nascevano e si concludevano con la rapidità di un giro di valzer.

Nel sottoscritto, invece, aveva riconosciuto l'autorità sulla quale poter rilasciare e scaricare tutte le anomale situazioni di vita quotidiana, di cui veniva a conoscenza da pazienti e famigliari incontrati al Gemelli.

«Chiedo scusa per l'interruzione, ma ci sono di là un paio di signori che vorrebbero parlare assolutamente con te, Petrone, e hanno sottolineato perentoriamente *con te*» mi disse con aria corrucciata il luogotenente Lemina.

«Signori?»

«Be' dall'aria non mi sembrano propriamente dei civili. L'accento, le parole cadenzate con un non so che di inflessione anglosassone, il taglio dei capelli dell'uomo e la tipologia dell'abbigliamento, anche della donna, mi danno l'impressione che siano...»

«Americani» mi venne da rimarcare istintivamente.

«E se dovessi aggiungere altro, direi che manca poco che siano della CIA, dell'FBI o di qualche altro corpo di Polizia statunitense» aggiunse con una certa convinzione Lemina.

«Credenziali?»

«Muti. Vogliono te, stop. Altrimenti girano i tacchi, mi hanno detto. Aggiungendo poi, sempre con estrema grazia – si fa per dire naturalmente –, che sarebbero stati cazzi nostri con chi di dovere.»

«Insomma, due simpaticoni, espressione di un film in lingua originale, *Chalcatongo Mixtec*, senza i sottotitoli in italiano.»

«Un vera goduria!» replicò con un sorrisetto sarcastico Lemina.

«Vai pure a sentire cosa vogliono quei tizi, Gherardo» mi disse con tono comprensivo Edoardo. «Io aspetto qui, non ho fretta, sorseggio il caffè, sgranocchio questi biscottini al cioccolato, che il tuo collega mi ha gentilmente offerto, e cerco di vedere se per caso mi viene in mente qualche altro particolare confabulando con il qui presente brigadiere Cosimo...»

«Denisi» gli rammentai.

«Sì, certo, Denisi» ripeté dandosi sulla fronte un buffetto con la mano.

Un veloce cenno di assenso e lo lasciai a lambiccarsi tra i suoi memo.

Volti contratti, sguardi freddi come il ghiaccio, stretta di mano salda e decisa, tipica di personalità dominanti, sicure di sé e razionali. Certamente personaggi di stampo militare.

«Agente John Ressler e agente speciale Savannah

Hartmann» mi disse gelida la donna in perfetto italiano.

«Capitano Gherardo Petrone» risposi impassibile in attesa di spiegazioni.

«Vorremmo parlare con l'indiziato.»

«Indiziato?»

«Doctor Colli.»

«Chi?»

«Doctor Colli.»

Facevo il finto tonto.

«Ripeto per l'ennesima volta, qualora, capitano Petrone, lei avesse seri problemi di udito» insistette con tono piuttosto ruvido Savannah Hartmann. «Doctor Colli, il dottor Edoardo Colli.»

Ero statuario come un bronzo di Riace.

«Il colonnello Frontini, il suo diretto superiore, il suo comandante in capo, tanto per non essere fraintesi» mi stava apostrofando ora con una certa asprezza quella simpaticona dell'agente speciale «ci ha comunicato da Roma che la persona ricercata da noi, e sopra nominata, di cui ripeto sempre per chiarezza il nome, il dottor Edoardo Colli, è in custodia presso questa caserma.»

Frontini?

Avevo sentito bene?

Certo che sì!

Era lui, sempre lui, fortissimamente lui in mezzo, come fosse prezzemolo!

Al nostro caro colonnello ovviamente non sarà parso vero di far la sua bella figura con gli alti papaveri del comando NATO spiattellando da subito, come la peggior comare di paese, quei pochi aggiornamenti di cui lo avevo reso edotto poche ore prima svegliandolo con irruente urgenza. Di conseguenza, nel suo pavoneggiarsi, come suo costume, aveva mollato al sottoscritto la patata bollente, senza aver avuto la decenza di concedermi un semplice preavviso.

Tipico!

La filiera dei Servizi di Intelligence americani, con la «S» maiuscola alla Superman, aveva già mobilitato chi di dovere del loro comando a sole otto ore dal ritrovamento del cadavere di Jodie Mayhem?

Domanda inutile, visto chi avevo davanti.

«Gherardo, mi è sovvenuto un piccolo... Ah già, scusa, mi ero dimenticato che avevi visite.»

Proprio un'entrata in scena da Edoardo. La meno indicata in quel preciso momento, e solo lui la poteva fare! Classico del suo essere inopportuno, di trovarsi sempre nel posto sbagliato nel momento sbagliato!

Denisi lo seguiva trotterellando a ruota ansimando e guardandomi sconsolato. Non era riuscito a bloccarlo in tempo, del resto Colli possiede l'argento vivo in corpo, e quando si mette in moto...

Un sorrisetto beffardo increspò le labbra dell'agente Ressler, mentre un indice alzato, ammonitore, mi additava il nuovo venuto.

«Ah, ciao» esclamai facendo schioccare il pollice e il medio della mano destra, a suggello della mia vacua affermazione. «Ciao, dottore, anche tu da queste parti?»

Edoardo mi guardò sconcertato, con occhi che parevano soffrire di orbitopatia tiroidea, così, prima che potesse controbattere combinando un'altra bella frittata, lo squadrai, bruciandolo con un'espressione in viso che era tutto un programma e dicendo: «Signori, vi presento con estremo piacere il mio carissimo amico, il dottor Edoardo Colli».

Capita l'antifona della gaffe appena fatta, con fare pacioso e un sorriso a trentadue denti strinse la mano ai due agenti con cotanto di pacca sulle spalle, come se fossero stati degli amici che non vedeva da secoli, mentre articolava un cameratesco: «Salve, gente!».

Lo stupore regnò sovrano tra i presenti.

«Bene, bene» continuò Edoardo, fregandosi le mani come se fosse stato colto da un colpo di freddo improvviso: «Che ne dite se, invece di stare qui in piedi a squadrarci come degli allocchi, non ci andiamo a prendere un vero espresso giù in piazza, all'Angolo del Caffè? Sapete, quello che offrono qui dentro è proprio una brodaglia!».

Edoardo accennò un passo verso l'uscita.

Gli agenti non si mossero di un millimetro. Erano addestrati alla perfezione, era chiaro, lo si intuiva dalle mosse che facevano e soprattutto da quelle che non facevano: nessun movimento sprecato, nulla di superfluo.

La cosa stava diventando sgradevole.

«Vi dispiace, signori» disse allora Edoardo, sfoderando una calma olimpica inimmaginabile, data la tensione del momento, «avrei bisogno di un minimo spazio per poter procedere e indicarvi la strada.»

Hartmann e Ressler in perfetta sincronia arretrarono di qualche centimetro come degli automi.

«Grazie, finalmente, ora c'è un po' più di *spazio* anche per respirare» bofonchiò a mezza voce Edoardo, indispettito dalla spinosa situazione creatasi. E lasciando tutti sul posto con un palmo di naso, se ne andò canticchiando alla maniera del mitico *The Voice* alias Frank Sinatra: «*I've lived a life that's full, I traveled each and every highway, and more, much more than this, I did it my way...*».

4

Roma, 19 aprile ore 9.00

Michele Matcovich si era fatto l'ennesima doccia.

Non riusciva a togliersi di dosso il profumo di lei.

Era uscita dalla stanza dell'albergo sbattendo violentemente la porta, inferocita come una tigre del Bengala, e lo aveva maledetto con quella sua cadenza strascicata tipica dello Stato del Texas.

Lui era rimasto per qualche istante stordito, immobilizzato sul letto a squadrare il soffitto bianco, infatti Jodie ce l'aveva fatta, finalmente, con sua grande soddisfazione, a legargli i polsi alla spalliera del letto in ferro battuto con due soffici nastri di seta rosso fuoco.

Fuoco, sì, il fuoco della smodata passione, del sesso dedito a limitare temporaneamente le capacità sensoriali per voler sempre di più, per giungere a toccare l'espressione massima dell'arte marziale giapponese dello *hojojutsu*.

Un'esperienza frastornante, che lo aveva fiaccato ben oltre ogni aspettativa.

Ripresosi dallo stordimento di quelle appassionate

ore senza freni e inibizioni, aveva deciso: l'avrebbe raggiunta in un attimo. Non poteva permettersi che fuggisse, che la loro relazione venisse cestinata in quella squallida maniera. Bastava dar sfogo alla potenza massima dei cavalli della Ducati e sarebbe stata di nuovo sua. Sapeva dove stava probabilmente andando. Si sarebbe rifugiata ancora una volta al Club Submarine, in quel finto night, un privé sui generis dove coppie di scambisti, ma anche di donne e di uomini single o delusi, apparentemente fedeli o in cerca di soldi, ritenevano di trovare le risposte di cui avevano assoluto bisogno. Tra le luci soffuse del locale, sprofondata sui morbidi divani completamente nuda, avrebbe pianto tra le braccia di qualcuno, o meglio fra il cazzo o i cazzi di qualcuno, e lui non poteva permettere che ciò accadesse. Non voleva guai, ma soprattutto il pensiero che quelle labbra potessero baciare altri uomini gli era intollerabile. Erano state sue e dovevano essere sue. L'idea di qualcuno che toccava la sua pelle morbida, che la stringeva, che la possedeva, era una gigantesca secchiata d'acqua gelida che gli piombava addosso. L'immagine di Jodie che guardava lasciva gli occhi di un uomo diverso da lui mentre raggiungeva l'orgasmo lo faceva fremere di una rabbia incontrollabile.

Avrebbe frantumato ogni oggetto di quell'anonima stanza d'albergo, ma si trattenne. Aveva deciso.

Doveva andare a riprenderla immediatamente e spiegarle che superare il confine ignoto di quei giochini, cui lei non riusciva a rinunciare, sarebbe stato molto pericoloso e poi... e poi lui la desiderava pazzamente, gli era impossibile togliersela dalla mente. Che se ne fosse innamorato? Cercò di scacciare quel pensiero, come se fosse stato il noioso ronzio di una zanzara in pieno inverno, ma non ci riusciva. Pazzesco! In fondo, non doveva fare altro che dirle: «Molla tutto, stai con me e 'fanculo a quello stronzo del tuo compagno ingessato, tutto uniforme e stellette!».

Non doveva finire così.

Si sentiva invecchiato di secoli.

Lui era un rivisitato Arsenio Lupin, il ladro gentiluomo, l'abile trasformista, amante delle donne, del gioco, del lusso e, ovviamente, del denaro. Sì, è vero, aveva toppato di brutto, non era rimasto freddo, distaccato, si era dimenticato di tutti i consigli del caso che aveva ricevuto dai suoi istruttori di un tempo. Era caduto come un dilettante in una foresta intricata di sentimenti e non era stato capace di divincolarsi. Già tempo addietro era scivolato in un simile tranello, ma quella volta era stato lui ad aver sbattuto la porta in faccia all'incredula Pernilla.

L'incarico che aveva ricevuto era molto semplice: doveva solo conquistare Jodie con il suo fascino e tendere la tela come il *Caerostris darwini*, il ragno corteccia di Darwin che tesse una rete potente e resistente con due tipi di fili: quelli appiccicosi, che servono per catturare le prede, e quelli sui quali lui invece si arrampica e, memore del disegno della trama che ha steso, può muoversi tranquillamente, come in una ritmata danza, senza restare impigliato. Doveva circuirla con dolce eleganza e farle capire che non aveva alcun senso stare insieme a quel pezzo imbalsamato di vecchia ferraglia di Braxstone per dare un perché alla sua vita dopo tutto ciò che aveva sopportato nello sperduto paesino sull'altopiano di Chihuahua in Texas, a Marfa – duemila anime o poco più, un solo bar, un solo semaforo, a sette ore di guida da Austin. Una volta tra le sue braccia, doveva convincerla a procurargli quello di cui aveva bisogno. E ci era riuscito, anche se aveva dovuto acconsentire a tutte quelle stranezze sessuali di cui lei andava fiera. Jodie era peggio di una strafatta di *Krokodil*. Lui si era reso disponibile e l'aveva assecondata solo perché doveva centrare l'obiettivo. Ce l'aveva fatta, si era divertito e aveva avuto quello che voleva. La chiavetta USB era nella tasca del giubbotto con tutti i segreti del nuovo *Hunter Killer*, il cosiddetto «Cacciatore Marino», l'ACTUV, l'Autonomous Continuous Trail Unmanned Vesse, la nave drone per il monitoraggio dei sottomarini nemici che la Marina statunitense aveva ricevuto da testare al Saclant.

Adesso, però, doveva riappropriarsi di lei.

Si era slegato i polsi in un lampo da quei fastidiosissimi nodi, si era vestito ancor più rapidamente: cellulare, casco, occhiali, guanti. Aveva infilato nella tasca del giubbotto le chiavi della motocicletta e... panico. La pistola e la chiavetta, dove cazzo erano?

«Sei un gran figlio di puttana. Ogni volta che voglio che tu mi faccia provare l'ebbrezza dell'*hogtie* mi dici di no.» Il tono di voce acre e due occhi che avrebbero squarciato il più duro acciaio non potevano presagire nulla di buono. «Non ti piaccio più. Dimmelo che non mi desideri più, altrimenti sei un fottuto contaballe! Fai un passo indietro e trovi le più assurde scuse dopo che ti sei divertito dentro di me. Non ti voglio più. *Fuck you*, non ti lascio nulla, mi riprendo tutto, anche *my gift for your birthday! I mean, you're an asshole!*»

Quelle parole schizzavano nella sua mente come biglie impazzite.

Si era portata via il suo dorato futuro, il *loro* dorato futuro: la chiavetta.

Gli aveva sottratto anche l'arma, ma per farne cosa?

Poi era successo quello che era successo.

Tutto troppo rapidamente.

Aveva guidato come un forsennato sotto un cielo di nuvole grigie, sinuose come lava raffreddata. Il vento giungeva dal mare portando con sé la polvere bagnata della campagna circostante in vorticose spirali, che poi depositava con indifferenza in terra.

Una folle corsa a tutto gas, incurante del traffico, e l'aveva raggiunta sull'Aurelia mentre si dirigeva, come previsto, verso nord. Con una manovra spericolata l'aveva costretta a fermarsi a bordo strada.

Avevano discusso lì, sul ciglio.

Parole grosse, pensieri peggiori.

Jodie non era nemmeno scesa dall'automobile. Era infuriata come non mai. Non le importava più nulla della loro relazione, lo avrebbe tranquillamente sostituito con qualcun altro di quei bei ragazzoni che frequentavano il Submarine, i quali non aspettavano che di poter godere della sua bellezza e delle sue stravaganti fantasie. Ne era sicura, non avrebbe avuto rimpianti. Un bel cazzo valeva un altro, purché la soddisfacesse come lei desiderava. Quello che invece la tormentava veramente era il rimorso per il furto dei dati sensibili che lui l'aveva spinta a fare. C'era cascata. Si era lasciata abbindolare. Doveva fare ammenda con Clyde, chiedergli scusa. Questo sì era il vero tradimento, non il sesso con lui o con chiunque altro.

Dal finestrino dell'automobile Jodie aveva guardato Matcovich con odio al pensiero di ciò che l'aveva costretta a fare. Se lui prima l'aveva posseduta con spregio, adesso a lei non pareva vero di averlo fottuto.

«Ti è piaciuto, prima, quando come una bestia assatanata ti sei tirato giù i pantaloni e mi hai fatto mettere in ginocchio?» Rideva isterica mentre gli vomitava addosso tutto il suo disprezzo. «Non ero pronta, ma a te non te ne fregava un bel niente, godevi come un porco a provocarmi sofferenza. Vedevo solo le tue mani davanti alle mie, le vene del dorso gonfie per la pressione dei tuoi spasmi. Mi hai violentata, e poi mi hai lasciato lì in terra, in un angolo, neanche fossi stata uno straccio bagnato. Non mi hai degnato di uno sguardo, ti sei alzato e... il tuo unico desiderio era quello di andare a fare la doccia.»

Silenzio.

Il silenzio della notte copriva i suoi pensieri a quel ricordo.

«Ti dava fastidio l'odore della mia fica sul tuo uccello?» gli aveva gridato fuori da ogni grazia di dio.

«Jodie, stai vaneggiando. Lo abbiamo già fatto in passato più di una volta, perché poi io...» aveva tentato una vana replica.

Lei lo aveva interrotto bruscamente: «Poi? Poi, dici? Già, poi sei tornato in te e tuo malgrado ti sei fatto finalmente legare al letto».

«Cosa cazzo stai blaterando?»

«*Shut up!* Taci!» gli aveva urlato Jodie.

Poi, con un brusco movimento, aveva tirato fuori la pistola dalla borsetta. La sua SIG-Sauer P320 era puntata su di lui. Lo aveva guardato con disprezzo e lo aveva minacciato di spifferare ogni cosa a Clyde se lui non si fosse tolto subito di torno. Doveva lasciarla andare. Si era pentita di quello che aveva fatto con lui e per lui. Era finita non lo voleva più, le faceva schifo.

Michele Matcovich non ci aveva visto più. Voleva quella chiavetta a tutti i costi. Improvvisamente, era ritornato a essere gelido, spietato, razionale. Una forza si era insinuata in modo reptatorio e avido nella sua pelle, come le zampe di un ragno. Le aveva bloccato la mano che teneva la pistola e...

Due fari anabbaglianti nella notte, una freccia a destra.

Chi cazzo era a quell'ora?

Non c'era tempo. Con frenesia aveva rovistato nella borsetta di Jodie... trovata! E via come un razzo con la sua Ducati.

Ora era seduto in terra con le spalle appoggiate al letto, osservava da una parte quella stramaledetta chiavetta, dall'altra il cellulare usa e getta che le aveva regalato per poter comunicare in piena libertà con lei.

Si sentiva una schifezza.

5

Roma, 19 aprile ore 15.00

I locali della Scientifica non rientravano fra i miei posti preferiti, non perché il tenente Alessandro Donna con i suoi ragazzi non mi fossero simpatici, ma era l'ambiente. Sentivo il sordo rumore della sofferenza, l'odore della morte, percepivo sensazioni indistinte di tormento e orrore. Lì, in quel silenzio, erano raccolte le prove del giudizio.

Il lavoro che svolgono quegli uomini però mi affascina sempre e comunque, partendo dal momento nel quale indossano quelle scomodissime tute in tyvek bianco, sino a quando esaminano con scrupolosa pazienza le decine e decine di bustine di plastica e provette contenenti chissà quali storie da raccontare. Il sangue e le tracce di DNA sono solo sfumatura, non sono mica tutto quello che serve per interpretare ciò che è successo. C'è molto, molto altro prima di giungere a scoprire la verità.

Ciascuna delle loro scoperte ha un valore inestimabile, sono un supporto importantissimo per le indagini, e io ero lì in attesa di sapere.

Il sottotenente Susanna Rosiello si sfilò un paio di guanti di lattice, prese un kleenex e si deterse il sudore dalla fronte. La maschera in plexiglass che indossava doveva produrre un caldo infernale. Aveva setacciato mille piccoli indizi. Li aveva raccolti con minuziosità pedantesca sul luogo del delitto e ora stava sbirciando i segreti in essi custoditi, collezionando le loro testimonianze. Cosa sarebbe stata capace di rivelare, una volta terminata la disamina?

«L'avvicinamento avviene di lato, il lato sinistro della vittima, essendo lei inequivocabilmente alla guida dell'automobile. L'assassino si ferma bruscamente dopo una manovra spericolata – deve averle tagliato di netto la strada, i rilievi sul terreno confortano questa nostra tesi –, scende dalla motocicletta, molto probabilmente non spegne neanche il motore, ha fretta, sa che si sta esponendo a un rischio. È pericoloso stare lì sulla statale a quell'ora di notte, anche se con molta probabilità ha scelto con cura i tempi della sua azione. Tuttavia nasce un imprevisto. Quale? Non lo sappiamo, ma supponiamo che si metta a discutere con Jodie Mayhem, o meglio, che inizino a litigare. Lei verosimilmente è incazzatissima, lo insulta, lo odia, vorrebbe schiaffeggiarlo. Lo fa? No, non credo, perché lui le blocca la mano. Le sta facendo male e lei si fa prendere dal panico, allora lo minaccia con la pistola, una SIG-Sauer P320, che per una donna mi sembra un po' eccessiva. Sarà stata di lui? Ipotizziamo di sì. Allora è un militare o un ex? Da verificare. Costui, freddo come il ghiaccio, con mossa fulminea le strappa di mano l'arma, ma qualcosa va storto e parte un colpo. Mantiene il controllo. Fruga nella borsa. Sottrae qualcosa? Forse. Ma cosa? E prima di poter sistemare le cose per confondere le acque, fugge via, poiché sente giungere un'auto. È il dottor Colli che arriva.»

Ascoltavamo concentrati la Rosiello, pareva di assistere di persona all'omicidio.

«Cristo» disse il luogotenente Corino attirando l'attenzione di noi presenti.

«Cosa c'è?» chiese Donna.

«Scusate l'imprecazione impropria. Non riesco a crederci, con Susanna non l'avevamo visto, ma ora, seguendo le sue deduzioni a voce alta...»

«Visto cosa?» domandai.

«Questi segni, questi... dei leggeri solchi sulla mano destra. Unghiate procurate dall'aggressore quando le ha sottratto la pistola?»

Un'espressione di soddisfazione si dipinse sul volto della Rosiello, il suo racconto non doveva essersi discostato di molto dalla realtà, tuttavia un nuovo dubbio si fece avanti in lei: «Un centauro che non usa i guanti in una notte così umida e fredda? Oppure si tratta di un assassino stolto che se li toglie prima di uccidere?».

«Assurdo» sentenziò Donna.

«È successo *ex ante*, quindi» ipotizzai.

«Non li ha indossati perché era di corsa. Li aveva dimenticati chissà dove, non poteva recuperarli. Non aveva tempo da perdere, doveva assolutamente raggiungere Jodie Mayhem. Il motivo era troppo importante per lui» sottolineò la Rosiello.

«Corretto. Però...» si intromise Corino meditabondo.

«Però cosa?» gli domandai.

«Se trovo delle tracce epiteliali, e poi con il liquido seminale trovato un po' ovunque faccio match, ottengo un'alta percentuale di avere davanti il medesimo individuo, e di conseguenza potremmo ricavarne qualcosa di interessante, eh, ragazzi?»

«Pienamente d'accordo, Cesare. Diamoci da fare, allora» lo incalzò la Rosiello.

Lo sguardo di Corino trapassava quegli infinitesimali segni che aveva scovato. Pareva esaminarli già a occhio nudo. Fremeva alla sola idea che potessero raccontargli il perché della loro esistenza. Era solo una eventuale traccia sulla traiettoria della sua visione chilometrica di quello che poteva essere accaduto, ma era comunque una possibilità. Prese un paio di occhiali con lente di ingrandimento a microscopio e tornò sulla mano di Jodie Mayhem.

Corino nel suo lavoro sfoderava un carattere spigoloso, ma era meticoloso e pignolo sino allo sfinimento. Possedeva una vista formidabile, da undici decimi, che gli consentiva di scoprire indizi invisibili ai più. Un partner ideale per il sottotenente Rosiello, ragazza solare, attraente, intelligente e atletica, molto atletica, infatti era cintura nera, primo dan nella disciplina del taekwondo.

Donna mi fece un cenno perché capissi che era il caso di defilarci nel più completo silenzio. Dovevamo lasciarli lavorare, che penetrassero pure nel nuovo mondo da vivisezionare per scoprire la verità in esso mimetizzata.

6

Roma, 19 aprile ore 17.30

Ero seduto da circa mezz'ora in una stanza di Palazzo Margherita, già Palazzo Piombino, sede dell'ambasciata degli Stati Uniti d'America sin dal lontano 1931.

Il colonnello Frontini mi aveva ordinato di presentarmi alle diciassette e trenta esatte in via Vittorio Veneto al numero civico 121.

L'OF-4 Clyde James Braxstone voleva conferire con il sottoscritto in privato.

«Privato?» avevo sussultato dinanzi a quella puntuale sottolineatura, aggiungendo sarcasticamente: «E già che ci siamo, perché non andiamo a mangiarci anche un paio di supplì giù da Sisini a Trastevere!».

«No, Petrone, forse ha frainteso, non è questa l'idea di privato che ho afferrato volesse trasmettermi il segretario dell'ambasciatore» aveva enfatizzato il colonnello con perfetto aplomb inglese.

Un certo nervosismo, invece, aveva iniziato a evidenziarsi sul mio volto, che a breve avrebbe raggiunto altitudini sconfinate a causa dell'ulteriore precisazione fatta da Frontini: «Ho la certezza che l'OF-4 Braxstone desideri avere con lei un colloquio diciamo... prettamente confidenziale. Sa, capitano, quello che si fa a quattr'occhi in un luogo molto riservato, senza orecchie indiscrete che ti ascoltano o occhi che ti scrutano curiosi. La Rotisserie Sisini non mi sembra proprio la location consona».

Avrei voluto strozzarlo sul posto senza alcuna pietà, non sopportavo quel suo british humour, sempre che si fosse trattato solo di quello!

E ora eccomi qua a scaldare una comoda poltrona in attesa dell'ufficiale americano.

Per ammazzare il tempo ammiravo con interesse la stanza arredata con pezzi da museo: uno splendido arazzo di fattura fiamminga raffigurante scene di caccia troneggiava sulla parete alla mia destra, due mezzi busti in marmo di epoca settecentesca, riproducenti prodi consoli romani, erano incastonati in nicchie scavate nel muro in laccato veneziano color amaranto, un dipinto seicentesco di una furiosa battaglia fra truppe a cavallo e fanti si parava a lato di un maestoso finestrone che si affacciava sui silenziosi giardini del palazzo.

All'improvviso, con soffusa lentezza, si aprì la monumentale porta della stanza. Mi alzai per vedere chi fosse.

Il cerimoniale che avevo dovuto subire alla mia entrata in ambasciata era stato estenuante. Vari comprimari mi avevano accompagnato lungo i vasti corridoi del palazzo, costruito tra il 1886 e il 1890 su progetto di Gaetano Koch per il principe di Piombino Rodolfo Boncompagni Ludovisi, e ogni volta costoro mi avevano elargito un semplice e asettico: «*Good morning.*

Follow me, please, capitano», neanche fossi stato un Airbus A330 dell'American Airlines da far stazionare al gate numero 1 dell'aeroporto di Fiumicino.

Un altro dei vari attaché, pensai. Ma questa volta niente «*Good morning and follow me, please*». Sentii solo un baritonale: «Clyde James Braxstone. *Nice to meet you*, capitano Petrone», mentre una formidabile stretta di mano mi fracassava le falangi della mano destra.

Nessuna uniforme, nessuna sicumera, niente di niente, semplicemente un uomo alto, slanciato, che indossava un completo sportivo ma di alta sartoria, giacca di panno pied-de-poule blu scuro, nel taschino un fazzoletto azzurro pastello, camicia button down a righe blu, pantaloni color antracite, ai piedi un paio di mocassini neri dei Fratelli Rossetti con i fiocchetti a contrasto.

Ero interdetto. Tutto il contrario di quello che mi aveva riferito Frontini descrivendomi Braxstone come un militare dalla testa ai piedi, molto formale, tutto d'un pezzo, poco avvezzo alla socializzazione.

Ci squadrammo in totale silenzio per qualche secondo. Ognuno di noi stava prendendo le misure dell'altro. I nostri occhi perlustravano le più recondite sfaccettature del nostro essere.

Fu lui a rompere l'atmosfera silenziosa prendendo la parola: «Personalmente preferirei disquisire in italiano, se a lei non dispiace, capitano. Vorrei fare il più possibile pratica con la vostra lingua, sa, sono arrivato nel suo splendido Paese solo da tredici mesi. Ogni occasione è utile per poter imparare».

«*No problem*» risposi di getto, senza rendermi conto di aver usato la terminologia anglosassone.

Braxstone alzò le sopracciglia quasi sorpreso dal mio slang e, mentre allargavo le braccia in segno di discolpa per quel gergo improprio, uno spontaneo sorriso si fece largo all'unisono nei nostri volti.

«Che ne dice se ci andassimo a prendere un buon caffè a due passi da qui, per esempio sulla terrazza del bar dell'Hotel Flora? Queste stanze mi mettono una certa... come si dice in italiano?»

«Ansia» suggerii.

«Ansia? *Yes*, corretto. Ansia. Io ho bisogno di sole, luce, aria pura, anche se un poco di frastuono intorno non guasta. Sono originario di Honolulu, nato e cresciuto nella Joint Base Pearl Harbor-Hickam. Mio padre era parte integrante del comando della NCTAMS PAC, la Naval Computer and Telecommunications Area Master Station Pacific, considerata la più grande stazione di telecomunicazioni del mondo.»

«Un posto meraviglioso, le Hawaii.»

«Mai stato?»

«No, ma ogni tanto mia moglie e io un pensierino di andarci ce lo facciamo.»

«Be', allora quando ci avete pensato bene, ditemelo, così organizziamo un bel giro insieme. Vi porto in posti che solo i nativi conoscono, fuori dai classici tour da turisti della domenica.»

Braxstone mi guardò di sbieco, come a chiedermi conferma della correttezza dell'espressione utilizzata. Ricevuto il mio muto assenso, disse: «Forza, andiamo, il caffè ci aspetta. Vedo che abbiamo molte cose da dirci».

Una pacca sulla spalla e via.

Alla faccia del tutto d'un pezzo!

7

Parlammo di tutto e di più.

Sembrava che ci conoscessimo da sempre.

Eravamo già al terzo caffè, quando inevitabilmente il discorso cadde sul motivo principale per cui eravamo seduti lì, su quelle comode poltroncine, a scaldarci al tiepido sole della Capitale, con tutta Villa Borghese sdraiata sonnolenta ai nostri piedi, una vista che si perdeva dallo Stadio Olimpico sino al Cupolone che, da lontano, con la sua possente maestosità, dominava Roma guardandoci solenne.

Braxstone si era alzato. Ora passeggiava inquieto avanti e indietro, come se fosse stato un leone in gabbia, fermandosi ogni tanto a guardare il panorama mozzafiato che si stendeva infinito davanti ai suoi occhi. Era alla sesta o settima sigaretta, fumava delle puzzolentissime Lucky Strike senza filtro. Nonostante fossimo all'aperto e un leggero venticello si insinuasse furtivo tra la raffinatezza dell'ambiente, una cappa di acre fumo persisteva intorno a noi. Intuivo che l'argomento che stavamo per affrontare gli creasse un grande disagio, soprattutto dopo tutto quello che vicendevolmente ci eravamo raccontati con estrema franchezza.

Sua moglie era morta quattro anni prima in un fatale incidente stradale in Florida. Un senso di colpa patologico lo tormentava da quel lontano giorno. Una ferita che lo lacerava quotidianamente con cupa lentezza. Se quella sera non avesse alzato troppo il gomito da Peg Leg Pete's mentre trangugiava quantità indescrivibili di gamberetti e di chele di granchio in salsa *cajun*, se avesse dato ascolto a sua figlia che insisteva di far chiamare un taxi per tornare a casa – la loro Chrysler Crossfire l'avrebbero potuta recuperare tranquillamente il giorno seguente –, se si fosse ricordato che Annabel aveva iniziato a ingoiare una vagonata di pillole antidepressive dopo la perdita della sua amata sorellina di dieci anni più giovane colpita da una forma incurabile di leucemia e pertanto non era il caso che si mettesse alla guida, se, se, se... Quanti se lo tormentavano senza sosta, avvitandoglisi addosso con forza indescrivibile, fino a penetrargli nelle carni, diventando tutt'uno con la sua disperazione.

Ogni cosa era finita in quel tragico momento.

Annabel era uscita irriconoscibile per l'impatto con quel maledetto camper che aveva fatto un'improvvisa conversione a U sulla Pensacola Beach Road.

Sua figlia Kendra, che non lo aveva mai perdonato, prima aveva abbandonato il college e poi si era accodata a una comunità Amish del vecchio ordine in Pennsylvania.

Per dimenticare, lui si era dedicato anima e corpo alla Marina, alla United States Navy, girovagando in un infinito parterre di basi sparse in tutto il mondo, e infine l'ultimo incarico lo aveva portato a San Bartolomeo.

Sette mesi prima aveva passato una piacevole serata al Zena Mare a Marinella di Sarzana, in compagnia di un paio di coppie del posto con cui aveva stretto una sincera amicizia. Invece di prendere l'autostrada per tornare ai suoi alloggi, aveva deciso di seguire, una volta tanto, il cosiddetto percorso ecologico che gli indicava il navigatore della sua automobile.

Lungo la strada provinciale 432 della Bocca di Magra, alla sua sinistra si ergeva l'incontaminato silenzio del Parco Naturale Regionale di Montemarcello, alla sua destra scorreva, scuro e turbinoso, il fiume Magra, al punto da non poterne vedere il fondo. Al limitare della strada, un paio di falò. Gli era venuto da sorridere: altro che percorso ecologico! Aveva rallentato. Una, due, tre ragazze di colore con abbigliamento inesistente e chiaramente in posa ammiccante lo stavano invitando a fermarsi. Un malandrino pensiero lo aveva percorso. Era tempo che non toccava il corpo di una donna. Ma andare a puttane? Non era da lui. Troppo intenso era ancora il ricordo della sua amata Annabel. Aveva scacciato quell'idea inopportuna, riprendendo velocità. Soltanto una decina di chilometri e poi giù in branda. L'indomani si prospettava una giornata veramente tosta: al mattino un briefing con il capo di Stato Maggiore della Marina Militare Italiana e, a seguire, nel primo pomeriggio, un incontro con l'ingegnere James Downey e i suoi due esperti informatici per rivedere alcuni passi tecnici dell'ACTUV, il «Cacciatore Marino», prima di darlo in pasto agli operativi per i definitivi test nel Mar Tirreno.

«Fiumaretta di Ameglia. Romito Magra. Arcola. Sempre dritto per altri cinque chilometri.»

Distrattamente seguiva la voce metallica del navigatore che, come da lui richiesto, lo stava portando a destinazione. Oramai, però, riconosceva i luoghi: via delle Pianazze, via Melara. Stava per imboccare via Valdilocchi quando, poco più avanti, di fronte al piazzale della discoteca, l'affollatissimo Shake Club, aveva intravisto una donna che cercava di divincolarsi dalla ferrea presa di un paio di ragazzotti chiaramente alticci. Senza esitazione, come un automa, aveva sparato sul terzetto i fari abbaglianti della sua Mercedes, e dando tutto gas aveva puntato il muso su di loro. I due giovanotti, presi alla sprovvista da quell'inaspettata manovra, avevano strattonato brutalmente la ragazza gettandola a terra, erano saliti in fretta e furia su di una Golf parcheggiata poco più avanti in via della Concia e poi, sgommando, in un attimo erano diventati due semplici puntini rossi in lontananza.

Così, su quella strada a notte fonda, era nata la storia con Jodie.

Il tempo di percorrere i pochi chilometri che lo separavano dal suo appartamento al Saclant, e lei gli aveva raccontato tutto della sua vita.

Jodie gli aveva aperto i più reconditi segreti della sua anima insofferente al mondo che la circondava. Gli aveva confessato quanto fosse stata noiosa e del tutto inutile la sua adolescenza. In quello sperduto paesino sull'altopiano di Chihuahua, composto da un gruppo sparuto di persone senza un domani, vedeva passare i giorni senza uno specifico perché, si faceva qualche canna per ingannare il tempo o si gettava in qualche bravata con la sua gang di nullafacenti giù sino a El Paso o a Fort Davis, sulla loro sgangherata Chevrolet, facendola in barba agli sceriffi del posto, sino a quando Jeff Ruidosa, quello della contea di Presidio, non le aveva messo le manette addosso.

Jodie e i suoi quattro amici balordi quella volta l'avevano fatta veramente grossa: si erano divertiti a dar fuoco a quello che era rimasto del dismesso motel nei pressi di un campeggio, il Tumble In RV Park, e c'era mancato poco che le fiamme, spinte dal forte vento del deserto, non mandassero arrosto tutto, campeggiatori compresi.

Ruidosa, un omone di centoventi chili, alto uno e novanta e due mani grandi come tombini, incuteva timore a chiunque gli si avvicinasse, ma in realtà era un gigante dal buon cuore, una gran brava persona. Aveva preso Jodie in simpatia, vedendo in lei la figlia che il destino non gli aveva mai concesso di avere, le aveva parlato con affettuosa sincerità, più di quanto in tutti quei primi vent'anni avesse fatto con lei suo padre Hank, oramai attaccato al collo delle bottiglie di birra dal mattino alla sera. Jodie si era resa conto che, per la prima volta in vita sua, esisteva qualcuno che si preoccupava seriamente di lei, che le donava affetto e la voleva allontanare dalla strada pericolosa che aveva imboccato.

La parola magica era stata: arruolarsi.

Così, nella base militare di Fort Polk in Louisiana aveva scoperto che nell'esercito a nessuno importava se non avesse studiato o quanto fosse stata incasinata in precedenza la sua vita. Le avevano detto senza mezzi termini che l'avrebbero addestrata, e non solo a combattere, anzi, avrebbero individuato per quali discipline sarebbe stata più portata e l'avrebbero istruita a dovere. Un domani sarebbe uscita formata e allenata ad affrontare la vita da civile più di quanto avrebbe potuto prepararla una qualsiasi università.

Le cose erano andate bene all'inizio, la vita militare le piaceva, la stimolava: aveva delle regole da seguire, una prospettiva, una possibile carriera, si sentiva finalmente realizzata. Poi, tutto a un tratto, non ne aveva più avuto voglia. C'erano delle guerre in corso, aveva visto troppo dolore attorno a sé. Il passato sembrava essere ritornato senza pietà a concupirla. Si era congedata, ma faceva fatica a dimenticare, a cancellare tutta quella sofferenza, e quasi senza accorgersene aveva ripreso le brutte abitudini di un tempo, vagabondando nel mondo senza una meta precisa, pensando, da stupida, che comunque ancora una volta ci sarebbe stato tempo per cambiare e dare un senso alla sua vita. Ma il tempo non arrivava mai e lei si stava di nuovo gettando via.

Lei e Clyde si erano guardati negli occhi e avevano ipotizzato di poter creare qualcosa che potesse assomigliare a una felice convivenza comune, così avevano tentato di riprendere in mano le loro fallimentari esistenze, di risvegliarsi dal loro svilimento. Purtroppo, però, oramai da oltre un anno, Braxstone aveva perso la speranza di riuscire in questa impresa, ovvero di costruire qualcosa di importante con Jodie.

Lui aveva di nuovo come unico scopo la Marina, lei lo sballo con uomini, alcol e qualche pasticca di ecstasy.

Non aveva il coraggio di buttarla fuori di casa.

La vita non era stata generosa, aveva segnato ambedue. Erano due relitti in un mare in tempesta.

Jodie aveva ancora una volta voltato le spalle al destino, che le aveva offerto un'occasione di riscatto, ed era ritornata a essere quello che era stata tempo fa al di là dell'oceano, un'irrequieta ragazza del Texas con sogni irrealizzabili, impossibili, che si gettava via per inseguirli, sempre che sapesse veramente cosa volesse.

8

Il tempo era fuggito via senza che ce ne accorgessimo.

Ero bravo a portare avanti gli interrogatori o presunti tali, come in questo strano colloquio che avevo avuto con Braxstone. Creavo empatia con i soggetti che avevo di fronte, ero ammiccante, interessato al dialogo e ai loro quesiti. Diventavo, in pratica, l'amico di un tempo passato, ero loro complice, mi guadagnavo passo passo la loro fiducia, per poi condurli con semplice eleganza a svelarmi tutto quello che era necessario che io venissi a sapere. Li costringevo a guardare nell'interno della loro coscienza, si trovavano così, senza quasi rendersene conto, in balia del sottoscritto, e per non precipitare nell'inquietudine che avevo provocato dovevano per forza aggrapparsi alla mano che tendevo, diventando l'unica àncora di salvezza per placare le loro incertezze, per ritrovare la serenità.

Braxstone era stata una preda facilissima. Il suo stato d'animo mi aveva permesso di sondare l'insondabile, il suo desiderio di avere giustizia era tale per cui nulla era stato taciuto.

Quando varcai la soglia di casa erano le ventuno passate.

Ero sfinito.

Il silenzio sembrava regnare sovrano. Ma non era così.

In fondo al corridoio della zona notte percepii lo scorrere dell'acqua. Doccia, interpretai, accompagnata da una melodia lontana. Mi fermai ad ascoltare un improbabile duetto da Sanremo: Geneviève e Claudio Baglioni.

«... *Passerotto non andare via, non andar via... Senza te morirei. Senza te scoppierei. Senza te brucerei tutti i sogni miei. Solo senza di te che farei...*»

Niente di più vero nel mio destino. Senza Geneviève sarei stato un uomo inutile, uno squinternato homeless. Lei, quell'incredibile ragazza che mi aveva bruciato il cuore dal primo momento in cui avevo incrociato il suo luminoso sguardo, quella caparbia creatura che avevo avuto la forza di andare a cercare nonostante che un giorno mi avesse piantato in asso così, con un semplicissimo e glaciale *adieu*, quella donna che mi aveva dedicato e che mi dedica la sua intera esistenza sorreggendomi ogniqualvolta il mio camminare difficile e impetuoso nel mondo del crimine vacilla dubbioso e sofferente, eccola... si stava dirigendo sorridente verso di me avvolta in un accappatoio color turchese.

Due umide labbra si stamparono sulla mia guancia mentre mi rivolgeva un ammiccante saluto: «*Bonsoir, monsieur le capitaine!*».

Un unico sguardo tra noi bastò a generare un altro bacio, questo molto più appassionato del precedente. Le slacciai la cintura, come risposta lei si avvicinò e mi strappò quasi di dosso i vestiti. Era una sensazione unica abbandonarsi nudi alle carezze. Non attesi oltre e la trascinai quasi con forza sul letto. Sorrise vedendomi estrarre un preservativo dal cassetto del comodino. Me lo tolse di mano, me lo infilò e si mise a cavalcioni sopra di me. Facemmo l'amore in fretta e con urgenza. Geneviève mi conficcò le unghie nella schiena. Arrivò prima all'orgasmo, iniziando con un sommesso mormorio, per poi gettare la testa all'indietro con un gemito primordiale e sfrenato. L'osservarla in quello spasmodico, intimo piacere mi condusse sapientemente ad assaporare di lei. Lottai per tenere gli occhi aperti e non perdermi un solo istante della sua bellezza.

Ansimanti e sudati, rimanemmo a fissare il nulla per interminabili minuti. Il nostro magnifico nulla pieno di sconfinato significato. Mi voltai e la baciai di nuovo. Le sue guance erano rosso fuoco, il suo volto sereno. Le sue dita ora scorrevano delicate lungo la mia schiena, determinate a valutare i segni che la passione aveva lasciato.

Non avevo bisogno di altro per rigenerare me stesso.

9

Stoccolma, 22 aprile ore 7.00

Nubi plumbee e minacciose incombevano nel gelido cielo, ma non nevicava da quindici giorni. La primavera stentava ancora a farsi largo alla latitudine nord di 59° 19' 57", le vie erano finalmente sgombre del soffice e persistente manto bianco. I lastroni di pietra delle vecchie strade della capitale svedese sembravano scintillare alla luce di uno stanco sole anemico e parevano essere stati lustrati come freddi specchi. Il gelo scandinavo si sommava senza scampo alcuno ad altro gelo, quello portato dal vento che rincorreva se stesso, scagliandosi con zelo inaspettato oltre gli angoli delle buie vie, travolgendo le persone sui marciapiedi diventati insidiosi in quanto striati di sottili vene di ghiaccio. Le vetture dei tram sferragliavano con fragore sui binari. Ogni suono, nel freddo paralizzante della città, pareva una sorta di grido strozzato, feriva i sensi privandoli di qualsiasi capacità di reazione. La neve soffice era stata spazzata via dalle strade e ammucchiata in cumuli oramai sporchi. Giorni pallidi e imbronciati sorgevano e sfiorivano, e quasi nessuno se ne accorgeva, perché questo era il cuore buio della primavera nordica, un'assenza di vita. Il sole sembrava un pianeta morto di un altro sistema solare, lontano e remoto. Le notti erano tuttora apatiche, lunghe e senza stelle. Le nuvole grigie sospinte dal vento tempestoso del Mar Baltico offuscavano il cielo cinereo e non lasciavano passare la luce della pallida luna.

Michele Matcovich si svegliò avvolto nella più tetra oscurità. Erano le sette del mattino, ma dire mattino col buio che imperava sovrano a Gamla Stan, anche detta Staden Mellan Broarna, ovvero «la città fra i ponti», doveva essere proprio un atto di grande fede.

Un tempo cupo gravava su Stoccolma.

Un'improvvisa, vorticosa folata di vento si abbatté contro la finestra della stanza. Ululava come un'anima dannata che vaga senza meta nella tetra landa del regno di Hel, il più basso di tutti i mondi della mitologia norrena.

Matcovich allungò una mano tremula alla ricerca dell'abat-jour del comodino e l'accese. La stanza fu inondata da una fioca luce fluorescente, che rese ancor più reale la sensazione di notte perenne. Insopportabile, infinita, amara notte, da cui la muta sofferenza che pare stordire gli abitanti di Stoccolma, tant'è che le sue strade non sono mai affollate.

Si alzò, percorso da un brivido animale. Sentiva solo freddo, un freddo subdolo che lo feriva dentro, come una lama conficcata nel cranio.

Cosa gli stava succedendo?, si chiese stizzito per

quel nuovo momento di sgradita debolezza. Non era da lui essere così nervoso. Doveva mettere assolutamente ordine in quel marasma che lo squassava. Si era alzato controvoglia, tutto indolenzito, neanche si fosse scontrato in pieno con un tir. Uno spiacevole presentimento lo turbava, non riusciva a scrollarsi di dosso la sensazione che stesse per accadere qualcosa di brutto. Era solo una paranoia perché non aveva ricevuto ancora nessun messaggio da parte di Hwang Myong-Hyok, o il suo era un attacco d'ansia per quanto era successo con lei quella notte? Non avrebbe saputo dirlo.

Non era riuscito a trattenere le sue sopite emozioni. L'aveva accarezzata con titubante dolcezza. L'aveva baciata fino a farla restare senza fiato.

Erano di nuovo insieme.

Lui e Pernilla, ora come allora. Il tempo non aveva segnato lo scorrere delle ore.

Aveva fatto semplicemente l'amore con lei e poi, dopo qualche istante, l'aveva fatto ancora, sino a desiderare di consumarla nel letto, avviluppato tra le lenzuola umide di sudore lucente e calde del profumo del loro amplesso.

Niente rumori, nessun suono si insinuava tra le mura della stanza, anche la città sembrava essersi addormentata per non disturbarli.

Niente parole fra di loro, solo un unisono di respiri mescolati a profonde sensazioni, a timorose emozioni.

Pernilla era nuda, non aveva freddo, il calore dell'amore era durato diverse ore e questo le bastava.

Lui, estasiato, l'aveva guardata fumare alla luce della luna che si era fatta largo tra le pesanti nubi e ora illuminava la notte come un faro sulla scogliera. Era tornato a stendersi sul letto sfatto, appagato, la testa appoggiata al gomito, la mente rivolta a trattenere i concitati pensieri, ma poi alla fine, travolto dalla suadente bellezza di lei, le aveva sussurrato un languido: «Ti amo».

Pernilla non lo aveva degnato di uno sguardo. I suoi occhi osservavano la città attraverso le grandi vetrate dell'attico ove spiccavano la guglia del campanile in stile gotico della chiesa di Riddarholmen e la maestosità seicentesca del Kungliga Slottet, il Palazzo Reale. Serrava le braccia attorno al suo seno, teneva le gambe incrociate e sedeva nella posizione tipica del loto sul tappeto persiano vicino alla finestra. I suoi occhi verdi brillavano come splendidi smeraldi nel chiarore notturno, due lacrime invisibili stavano solcando la lucentezza del suo volto.

«Ti amo» ripeté lui desiderando inconsciamente che nessun altro gliele avesse mai dette quelle parole.

«Quando te ne sei andato via...» accennò Pernilla blandamente, con fatica. Nei suoi occhi fecero capolino le prime vere lacrime.

«Quando me ne sono andato via...» la corresse lui con voce più decisa «... ho capito che una vita piena di senso è, sempre e fino all'ultimo giorno, quella in cui almeno un'altra persona che ami ti stia accanto. Un'avventura rischiosa ed eccitante di cui no, non si può fare a meno.» Poi chiuse gli occhi sino a sentire dolore, chinò la testa in avanti, inspirò profondamente e infine sollevò le mani davanti a sé, tenendo nel vuoto le dita come un cieco che stesse tentando di capire dove si trovasse. Percepiva che all'esterno la città, anche se attorcigliata e stratificata su se stessa in quel freddo gelido di primavera, era comunque viva e pulsante: una sensazione che provava lui stesso, cioè essere anche lui vivo insieme a Pernilla.

Un *bip*.

Fissò la tasca dei pantaloni abbandonati in terra. Il cellulare emetteva una luce olivastra che si rifletteva sul bianco soffitto della stanza. Provò improvvisamente un curioso sentore di anticipazione, un dubbio che era allo stesso tempo piacevole e spiacevole. Era forse la fine dell'isolamento operativo, della snervante attesa di cui, inaspettatamente, non era riuscito a placare le tensioni.

Fra poco sarebbe dovuto andare via per stabilire il necessario contatto.

Avrebbe dimenticato tutto in un attimo, nello spazio di pochi secondi.

L'avrebbe ferita di nuovo, e forse non ci sarebbe più stato tempo per dirle ancora una volta: «Ti amo».

Giovedì mattina nella sua buca delle lettere aveva trovato un'anonima busta marrone formato A4. Conteneva denaro in contanti, diecimila dollari in banconote in piccoli tagli, e un foglietto bianco con su poche parole vergate in corsivo. Un messaggio criptico, istruzioni per i più incomprensibili, ma non per lui: finalmente istruzioni.

Da quattro giorni aspettava solo quel fatidico *bip*.

Era arrivato il momento di entrare in azione.

10

Roma, 22 aprile ore 7.00

Era stata una bella corsetta.

Aveva messo la sveglia all'alba come faceva oramai da un paio di mesi e si era preparato alla quotidiana sessione di jogging. Nulla di particolare: circa otto chilometri in tutta tranquillità alle sette del mattino a Villa Doria Pamphilj al Gianicolense. Una scrollata ai muscoli che gli permetteva di estraniarsi dal mondo, vista la vastità e l'invidiabile posizione del parco. Doveva rimettersi in sesto. Da troppo tempo beveva smodatamente, esagerava con le sigarette, dormiva poco – il letto gli sembrava essere diventato il giaciglio di un fachiro –, mangiava male... e poi c'erano le stramaledette pasticche che quel farabutto di Sabeeh era così abile a mettergli in mano ogni volta che transitava in piazza di San Pancrazio, a pochi passi dall'ingresso delle omonime catacombe. Insomma, si era infilato dritto dritto sulla brutta china del disfacimento totale. Bastava poco ancora per crollare definitivamente nel baratro che si stava scavando abilmente con le sue stesse mani. Non era stata una scelta difficile da fare una volta guardatosi con severità allo specchio: o sprofondava nella merda sino al collo, o riafferrava il bandolo della matassa della sua autostima per incamminarsi con determinazione sulla via della completa resurrezione.

Cazzo, però, se era stata dura!

Si era messo scientemente di buzzo buono.

Prima aveva detto addio a fumo, alcolici e pasticche, e aveva anche dovuto dimenticare il cibo spazzatura, che lo aveva accompagnato come un fedele distruttore. Quindi esercizio fisico alla grande, secondo un rigido schema, ovvero sedute di palestra almeno tre volte alla settimana, tapis roulant, qualche lezione di pesistica e, perché no, ogni giorno un'oretta su e giù a stile libero lungo la vasca della piscina interna della sua villa in piazzale Aureliano. Infine, per completare l'opera di ricostruzione psico-fisica, aveva anche ripreso ad allenarsi alle mosse al krav maga con il suo maestro di sempre, Yigael Eitan.

Ogni tanto una serata fuori rotta, ma con giudizio, se la concedeva andando a broccolare giù nella movida di Trastevere, dove qualcosa di interessante in campo femminile riusciva quasi sempre a rimorchiare per tornare a infondere vita ai suoi controllati sensi.

Finalmente le cose iniziavano a girare per il meglio. Il fisico e la testa ricominciavano a rispondere adeguatamente. Aveva ripreso a dare una più attenta occhiata ai movimenti dei suoi conti correnti e del suo patrimonio, nonché a valutare con la solita meticolosità le offerte di lavoro che arrivavano al suo indirizzo di posta elettronica. La colonna economica dell'avere doveva ritornare a scavalcare di netto quella del dare!

Le persone che conoscevano Bryan Ferrante si potevano contare sulla punta delle dita, ma erano personaggi al di sopra di ogni sospetto, estremamente attenti a tutelare la loro privacy.

Poteva essere contattato solo via mail. La strada più semplice a prima vista, ma per raggiungerlo, la posta veniva reindirizzata verso una serie infinita di servizi anonimi. I messaggi transitavano su server situati nei posti più vari della Terra: Isole Fær Øer, Birmania, Mongolia, Kenya, Namibia, Belize, prima di essere correttamente selezionati e divisi, secondo specifiche chiavi di lettura, e quindi inviati a dormienti caselle di posta sparse in tutto il mondo intestate a fantasiosi nomi utenti. Chiunque avesse tentato di rintracciare l'IP non sarebbe stato capace di individuare quello vero.

Cestinate le precedenti pulsioni autodistruttive che lo avevano martoriato nel recente passato, dopo le otto ore di sonno che si era doverosamente imposto, la corsa nel parco era oramai diventata la sua fedele compagna di redenzione mattutina.

E così, anche quella mattina Ferrante era arrivato a Villa Doria Pamphilj, puntuale come il sole che quotidianamente sorge. Un saluto a Giovanni, il custode del parco, il quale apriva la cancellata a due passi dal cosiddetto chalet svizzero, la sua dimora operativa, e via.

Sempre lo stesso giro, sempre le stesse buche, sempre lo stesso silenzio. Tranne quel giorno. Un odore insolito si stava incanalando lungo le sue narici divorandole un po', quando udì dei passi pesanti all'interno del verde poco davanti alla cappella gotica, mausoleo della famiglia Pamphilj stessa. Un tipo con pantaloni lunghi e felpa con cappuccio calato in testa lo stava affiancando. Una vibrazione strana iniziò a percorrerlo. Era tutto così assurdo. Di solito a quell'ora non c'era mai nessuno, lui era sempre il primo e unico runner, e poi non faceva così freddo da coprirsi in quella maniera. Il tizio avrebbe sudato come una vacca tibetana.

Bryan non amava le corse di gruppo, poiché solo lo sforzo e la concentrazione in solitudine gli donavano l'effetto placebo di cui aveva bisogno, pensò così di deviare al primo viottolo che si fosse affacciato alla sua sinistra, questione di pochi metri, ma un secondo jogger gli si avvicinò per un attimo, squadrandolo con fare compiaciuto, quindi lo superò, lasciandolo sul posto.

Ma cosa cazzo stava accadendo quella mattina?

Erano tutti fuori di testa?

Ecco il sentiero.

Si apprestò a svoltare.

Sorpresa!

Un terzo elemento, molto più grosso dei precedenti podisti e non in tenuta sportiva, gli si parò davanti a braccia conserte come se volesse sbarrargli la strada.

«Scusa, se ti togli di mezzo posso continuare la mia corsa» gli disse Ferrante a voce alta, leggermente innervosito dalla situazione che si era creata intorno a lui.

L'energumeno alzò impercettibilmente lo sguardo al di là delle spalle di Bryan, come a dire: E allora, se non mi sposto, cosa succederà?

Per la miseria, si era fatto fottere come un pivello!

Era attorniato da tre individui, la cui postura era granitica quanto il loro sguardo, chiaramente intenzionati a non dargli spazio vitale qualora avesse tentato una qualsiasi azione diversiva o difensiva.

Il tipo che aveva davanti era alto almeno uno e ottanta, ben piazzato, biondo, con un taglio di capelli da classico militare, una cicatrice profonda che lambiva l'orecchio destro, un lieve accenno di barba ben studiato per rimarcare il suo volto da duro. Insomma, uno che doveva sapere il fatto suo. Il suo elegante ma statuario portamento indicava un maschio alfa, i suoi «non gesti» un addestramento sopraffino.

Sarebbe stata piuttosto dura entrare in conflitto.

«Vorremmo parlare con te.»

Ferrante non rispose.

Alla velocità del suono calcolò tutte le possibili alternative per uscire da quella spiacevole impasse. Non aveva la più pallida idea di chi fossero quei tizi che lo avevano circondato e non agognava neanche saperlo. Non voleva guai. Voleva solo andarsene e riprendere a correre senza pensare a nulla.

«Solo due parole» ripeté l'energumeno numero tre ora con un tono di voce marcato.

«Avete sbagliato persona» replicò distrattamente Ferrante.

«Niente affatto, Bryan Ferrante» rispose con una certa sufficienza il biondo.

«Perché volete parlarmi?» gli chiese senza far trapelare alcuno stupore per il fatto che quel tizio conoscesse il suo nome e cognome.

Il biondo sorrise di sghimbescio e con un semplice movimento del mento gli accennò che era il caso di seguire i due uomini alle sue spalle, quindi rispose come se per lui fosse la cosa più ovvia di questo mondo: «Hai un appuntamento e non è educato fare tardi».

Una Mercedes-Benz V 250 D Automatic 4Matic Premium Long, nera con vetri oscurati, lo attendeva.

Il viaggio durò circa tre quarti d'ora.

Il traffico era piuttosto fluido alle sette e trenta del mattino. Roma era mollemente assopita, doveva ancora essere assaltata dalla moltitudine di pendolari che ogni giorno fanno spola dalle loro abitazioni ai quotidiani luoghi di lavoro. Incrociarono qualche automobile, ma soprattutto giganteschi pullman che percorrevano spediti, in senso contrario al loro veloce incedere verso l'hinterland, pronti a deporre il loro carico di turisti tra le monumentali vestigia della Capitale.

Attraversarono velocemente il quartiere di Trastevere, addormentato dopo gli eccessi oramai spenti della passata notte di movida, poi giù per Lungotevere Testaccio, sino a prendere l'Ostiense e andare a imboccare la A91, l'autostrada Roma-Fiumicino.

Silenzio assoluto.

Il van viaggiava senza fare rumore nonostante la velocità sostenuta, ignaro di ogni limite imposto dalla segnaletica stradale. Si sentivano solo i respiri dei quattro occupanti e il tenue ronzio della ventola che propagava nell'abitacolo un filo di aria fresca.

Fiumicino, via del Faro: una lingua di terra alla foce del fiume Tevere, che si tuffava limaccioso in mare tra i ruggenti marosi che, con un sordo movimento, rifluivano per essere inghiottiti da un nuovo fronte di flutti.

Due fanali lampeggiarono un paio di volte alle spalle del Mercedes-Benz.

Bryan Ferrante strizzò gli occhi per un attimo per mettere bene a fuoco ciò che stava accadendo, e vide avvicinarsi un altro van, identico a quello dove lui era seduto.

Un meeting calcolato.

Ma chi cazzo doveva incontrare?

Il veicolo ci mise tre minuti buoni a coprire la distanza che li separava, un intenzionale andamento lento, quindi si fermò su di un lato della strada sterrata che portava alla punta ove svettava il vecchio faro.

Il tizio biondo che aveva guidato non si voltò nemmeno. Premette solo il bottone che sbloccava le portiere e disse senza mezzi termini a Ferrante: «Scendi».

Lui aprì la portiera e uscì.

Il vento forte sibilava con intensità tra le lamiere dei due veicoli fermi uno dietro l'altro, le onde del mare si infrangevano sugli scogli scagliando nell'aria la loro umida spuma bianca, il sole si faceva spazio fra i cirri in movimento nel plumbeo cielo.

Un'atmosfera tipica da film di spionaggio!

Pochi passi, e vide il suo volto riflesso nel finestrino oscurato del veicolo, posizionato appena dietro il Mercedes-Benz che lo aveva portato fin lì. La portiera posteriore si aprì automaticamente, come a invitarlo a salire.

L'uomo che lo aspettava all'interno era alto, slanciato, indossava un costoso abito di Brioni, una camicia di Burberry a righe bianche e blu, niente cravatta, solo un fazzoletto azzurro pastello spiccava nel taschino della sua giacca. Sembrava uno dei tanti *businessmen* in giro per il mondo pronto a dar fuoco alle polveri per attivare qualche mega affare da milioni di euro o di dollari. Ma la cosa che colpì più di tutto Ferrante erano stati i occhi: occhi di ghiaccio che non ammettevano discussioni, atti al comando.

Sapeva esattamente chi fosse costui.

11

«Comandante Braxstone.»

«Salve, maggiore.»

Il loro primo incontro era avvenuto al SEAL Qualification Training a Coronado, in California, al termine dell'addestramento, quando l'allora maggiore Braxstone aveva avuto l'onore di appuntare sul petto di Bryan Ferrante l'ambito Special Warfare Insigna, conosciuto anche come Tridente dei SEAL.

Il destino poi li aveva fatti ritrovare una seconda e ultima volta in Afghanistan, nelle province settentrionali del Badakhshan, con ordini specifici diretti all'eliminazione di alcuni *compounds* talebani pieni di armi e munizioni.

«*What's the big deal?*» domandò senza esitazione Ferrante.

«Ho la necessità che tu mi risolva un casino.»

«Che tipo di casino per l'esattezza, comandante?»

«*A hot mess* da sistemare in fretta, in modo discreto, e poi dimenticare.»

Braxstone aveva bisogno di un freelance di cui fidarsi ciecamente per risolvere il suo mastodontico problema. Trovare l'assassino di Jodie era basilare e lui non aveva tempo di attendere che la burocrazia italiana facesse il suo flemmatico iter. Voleva essere sul pezzo subito, senza che la diplomazia rendesse il percorso delle investigazioni lento. Il risultato doveva essere veloce e risolutivo, perché al di là di arrestare l'omicida, lui aveva l'assoluto bisogno di scoprire dove fosse finita quella stramaledetta chiavetta che aveva visto quel giorno tra le mani di Jodie.

«*Fuck you, Clyde!* Io posso fottermi chi voglio e farmi fottere come voglio. Mi sono strarotta di queste antiquate sovrastrutture convenzionali che tu vorresti impormi. La fedeltà, la monogamia, la spesa al sabato. Il modello tipo confessionale che stai cercando di riprodurre dopo la morte di tua moglie a me va stretto. Stretto, capito? Penso che me ne andrò presto, coperta di dollari grazie a questa chiavetta.» E nello sbattergliela volgarmente sotto il naso, aveva aggiunto: «Qui dentro c'è il tuo adorato mondo, mio bel soldatino di piombo, una specie di lista alla moda di Walter Biot».

La grassa sguaiata risata che ne era seguita, in un attimo aveva mandato in mille pezzi i sogni di Braxstone.

12

«Era fidanzato con Jodie?»

Braxstone scosse la testa esausto, le labbra dipinsero un triste sorriso. «Non sentivo quest'espressione dai tempi del college, maggiore, concetto chiaro, ma decadente. A ogni modo no, non nel senso che intendi tu. Ci frequentavamo da un po', mi aveva seguito con interesse fino in Italia.»

«Quindi?»

«Diciamo che ci univano passioni, affinità e un velo di sentimento.»

«Classificazione?»

«Potrei dire, in senso lato, compagni alla ricerca, *asap*, di un partner, per poterci riappropriare di noi stessi dopo tutto quello che l'esistenza ci aveva costretto a vivere, spesso nel dolore o nella disperazione.»

«Progetti?»

Ancora un dondolio di diniego con il capo e nuove, crude parole uscirono dalla bocca di Braxstone: «Molto spiritoso e provocatorio, maggiore. Intendi se tra noi esisteva un pizzico di romanticismo?».

Ferrante non disse una parola. Squadrava severo il suo ex comandante dalla testa ai piedi, come se dovesse sottoporlo all'ispezione mattutina dell'alzabandiera nel piazzale della caserma di Fort Benning, in Georgia.

Era un interrogatorio in piena regola, dove a domande precise esigeva che fossero date risposte precise. Sapeva bene come fare il suo lavoro.

Colto il silenzio impassibile del militare, Braxstone riprese con un lieve accenno di delusione: «Purtroppo no, ci definirei adulti consenzienti. Sapevo dei rapporti anomali che Jodie intratteneva con partner occasionali scovati in locali alternativi, se così si possono definire quei bordelli lungo la costa tirrenica. Ho cercato in tutti i modi di convincerla che quella non era vita nuova, ma solo un modo per ributtare se stessa nella fogna».

Ferrante passeggiava in silenzio, con la ghiaia che scricchiolava sotto i piedi. Si era fermato a pochi passi dal mare. Spruzzi d'acqua gli bagnavano il volto e i vestiti. Sembrava non curarsi affatto degli elementi atmosferici che turbinavano intorno a lui. Sentiva il bisogno di padroneggiare gli accadimenti vissuti dal suo ex comandante. Respirava profondamente l'aria salmastra, meditava tra il ritmico movimento delle onde. Stava valutando l'insieme dei fatti, pronto a disegnare le mosse che presto avrebbe dovuto eseguire.

«Disapprovi, maggiore, o mi stai biasimando?»

Bryan pareva asettico.

Nuvole nere si appropinquavano minacciose all'orizzonte, la pioggia stentava ancora ad arrivare, arginata dal vento, ma la pressione barometrica doveva toccare almeno il miliardo di atmosfere.

Braxstone insistette: «Vuoi darmi una lezione di etica, o vuoi sapere se è inconscio e folle piacere, o intenso e disperato dolore quello che si sta combattendo dentro la mia anima?».

Gli sguardi dei due uomini si incrociarono, ma fu silenzio, parlavano solo le onde del mare.

«Ti domandi, maggiore» incalzò di nuovo Braxstone «se potesse esistere qualcuno, oltre al sottoscritto, che fosse così geloso di lei... da non accettare di condividere Jodie con altri e, non sopportando la situazione, ha ucciso?»

Nulla, nessuna espressione sul volto di Ferrante, se non quella dovuta al vento che gli sfilava veloce davanti.

«*Yes! I've understood!*» sbottò Braxstone, colpito nel segno dal persistente mutismo di Ferrante. «Plagiata! Jodie è stata circuita con l'inganno per circuire... e io sono stato il pollo da spennare!»

Bryan Ferrante questa volta sorrise al suo ex comandante. Aveva centrato il concetto.

13

Roma, 22 aprile ore 22.00

Le note, percorse da una sorta di brivido per la femminilità e il mistero celato nella figura della donna di *Sophisticated Lady* di Duke Ellington, permeavano l'ambiente soffuso del Jerry Thomas Speakeasy. Un bicchiere di bourbon Buffalo Trace on the rocks gli teneva compagnia. Bryan Ferrante si stava rilassando, in attesa di completare il briefing con se stesso dopo quanto gli aveva raccontato il suo vecchio comandante. Stava tentando di capire la situazione, tutte le questioni che gli erano state sottoposte presero a correre freneticamente nella sua mente come una stampante fuori controllo.

Era la parte più complessa del suo lavoro. Riordinare le informazioni ottenute, catalogarle, farle proprie, cancellare ogni possibile emozione o coinvolgimento personale, e quindi decidere le mosse successive. Una sofisticata tecnica di problem solving.

L'istinto?

Be', non entrava nella razionalità delle scelte, ma era

una componente cui non doveva assolutamente rinunciare. Una spinta interna, congenita e immutabile, che lo portava ad agire e a comportarsi al di là di un'intelligenza avveduta e ponderata, che incondizionatamente lo accompagnava leale. Un impulso di agire in modo naturale lo seguiva da sempre, fedele sin dalla sua prima azione sul campo nella regione del Kashmir, nel villaggio di Lethapora. Pura adrenalina, pura sofferenza, puro coraggio.

Prima tappa il Submarine?

Non avrebbe certo sfigurato in quel mondo di eccitati dal sesso promiscuo. Il suo fisico scultoreo, i suoi occhi azzurri, un sorriso che avrebbe squagliato i ghiacci dell'Antartide e una verve bizzarra, socievole e accattivante sarebbero stati un biglietto d'ingresso quasi sicuro, mancava solo una partner da mettere in bella mostra e il quadro sarebbe stato al completo. Una sgualdrinella d'alto bordo sapeva dove andare a prenderla e convincerla, dietro una cospicua mazzetta di euro, a seguirlo in quella folle serata da sballo. E se non fosse bastato? Sarebbe passato dal piacere, di cui però era assai poco convinto – le situazioni promiscue non erano mai state di suo gradimento –, al dovere, che invece era l'elemento centrale del perché si fosse recato lì. In caso di difficoltà avrebbe sfoggiato anche tecniche di lotta estrema, ovvero quella varietà di arti marziali che l'indomabile sergente maggiore Abrams Styker, a Little Creek in Virginia, lo aveva spinto sino allo sfinimento a imparare: dalla classica boxe, all'offensivo *jiu jitsu*, alle istintive mosse del krav maga, al brutale *muay thai.* E una volta messe in atto avrebbero sicuramente sciolto la lingua a qualcuno.

Ma prima doveva incontrare una persona, una persona molto importante che stava arrivando a Roma. Le sue personalissime sirene sempre in ascolto lo avevano avvisato, e lui non poteva assolutamente mancare a quell'appuntamento. Ventiquattro ore in più o in meno non avrebbero mutato di molto il casino creato dal comandante Braxstone. La fretta è sempre una cattiva consigliera, pertanto non considerava un errore tattico quello di far sedimentare il processo operativo che aveva intenzione di mettere in atto.

La mail ricevuta il giorno precedente era arrivata al primo indirizzo offshore situato a Tórshavn, da lì era stata opportunamente reindirizzata a un altro recapito registrato sotto un nome di fantasia, poi a un altro, a un altro e a un altro ancora. Una lunga, estenuante catena, un interminabile viaggio in giro per il mondo, ma solo il suo codice l'aveva resa leggibile per individuare il luogo, il Domina, a Campo de' Fiori, l'ora, ventidue e quarantacinque, e il giorno, domani.

Melissa Webster voleva parlare con lui.

Pazzesco.

Dopo tutto quel tempo?

Dopo tutto quello che di intenso e burrascoso era successo fra di loro, aveva bisogno di lui?

Doveva essere alla frutta per ricorrere ai servigi del «più bel pazzo, scatenato, bastardo figlio di puttana ex maggiore dei Navy Seal», come lei gli aveva urlato dietro quella mattina mentre sbatteva, incazzata nera, la porta della camera numero trentacinque del Motel Super 8 a Chesapeake. E lì, a pochi chilometri da dove si erano conosciuti, si era conclusa la loro complicata storia.

Era circa un anno che Ferrante aveva lasciato il corpo dei cosiddetti *Frogmen*, intraprendendo la carriera del freelance. Il contatto tra lui e la Webster, guarda il caso, glielo aveva fornito Braxstone.

Si erano incontrati a Virginia Beach lungo il Sandbridge Little Island Fishing Pier.

Era una giornata grigia e fredda. Il vento forte, proveniente dal Nord Atlantico, non risparmiava nessuno. Bisognava avere molto coraggio a starsene lì fuori.

«Per me non è facile essere qui e non ho molto tempo. Sarebbe la mia pausa pranzo» gli aveva detto con tono sprezzante Melissa Webster, mentre con il bavero della giacca cercava di ripararsi il volto da quell'aria gelida che spazzava la banchina sul mare.

«Allora potrei ascoltarla meglio bevendo qualcosa di caldo in quell'unico bar aperto laggiù, e usare così in modo più efficiente il tempo che abbiamo a disposizione. È lei che ha bisogno di me, credo?»

Lei non lo aveva degnato della minima attenzione, anzi. Si era avviata con passo militare verso il locale indicato, e lui l'aveva raggiunta per aprirle la porta.

Un semplice cenno di ringraziamento, eppure quel gesto di cavalleria l'aveva colpita. Si era fermata un attimo sulla soglia e, soppesandolo, gli aveva domandato altera: «Ha dei figli?».

«No» aveva risposto Bryan stupito dalla domanda inattesa.

«È sposato?»

«No.»

«È gay?»

«Miss Webster!» aveva replicato piuttosto indispettito.

Melissa aveva alzato una mano dicendo: «Giusto, era una stupidaggine».

«Perché tutti questi insistenti quesiti, allora?»

«Devo capire se posso fidarmi di lei, mister Ferrante. Per il mestiere che lei ha scelto, essere single consente di essere migliori sul campo.»

«Fintanto che non ho incrociato te» le aveva detto prendendola dolcemente per i fianchi e baciandola come mai aveva baciato una donna.

14

Era seduta in terra con indosso solo la biancheria intima, stava parlando concitatamente al cellulare, strumento infestante in certe situazioni, un broncio di grande disappunto le si era disegnato in volto.

Bryan, incredulo e sorridente per quello che stava accadendo, camminava nella stanza con in mano un bicchiere di Coca-Cola colmo di ghiaccio. Il lucido parquet della suite dell'Ocean Beach Club scricchiolava sotto i suoi piedi scalzi. Melissa si era accorta che lui si era spostato leggermente di lato sulla destra per poterle guardare in mezzo alle cosce, e aveva scosso il capo, come avesse voluto rimproverarlo per il suo atteggiamento, mentre due occhi accesi di passione lo trapassavano ansiosi. Bryan non aveva fatto nulla per dissimulare lo sguardo spudorato. Le aveva porto il bicchiere, lei lo aveva afferrato e ne aveva bevuto un lungo sorso, passando e ripassando la punta della lingua sulle labbra umide. Si stava divertendo a stuzzicarlo, così aveva allargato ancora un poco le gambe, immaginando il desiderio che suscitasse in lui. Adesso stava parlando con minore foga al cellulare, le frasi inducevano a pensare che stesse per terminare l'inopportuna conversazione, che si protraeva da circa venti lunghissimi minuti.

«No, non ancora» aveva detto a un certo punto piuttosto seccata, scuotendo l'iPhone con stizza. «Senti, Christopher, ci sto lavorando da solo ventiquattro ore. Lasciami fare. Non starmi col fiato sul collo. Ci vediamo domani in ufficio e ne parliamo con maggiore cognizione di causa» aveva concluso sbuffando, ma sfoggiando intanto un sorrisetto impertinente.

Lo stava aspettando.

Bryan si era avvicinato.

Teneva gli occhi chiusi, quasi non respirava, sentendo che si stava abbassando la cerniera dei pantaloni. Non voleva vedere, lo attendeva. Aveva avvertito le sue mani sui fianchi. Con un tocco gentile lui le aveva sfilato le mutandine, che erano scivolate via impigliandosi un attimo attorno a un piede, poi aveva seguito con il dito una linea invisibile dall'ombelico sino alle sue labbra.

Melissa aveva riso, percorsa da un brivido.

Bryan si era inginocchiato davanti a lei, l'aveva baciata con dolcezza. L'aveva presa fra le sue braccia muscolose e l'aveva adagiata con delicatezza sul grande letto tondo.

Melissa era avvampata di sublime piacere ai baci caldi sui seni, sulla pancia, sull'inguine. Aveva infilato le dita fra i suoi capelli per condurlo a sé. Non desiderava altro. Una sensazione animalesca l'aveva conquistata.

Voleva così intensamente che Bryan entrasse dentro di lei, che il cuore sembrava sul punto di scoppiarle nel petto. Si era inarcata all'indietro. Un calore devastante le scorreva all'interno del corpo mentre si abbandonava all'impeto dei suoi movimenti.

Bryan era con lei, in lei, ovunque. L'aveva attirata verso di sé per possederla.

Non erano gemiti, non erano sospiri i loro, erano sussurrate parole che si perdevano nell'oblio autentico di un momento di assoluto amore.

Una strana spossatezza aveva conquistato i loro corpi sudati e aveva preso il sopravvento sui loro pensieri.

Una follia essere lì distesi uno a fianco all'altra.

Una tenue striscia di luce si era insinuata nelle fibre delle tende, stemperando l'oscurità che ostile si era impossessata della camera.

Bryan si era accorto che le labbra di Melissa tremavano al ritmo agitato del battito cardiaco.

«Penso sia meglio che non ci vediamo più» aveva singhiozzato, mentre qualcosa esplodeva attraversando la pelle del suo viso: lacrime, lacrime che erano riuscite ad aprirsi furiose un varco nei dotti lacrimali serrati dal dolore.

Bryan aveva tentato di riabbracciarla, ma lei si era rannicchiata dandogli le spalle.

«Ci sono momenti in cui gli atomi del nostro corpo intuiscono che c'è razionalmente qualcosa di sbagliato, di enormemente sbagliato, Bryan... maledizione, tra noi c'è un'altra spiegazione plausibile per quello che è successo, e al solo pronunciarla ne sono terrorizzata» aveva urlato con un tono di voce sfibrato dallo sconforto.

«Allora non ci rimane che dirci *aloha*» le aveva risposto amaramente Bryan, convinto che non sarebbe mai riuscito a dimenticarla.

Le loro labbra si era toccate per un'ultima volta.

15

Stoccolma, 22 aprile ore 23.00

Östermalm al Solidaritet: un vero must della vita notturna della capitale svedese. Un ambiente sofisticato, ove i migliori dj sfornano ottima musica nelle due piste da ballo gremite all'inverosimile. All'ingresso si subisce la più spietata selezione da parte di attenti buttafuori, che si soffermano a osservare con severità l'abbigliamento e soprattutto lo stato psico-fisico dei diversi personaggi che si accalcano per ottenere l'agognato pass.

«Appuntamento al Solidaritet. Ore ventitré e quaranta.» Questo era il messaggio che Michele Matcovich aveva decodificato da quella serie di cervellotiche sequenze alfanumeriche riportate nel foglietto bianco trovato all'interno della busta marrone insieme ai diecimila dollari in contanti.

«Un orario così preciso che solo quel metodico di un nordcoreano poteva scegliere» aveva commentato con evidente sarcasmo.

Non sentiva particolarmente freddo quella sera. Sarà stata l'eccitazione di poter finalmente agire e mettersi in pista per giungere al gran finale dell'operazione. O era l'incertezza di quello che sarebbe potuto succedere ancora una volta consegnata la fatidica chiavetta?

Un fiotto di adrenalina di fronte a possibili, impreviste emozioni lo aveva spinto ad andare a piedi. L'aria gelida della notte gli avrebbe sciolto un po' i muscoli, che per troppo tempo aveva mantenuto inerti. I polmoni avrebbero avuto la necessaria sferzata, dimenticando le noiose ore passate in attesa. Bastava attraversare il parco di Humlegården, e in un quarto d'ora sarebbe arrivato all'imbocco della Lästmakargatan, dove avrebbe scorto la variegata massa umana di giovani o meno giovani che ingombrava l'intera sede stradale nella speranza di poter accedere al locale.

Aveva appena superato il palazzo sede della Kungliga Biblioteket, quando un biondo vichingo, alto uno e novanta, largo di spalle poco più di un armadio a due ante, con bicipiti grossi come noci di cocco ove primeggiavano tatuaggi norrenici tra cui l'enigmatico Valknut, il nodo di Odino, gli si parò davanti all'improvviso. Era sbucato dal nulla. L'atmosfera che ora respirava tra quei rigogliosi frassini del parco era assai poco rassicurante.

«Cosa cazzo vorrà questa specie di insulso bestione?» si domandò a mezza voce.

Il suo quesito ebbe immediata risposta.

Il marcantonio sputò in terra, sfoggiò un sorriso diabolico mostrando una dentatura che lasciava molto a desiderare sull'operato del dentista, e con un grugnito tipico di un cinghiale infuriato lo caricò, facendo un vorticoso gesto con la mano, come volesse scacciare una mosca noiosa che gli ronzava intorno.

Un fastidioso contrattempo in vista.

Matcovich fletté il corpo sulla sinistra, e con un sincronismo perfetto cercò di bloccare l'assalitore con un *haito uchi*, un colpo di karate sferrato con il taglio della mano, ma era come picchiare un blocco di cemento armato scolpito da qualcuno che non doveva aver badato tanto alle rifiniture. La sua intenzione era di non fargli troppo male, solo metterlo fuori gioco. Toglierselo al più presto dai piedi e via. Non sapeva chi fosse, che intenzioni avesse: forse era un ubriaco che aveva perso la ragione per la troppa birra ingurgitata e voleva sfogarsi un poco con qualche innocuo turista di passaggio o presunto tale. Ma purtroppo costui aveva sbagliato soggetto con cui attaccar briga.

Quella specie di monumentale idiota continuava a stargli davanti senza un particolare perché, e in quel momento lui non aveva proprio bisogno di complicazioni. Tuttavia, il dilemma che si era posto, cioè di non infierire più di tanto su quel soggetto fuori di testa, era stato vano, infatti i primi colpi che aveva sferrato per intimorirlo erano stati inutili. Non lo avevano scoraggiato affatto. Anzi... del resto, quelli assestati dal suo inatteso avversario erano stati duri e avevano colpito con la classica intenzione di procurare molto dolore lasciandogli dei segni nel fisico. Quel bestione ci dava dentro e godeva nel farlo, sempre più convinto che la vittoria fosse a portata di mano.

Matcovich incassò un poderoso pugno all'addome, che gli tolse il fiato per qualche frazione di secondo. Per sua fortuna si era scansato con una mossa fulminea di quei pochi centimetri utili a evitare che l'urto gli frantumasse le costole. Sarebbe stato un bel guaio.

«Al diavolo, se deve essere un combattimento senza regole, allora che lo sia» masticò amaro, abbandonando ogni remora.

Doveva stenderlo e basta, e poi chi si è visto si è visto, e ognuno per la sua strada, o meglio, il vichingo con il muso a leccare la terra gelida e lui a riprendere la via per il Solidaritet. Quindi attaccò lo sconosciuto con tutte le forze che il suo corpo era in grado di sprigionare. Senza scomporsi tanto, mise subito a segno un preciso *kagi zuki*, ossia un pugno a uncino. Con sublime piacere sentì frantumarsi la mascella dell'omaccione e vide i suoi denti traballare paurosamente. Una persona normale sarebbe svenuta sul posto dopo un colpo del genere, ma quell'essere non sembrò scosso neppure più di tanto. Non diede peso al sangue che gli colava dalla bocca. Mosse le braccia ritmicamente per poter riprendere fiato, scrollò la testa a destra e a sinistra in modo disarticolato, come se intendesse rimettere in sesto un ingranaggio inceppato, poi sorrise di nuovo assai compiaciuto di trovarsi davanti la sua presunta preda e schernì Matcovich in uno sgrammaticato misto di svedese e inglese: «Pivello, è tutto quello che sai fare?».

Matcovich rimase incredulo di non avere ancora ottenuto il risultato sperato. Si era stancato di star lì a menar botte in una rissa senza senso con uno sconosciuto ubriaco fradicio che non aveva intenzione di togliersi dai piedi. Non poteva assolutamente fare tardi, mancava un quarto d'ora all'appuntamento, quindi decise di riprendere il cammino. Abbassò la guardia di un nonnulla, dando le spalle al suo aggressore. Fu un errore clamoroso.

L'energumeno lo colse di sorpresa. Con un impensabile scatto felino gli si avventò contro e gli passò il braccio intorno al collo. Cominciò a comprimergli la gola con somma goduria, emettendo versi incomprensibili e sbavando dalla bocca sangue, muco e saliva, che inesorabilmente macchiarono l'immacolata camicia bianca Tory Burch che indossava.

Matcovich lo sentì stringere sempre più forte, la vista incominciava ad appannarsi, l'ossigeno al cervello non trovava più la via maestra. Erano inequivocabili segnali di dover reagire subito.

Ora o mai più, si impose.

Basta cincischiare.

Raccolse le ultime energie, concentrandole in un tutt'uno, come a suo tempo gli avevano insegnato al SOBR, lo Special'nyj Otrjad Bystrogo Reagirovanjia, e senza tanti sontuosi sofismi di stile – si sarebbe sicuramente inorridito il suo attuale sensei di arti marziali Takijirō Seki nel vederlo agire in quel modo disarmonico – gli diede una delle più classiche gomitate dall'alto verso il basso nella parte interna del braccio che stava cercando di soffocarlo. Sentì che al vichingo veniva meno il fiato, tant'è che mollò la presa barcollando. Matcovich non si fece scappare il momento propizio: 'fanculo a tutti i dolori subdoli che gli trafiggevano il corpo. Centrò con il gomito il setto nasale del suo avversario. Un crac piacevole risuonò di nuovo nelle sue orecchie. Cartilagine addio! Doppiò immediatamente, con sempre maggiore soddisfazione, il colpo al volto con un diretto lungo e pesante, come se fosse stato un treno merci in transito a tutta velocità.

Fine?

Incredibile: quel bestione era ancora in piedi.

Il suo volto devastato in ogni punto era una maschera impregnata di sangue, ma nonostante ciò il vichingo si lanciò ancora una volta contro di lui agitandosi come un forsennato.

Un semplice sgambetto e il bestione vacillò. Matcovich lo placcò prima che rovinasse a terra, gli strinse il braccio intorno al collo premendogli in contemporanea un gomito dietro la testa, tra cranio e colonna vertebrale. Dieci secondi, non di più, e questa volta sarebbe stato definitivamente fuori gioco.

16

Roma, 22 aprile ore 23.00

Odiavo quella fase delle indagini quando tutte le strade ti portano a ipotizzare di non essere stato capace di comprendere le mosse del tuo antagonista.

Avevo i nervi a fior di pelle, la mente in fiamme.

Dovevo trovare un rimedio.

Silenzio interiore, *antara mauna* in sanscrito, una delle pratiche tenute in maggiore considerazione nell'ambito dello yoga tradizionale. Ricercare in silenzio il silenzio. Un vuoto pieno e non un pieno vuoto, per sviluppare la capacità di osservare i pensieri in modo che lo stato di *pratyahara* e la concentrazione sorgano spontaneamente. La consapevolezza di essere governati da uno spazio equilibrato in assenza di contatto verbale, una relazione autentica con la quiete della mente, ove la claustrale voce interiore rende più sensibili verso colui con cui vogliamo venire in contatto. Si affina così la capacità di averne coscienza, di capirne gli stati emotivi, le sensazioni, il profondo dell'essere. Uno stato ontologico, un'introspezione, una porta per l'accesso a una reale visione delle cose con la propria fonte di chiarezza e intuizione, un pacato fluire nell'ascolto dell'autenticità.

E allora pronti, via. Zitti tutti... ma non era così facile.

Era come se la ferocia del delitto avesse depositato una sostanza densa e oleosa sui miei pori e dilagasse sleale nel mio sistema nervoso, generando una forma di insano torpore che mi impediva di ordinare i pensieri, di valutare con cognizione di causa i fatti, di dare un senso compiuto alle mie quotidiane riflessioni, di allargare la mente alla non conoscenza. Improvvisamente ogni cosa assumeva un'aria sospetta. Mi sentivo vulnerabile.

Avrei voluto tirare una riga nera su quei primi post-it gialli: elementi di riferimento cartacei insostituibili, secondo il brigadiere Denisi, quasi oggetti di culto per poter procedere con competenza nell'inchiesta.

Leggevo e rileggevo nomi e luoghi, dubbi e incertezze, annotazioni sarcastiche o puntuali:

Jodie Mayhem
vittima sulla strada statale 1bis Aurelia
compagna di Braxstone
(bella gnocca con gusti sui generis)

Clyde James Braxstone
ufficiale superiore OF-4 NATO
Saclant San Bartolomeo La Spezia
(un redivivo generale Patton)

Edoardo Colli
medico con specializzazione in chirurgia toracica
Policlinico Universitario Agostino Gemelli Roma

testimone numero uno
amico capitano Petrone
(attendibilità pari al 100%)

Quegli insensibili fogliettini svettavano beffardi sulla parete dinanzi a me. Ammiccanti, mi dileggiavano quotidianamente con superiorità per la mia incapacità di carpire i loro più reconditi segreti. Tutti quei nomi, quei ruoli, quei fatti, quei commenti anche astrusi e salaci, a cosa sarebbero serviti?

Il compianto maresciallo Pasquale Farcoremi, calabrese doc, esperto cacciatore di cinghiali sui Monti della Sila, mi avrebbe sicuramente indotto a ricordarmi che quello era il momento più eccitante del nostro lavoro di investigazione, ovvero che bisognava seguire semplicemente le regole della caccia.

«Capitano» si divertiva a ripetermi «chi fugge ha molte più chance di chi lo insegue. Infatti, se il fuggiasco si è allontanato abbastanza e con circospezione, la distanza potrebbe diventare insostenibile, ma a questo punto – ed ecco il bello – sta al predatore fiutare le tracce lasciate da costui sul terreno, blandirlo alle spalle e catturarlo. Facile, no?»

«A parole» avevo commentato allora ironicamente.

Al solo ricordo di quella riflessione, con logorante monotonia continuavo e continuavo ora a pormi all'infinito la stessa domanda. Era un estenuante ritornello: «Facile, no?».

Il caso di omicidio iniziava ad arroccarsi in se stesso. Come in una partita di scacchi, il re e la torre si muovevano in perfetto equilibrio, simili a esperti danzatori, con lo scopo di rendere più sicura la posizione dello stesso re, e contemporaneamente far entrare in azione lo *sparring partner* di turno, ovvero la torre, e mettermi in seria difficoltà. Ciò mi impediva di effettuare la giusta mossa per ottenere lo scacco matto, e pertanto stentavo a credere di poter imbattermi *d'emblée*, semplicemente girato l'angolo, in qualcuno in carne e ossa con la pistola fumante in mano, mentre sopra di lui un grande cartellone a luminosi caratteri cubitali indicava: È LUI! L'ASSASSINO. È LUI!

Ci doveva essere per forza un indizio fino a quel momento trascurato che all'improvviso sarebbe diventato chiarissimo, fin troppo spudoratamente elementare. Ero più che convinto che quell'odioso indicatore fosse sempre lì ad attendere, piuttosto contrariato, quasi esasperato dalla nostra ottusità a non raccoglierlo, ma stava lì, semplicemente decisivo, senza dir nulla.

Un paio di ore prima mi ero dovuto sorbire un'interminabile filippica da parte del colonnello Frontini. Aveva sfornato, con abilità dialettica sopraffina, uno sproloquio di altri tempi mentre, con immensa soddisfazione, aveva avuto la sfacciataggine di sprofondare nella mia amata poltrona Frau Vanity Fair rossa, da lui stesso tanto denigrata in passato.

«Un oggetto da Grand Hotel Excelsior» aveva commentato sdegnato un giorno osservando quel tocco personale che avevo voluto dare al mio spartano ufficio.

Ma lui aveva goduto a utilizzarla... lo si notava dalla sua espressione distesa.

Il predicozzo smisurato si era concentrato sulla massima cautela che avrei dovuto sfoggiare d'ora in avanti durante lo svolgimento delle indagini. «Diplomazia è la parola chiave» aveva detto Frontini con un'esagerata sottolineatura prodotta da un tono di voce elevato. In pratica, dovevo porre qualche decisa limatura al mio carattere ritenuto alquanto irriflessivo, dovevo quindi dimostrarmi molto più affabile e disponibile, rispetto a qualche giorno fa, quando mi ero incontrato, o forse sarebbe stato meglio affermare punzecchiato, con l'agente speciale Savannah Hartmann e il suo collega, l'agente John Ressler. Infatti, dopo quella schermaglia verbale considerata piuttosto sgarbata dai nostri rispettivi superiori, si rimarcava che dovevo assumere un atteggiamento molto più avveduto e accorto su come pormi con i miei interlocutori statunitensi poiché, per come si stava sviluppando l'inchiesta, sarei stato presto affiancato anche da elementi di alto grado della CIA provenienti direttamente da Langley. Braxstone era considerato un *sensitive target*, e quindi non potevo esimermi dal collaborare con costoro, anche se in realtà il colonnello sapeva benissimo che ne avrei fatto volentieri a meno.

«Sia esente da personalissime pruderie, mi raccomando Petrone» aveva sottolineato Frontini, questa volta con un fastidioso tono di voce in falsetto.

Il mio nuovo *coéquipier* sarebbe stato l'*elite officer* Melissa Webster, che era atterrata nel pomeriggio all'aeroporto di Ciampino. Prescindendo dall'importanza del personaggio, dall'esperienza maturata direttamente sul campo, nonché dagli importanti, recenti incarichi avuti all'interno della sezione NIPC, il National Infrastructure Protection Center su cui Frontini si era dilungato ancora per un'altra buona mezz'ora, non avrei dovuto farmi assolutamente distrarre dalle sue maniacali abitudini, ma soprattutto dalla sua evidente avvenenza. Certamente la foto che mi aveva allungato, con un eloquente sorrisetto stampato in volto, era testimone fedele di quella sua spudorata affermazione.

A questo punto, una volta incontratala l'indomani mattina, al sottoscritto non sarebbe che rimasta l'ardua sentenza.

Sfogliavo il dossier dell'indagine con una stizza serpeggiante, leggevo gli iniziali resoconti, le relazioni puntuali della Scientifica, osservavo le foto allegate, scattate sul luogo del delitto. Non è facile stare accanto alla morte e sostenerne la violenza e il dolore espresso. Per andare oltre e valutare gli accadimenti, bisogna portare sulle proprie spalle un bagaglio il più possibile leggero, nessun coinvolgimento emotivo, nessun turbamento, nessuna acredine, solo un pizzico di ostentato cinismo: hai di fronte a te un cadavere e null'altro, mai un essere umano che ha subito la più bieca profanazione della sua esistenza. Questo esercizio di assoluta negazione, però, non è poi così semplice da esercitare, e a me riusciva malissimo. Anzi.

Il mio intuito mi diceva che non sarebbe uscito nulla di buono da quello che mi ostinavo a esaminare. Io mi fidavo del mio fiuto più di tutte quelle cartacce che avevo girato e rigirato sin quasi a consumarle. Dovevo trasformare le mie sensazioni in una seconda vista. Dovevo interpretare tutto quello che era di mia conoscenza. Dovevo masticare il dolore. Sentivo qualcosa nell'aria, ma non riuscivo ad afferrarla, a comprendere cosa fosse. Un errore di valutazione avrebbe causato imbarazzo, sofferenza, senso di colpa o altro ancora. La verità sarebbe stata invece anche peggio, ma era mio dovere scoprirla.

17

Il vicebrigadiere Pierotti guidava senza fretta, senza alcuna destinazione precisa.

Desideravo, solo per qualche istante, immergermi nella routine primordiale di un ordinario turno di notte. La vita vera, quella perennemente ancorata ai pesi gemelli del dovere e delle responsabilità, consapevole del ticchettio dell'orologio che muove gli ingranaggi delle esistenze che si incrociano quotidianamente. Pensieroso e silenzioso, guardavo lo svolgere del traffico intorno a me, curiosando all'interno degli abitacoli delle auto incolonnate. Anche a quell'ora tarda, sul Lungotevere Tor di Nona, ascoltavo l'inquieto rumore dei motori che attendevano l'agognato verde del semaforo all'incrocio di piazza di Ponte Umberto I, osservavo gli sciami di nottambuli che si avviavano gioiosi verso i luoghi della movida romana. La radio di bordo sembrava esausta dalla lunga giornata ed emetteva indefiniti fruscii di sottofondo, ogni tanto la voce di un collega in servizio dalla centrale intercalava codici operativi con le pattuglie in servizio. Era un tuffo nel passato che mi sarebbe servito per acuire i miei sensi incapaci di scrollarsi di dosso il timore strisciante che mi stesse sfuggendo qualcosa di fondamentale, sensi vacui, simili a soffioni affidati al vento che si levano innocenti dalle mani di un bambino, disperdendosi nell'aria sopra le sue spalle. Grande scuola la notte con i suoi odori, le sue ombre, le sue opache luci e i colori soffusi, con il silenzio o le grida della fauna più disparata di cui il genere umano possa disporre. Oggi come oggi, quella magia fatta di inesplorato buio e pura adrenalina, per il sottoscritto, era oramai qualcosa di estremamente raro.

«È il prezzo della carriera, capitano» sottolineava con grande solennità Frontini, aggiungendo con altrettanta sicumera: «Chi ha l'onore del comando non può stare in prima linea ventiquattro ore su ventiquattro, altrimenti rischia di perdere la necessaria lucidità, strumento indispensabile per affrontare le sfide di ogni giorno e guidare in modo appropriato i suoi uomini».

Può darsi che un fondo di verità ci fosse in quelle parole, ma io sono personalmente convinto che se ogni tanto non mordi la prima linea, non senti l'odore dell'asfalto, il sudore della divisa che ti si appicca addosso, il sapore dell'ignoto che scorre dentro il tuo corpo, non puoi sapere quando e quanto un'operazione possa essere difficile, complicata e rischiosa. Infatti, da dietro una scrivania tutto sembra più abbordabile, più definito, più facile da coordinare, da commentare in seconda battuta.

18

Salvatore Iodice se ne stava seduto con lo sguardo che pareva perso nel vuoto, un essere indistinto all'interno del paesaggio, assente come un serpente che si scalda beatamente al sole sopra una roccia, ma in realtà fissava l'automobile di servizio dell'*elite officer* Melissa Webster che entrava nel parcheggio.

Uno sfavillio di luci intermittenti di colore blu dardeggiava nel buio.

Un veloce esame della carovana: due auto di scorta, quattro uomini.

Una più attenta occhiata all'ambiente circostante ed ecco, poco più in là, un'altra automobile, un'inconfondibile auto civetta con a bordo tre soggetti con il fare tipico dei bodyguard americani: capelli tagliati a spazzola, fisici monumentali, mascella squadrata, camicia bianca, abiti impeccabili e occhiali scuri, anche di notte, tanto per non farsi notare! Era diverso tempo che quell'anonima Alfa Romeo Giulia sostava nelle vicinanze, evidentemente quei personaggi avevano avuto il compito di sondare in anticipo il terreno intorno a loro con la dovuta discrezione. Avevano valutato il contesto, lo avevano esaminato nei suoi particolari e considerato bonificato, e quindi avevano dato il loro *placet* affinché Melissa Webster potesse recarsi senza problemi all'appuntamento.

Troppo divertente, troppo scontato!

Sarebbe stato sufficiente piazzare un abile cecchino sul tetto di una delle case attorno al seicentesco complesso di Borgo Ripa a Campo de' Fiori, il Domina, e tanti saluti a tutte le misure di sicurezza che girovagavano granitiche attorno a lei. Ma la trama non sarebbe stata per nulla originale, era troppo ovvia. Neanche un film d'azione di bassa lega l'avrebbe presa in considerazione. Ci voleva qualcosa di inconsueto, di assolutamente insospettabile, una genialata da far stupire perfino gli addetti ai lavori!

Iodice era il più raffinato nel suo lavoro, era un cesellatore, un manierista, uno che operava con meticolosità esagerata, che sfiorava la pedanteria, una qualità talmente sviluppata da raggiungere la follia pura, una coazione estrema. Ogni suo passo doveva rasentare l'assoluta perfezione, nonostante fosse sempre alla ricerca di uno stravagante colpo a effetto, un qualcosa che lo portasse all'eccitazione completa dei propri sensi. Voleva procurarsi un orgasmo incorporeo, voleva che chi lo aveva ingaggiato si stupisse della sua imprevedibilità, della sua innata creatività, e quindi esaltasse all'inverosimile le sue performance di killer innovativo. Nessuno mai lo avrebbe potuto imitare. Finiva sempre con l'identificarsi con la missione che doveva compiere, in misura tale che non poteva separarsene. Esigeva una conoscenza dell'essenza più specifica di quello che sarebbe andato a creare. Giungeva persino a credere di stare lottando per la sua stessa sopravvivenza, e per questo motivo non poteva assolutamente fallire, anzi, doveva solo avere l'abilità di sorprendere. Sbalordire, lasciare di stucco il suo avversario e il suo datore di lavoro era un must, cui non poteva rinunciare. Per lui uccidere era semplicemente un modo per rimuovere un problema che lo disturbava dal momento in cui veniva ingaggiato. *Weltanschauung*, una sua personalissima concezione del mondo, avrebbe semplicemente rimarcato beffardo.

Con il bicchiere in mano, riempito di un indefinito cocktail di colore arancione pallido, si era messo a passeggiare, con aria annoiata, all'interno dei suggestivi giardini di Donna Olimpia Maidalchini Pamphilj. Per stemperare l'attesa, si era addirittura soffermato a osservare con ammirazione la fontana con la chiocciola e i delfini disegnata da Gian Lorenzo Bernini e donata alla stessa principessa Olimpia da Sua Santità papa Innocenzo X.

Vide la sua preda scendere dall'auto e dirigersi verso l'edificio illuminato ad hoc per la soirée.

Melissa Webster gli piaceva molto, forse anche troppo: il modo in cui camminava, le lunghe falcate sensuali, la sicurezza spavalda, lo sguardo sprezzante. Sapeva, anzi pretendeva che il mondo circostante la contemplasse con una certa invidia. Era una vera donna, così eccitante e sorprendentemente femminile, nonostante il suo mestiere. Una femmina che conosceva il fatto suo. Un brivido di insano piacere lo percorse sleale: i biondi capelli di lei venivano scompigliati dal vento, un ponentino sbarazzino proveniente dal mare che si era insinuato tra le anse del

Tevere. Due fili dorati, ciascuno dei quali terminava con una perla antica, pendevano dalle sue orecchie e danzavano suadenti ogni volta che muoveva la testa. Lo *chemisier*, un abito che superava su di lei i confini del gusto e del tempo, la adornava come fosse stata una dea dell'Olimpo.

Gli sembrava ancora più bella di quando l'aveva incrociata l'ultima volta a Richmond, in Virginia.

Non poté trattenersi dal sorridere: era certo che l'imperturbabile e distaccata *elite officer* fosse fantastica anche a letto. Una pantera da cacciare con estrema astuzia, da scoprire come un prezioso tesoro nascosto in uno scrigno dai mille segreti e assaporare con la dolcezza di chi vuole il suo piacere nei modi più impensati.

Un vero peccato doverla uccidere senza poter toccare l'empireo delle sue grazie.

Fine delle distrazioni.

«*Keep your eyes on the ball*, Salvatore» ordinò a se stesso alla maniera di un quarterback durante l'ultimo quarto della finale del Super Bowl.

La scena era a sua disposizione. Aveva tutto sotto controllo.

Un paio di uomini della scorta avanzavano fieri e impettiti come fossero stati degli eroi di guerra con appuntata sul petto The Purple Heart, la più vecchia onorificenza in uso presso le forze militari statunitensi. Gli sfilarono a fianco con andatura decisa, scostandolo impercettibilmente di quel tanto per evitare che intralciasse il passo al soggetto sotto la loro tutela, altri due bodyguard lo degnarono appena di uno sguardo come a dire: «Ehi, tu, cos'hai da guardare? Togliti di mezzo».

Melissa Webster si accomodò in una zona riservata

esclusivamente per lei. Era leggermente in disparte rispetto al movimento degli ospiti, che iniziavano a occupare gli spazi della villa per gustare i sontuosi *night happy hour* messi a disposizione dalla *maison*.

Salvatore Iodice osservò con diligenza la studiata posizione che le quattro guardie del corpo avevano assunto attorno a lei: un perfetto cerchio atto alla difesa, ma soprattutto propedeutico, se del caso, all'attacco, qualora avessero notato movimenti anomali. Invece gli altri tre uomini della scorta passeggiavano con scrupolosa attenzione, avanti e indietro, lungo i ballatoi delle mura di cinta del palazzo. Nulla e nessuno pareva sfuggire ai loro sguardi, al loro istinto di navigati guerrieri.

Iodice poteva sentire il sangue pulsare nelle sue vene con ritmica frequenza al di sopra del traffico che si affannava caotico sul lungotevere, in contrasto con il fluido mormorare delle placide acque del fiume che scorreva a pochi metri sotto di lui. Il ritmo eccitato dei mille cuori degli ospiti gli arrivava alle orecchie simile a un frenetico battito d'ali. Erano individui che vivevano in un perenne stato di movimento, come fossero stati atomi impazziti. Erano una mandria di esseri umani di ogni età, sesso, colore che voleva vivere intensamente la notte, assaporare il cibo, godere della bella gente, tuffarsi in un vortice di piacevoli e appaganti sensazioni senza subire troppi condizionamenti legati al passato e al futuro. Le persone, la loro voce, il loro odore lo assediavano in modo molesto, ma non ci faceva caso, erano un corredo obbligato e non pensava lontanamente di guardare cosa costoro stessero facendo, non udiva volutamente neppure i rumori dei saluti, delle risa, delle amichevoli e oziose chiacchiere che riempivano in un vorticoso brusio i porticati che conducevano alla chiesa di Santa Maria in Cappella, incastonata all'interno dell'antica proprietà.

Ora entrava lui in scena.

Nessun cecchino, nessun kamikaze, nessuna plateale azione terroristica, solo un tocco di gran classe e, *mes amis, les jeux sont fait, rien ne va plus*!

Aveva già predisposto tutto. L'attendevano una impeccabile divisa da cameriere, stirata di tutto punto, il solito *long drink*, che in maniera quasi stucchevole, dovunque fosse andata nell'universo, Melissa Webster ordinava, e per finire... ecco il tocco magico! Trasse dalla tasca un'anonima fialetta di vetro trasparente contenente un liquido incolore, insapore, aleggiava solo un odore vagamente analogo a quello delle mandorle amare.

Audace e spericolato, come piaceva a lui.

Che temerarietà!

Non attese altro.

Si diresse con aria professionale verso la zona riservata ai cosiddetti vip e questa volta fu lui a non degnare di uno sguardo gli uomini della scorta.

Si produsse in un ossequioso inchino, posò il Virgin Colada sul tavolino accanto alla poltrona dove era comodamente sprofondata l'*elite officer*, e con arte vi dispose anche un ben di dio di stuzzichini: canapè, crostini, minitramezzini, tartine, salatini *et similia*. Un ultimo, formale, breve cenno di saluto e si dileguò, impersonale come era giunto. Se lo avevano notato, era uno o nessuno degli anonimi inservienti in circolazione all'interno del Domina, praticamente un'entità inesistente.

Fase uno completata.

Facile, troppo facile.

C'era quasi da meravigliarsi con quale classe l'avesse portata a termine!

Il profumo dolce e seducente di lei, che aleggiava stuzzicante nell'aria fresca della notte, lo aveva gradevolmente infastidito. Iodice cercò di scacciare l'inebriante fragranza che lo stava distraendo, ma essa, subdola, lo ghermì con sempre maggiore spudoratezza. La riconobbe immediatamente, era una tra le sue preferite: Euphoria di Calvin Klein. Irrimediabilmente infatuato, non seppe resistere a quell'effluvio, quindi si fermò una frazione di secondo in più del dovuto, e con baldanza non poté non dare un'occhiata furtiva alle gambe accavallate di lei. Lo *chemisier* era salito a tal punto che, con piacevole stupore, il suo sguardo colse il color verde smeraldo della sottostante biancheria intima e, preso da un senso di vertigine, indugiò anche a osservare licenzioso il profondo azzurro dei suoi occhi.

Yikes, che femmina!

Che inutile spreco, *quel dommage* dover procedere alla sua eliminazione. Ma il lavoro è lavoro e non sono ammesse discussioni.

Melissa Webster era al cellulare. Non aveva dato peso più di tanto a quello che stava accadendo attorno a lei, aveva alzato distrattamente lo sguardo perché un sottofondo di eccessivo vociare la stava irritando. Che trambusto! Solita gentaglia, aveva pensato. Poi una strana sensazione si era impossessata di lei. Ebbe un sussulto, le sembrò che due occhi di fuoco la stessero penetrando. Si riprese subito da quell'impercettibile fastidio, era solo il cameriere che la stava servendo, quindi gli rivolse per pura cortesia uno dei suoi magnifici sorrisi di circostanza e lo congedò con un breve cenno della mano, continuando a parlare con una certa enfasi al telefono. Al momento aveva cose ben più importanti da affrontare che riprendere il comportamento licenzioso di un anodino inserviente.

Stupenda e stupendo, ghignò Iodice.

Tra poco tutto sarebbe finito.

Una procedura delicata che aveva richiesto conoscenze specialistiche e molto sangue freddo, anche se in ultimo una piccola sbavatura, ahimè, se l'era concessa. In ogni caso, come suo costume, aveva beffato tutte quelle scenografiche misure di sicurezza di «livello 2», blandite in maniera molto, molto semplice.

Fico, molto fico.

«*Elementary, my dear Watson*» pronunciò a mezza voce Salvatore Iodice, come a suo tempo aveva declamato con tipico aplomb anglosassone William Gillette, il primo attore a portare il personaggio di Sherlock Holmes sul palcoscenico teatrale londinese.

Melissa Webster fra pochi istanti sarebbe diventata cianotica. Le pupille dilatate, la bocca coperta da una schiuma sanguigna, sarebbe crollata a terra in preda a terribili convulsioni. La morte, causata da arresto respiratorio, l'avrebbe ghermita in pochi minuti.

Game over.

Uno spettacolo grandioso, da meritarsi l'Oscar.

Una sceneggiatura all'altezza di David S. Ward nel film *La stangata*.

Fase due completata.

The end!

19

L'ambulanza stazionava con i lampeggianti spenti davanti all'ingresso di Lungotevere Ripa al numero civico 3, la cosiddetta «Pimpaccia», l'ex residenza Doria Pamphilj affacciata sul Colle Aventino. I paramedici parlottavano fra di loro senza particolare preoccupazione, seduti sul marciapiede in attesa di istruzioni. Due volanti della Polizia, poco più in là, deviavano il traffico verso via dei Vascellari, un furgone grigio era posteggiato alla bell'e meglio fra due gazzelle dei Carabinieri sopra il marciapiede controllato da vicino da un granitico appuntato, un paio di enormi Chevrolet Suburban 3500HD nere bloccavano l'intera sede stradale insieme a due auto civetta, unità mobili dei mezzi di informazione erano state opportunamente bloccate all'angolo con via Ripense, i cronisti riuniti in capannelli parlavano tra loro, mentre i tecnici e i cameraman sistemavano l'attrezzatura pronti a filmare un possibile scoop.

Pierotti, con una forsennata gimcana tra il traffico

notturno della Capitale in vitale attività, mi aveva portato a velocità supersonica in quel luogo sovraffollato di automezzi e umanità varia.

Osservavo con attenzione il tenente Donna della Scientifica. La fioca illuminazione gli metteva in ombra il viso, le prime impietose rughe solcavano indiscrete un'espressione sofferta. Silente, come il sottoscritto, stava esaminando la scena del delitto da lontano. Continuava a guardare fisso dinanzi a sé senza battere ciglio, era come se in quel luogo si aprisse un paesaggio vuoto da dischiudere. Impossibile comprendere, in quel fuggente attimo, quali pensieri misteriosi solcassero la sua mente.

«Basta che ti guardi attorno e ti rendi conto subito che non avranno lasciato la benché minima traccia. Gherardo, questa non è gente stupida. Ci manca poco che non abbiano indossato le stesse cose che mettiamo noi per non inquinare il sito che dobbiamo esaminare.»

«Vorresti dire tute, guanti, sovrascarpe, mascherine, annessi e connessi» suggerii.

«Già, proprio così, capitano. Ti guardi intorno, ed ecco il risultato di quando fanno vedere alla televisione i nostri metodi di lavoro nei minimi particolari! Ogni fottutissimo criminale riceve lezioni giornaliere di come commettere un reato e farla franca senza tema, poi sono cazzi e controcazzi nostri il trovare qualche indizio che ci possa far comprendere il chi, il come, il quando e il perché.» Donna trasse scoraggiato un intenso respiro dal profondo dei polmoni, si voltò prima verso di me, come a cercare un inaspettato conforto, poi tornò a guardare il corpo esanime di Melissa Webster.

Tra di noi, nell'aria immota della notte, vorticava un conflitto di emozioni contraddittorie.

Alla vista di quel cadavere provavamo un insieme di disgusto e rabbia, sentivamo profonda compassione per lo smarrimento che era comparso negli occhi di chi era stato presente al fatto delittuoso, e allo stesso tempo un senso di persistente nausea ci opprimeva al pensiero di dover parlare con tutta quella popolazione di individui in mezzo all'incredulità e al devastante sgomento che regnavano silenziosi in quel luogo di morte. Poi, però, tutto veniva immediatamente dimenticato dall'eccitazione del senso del dovere, che ci riportava severo alla realtà che dovevamo affrontare.

La scena del delitto, come sempre, si presentava con la sua usuale veste provocatoria: l'ignoto.

Il primo sopralluogo era fondamentale. Il particolare che avrebbe potuto far decollare l'indagine poteva essere lì a due passi da noi, sotto i nostri stessi occhi, in attesa di essere trovato, e se c'era, Donna l'avrebbe scovato. Infatti lui notò subito la figura femminile, non l'*elite officer*.

Melissa Webster aveva un bel fisico, capelli biondi regolati da un taglio molto aggraziato, mani curate, il tatuaggio impercettibile di una rosa sulla caviglia destra, gli occhi sgranati colmi di dolore.

«Chiunque sia stato, ha agito con notevole professionalità, beffando tutte le misure di sicurezza che le ronzavano attorno. Pensa un po', sei uomini, no, sette per la precisione e... puff, una grande presa per il culo! Un killer addestrato, molto abile, meticoloso, non convenzionale» mi disse Donna mentre, sbuffando, indossava una di quelle scomodissime tute in tyvek bianco.

I ragazzi della sua squadra erano già sul pezzo da diversi minuti e si davano da fare con la solita accuratezza, analizzando il luogo nella sua globalità. Non tralasciavano nulla, una severa griglia li portava a esaminare con caparbietà anche il più infinitesimale filo d'erba che avesse una possibile anomalia. Nonostante la forte umidità della notte che opprimeva ogni movimento, il luogotenente Sergio Relotti e il sottotenente Susanna Rosiello si prodigavano alla ricerca del più piccolo degli indizi possibili. Sapevano che il tempo non era un loro alleato, tutt'altro. Le tracce davvero utili saltano fuori, di solito, entro la prima ora di osservazione: l'ora più preziosa per carpire con astuzia i segreti nascosti dell'omicidio.

Ancora una volta Donna non si era smentito. La sua tirannica scrupolosità era riconosciuta come un dono supremo per quel tipo di lavoro. Aveva organizzato tutto nei minimi dettagli: aveva addirittura tirato giù dal letto un suo amico dell'Aeronautica Militare, il tenente Gabriele Colombi, per avere le più puntuali previsioni meteorologiche. Era il primo esame della scena del delitto, e certo non voleva correre rischi che un improvviso acquazzone rovinasse il suo lavoro nel momento cruciale.

Una persona al di là del cordone di Polizia piazzato per tenere lontano la stampa e i curiosi mi chiamò. La sua voce aveva una cantilenante inflessione anglosassone, mi ricordava qualcuno, ma facevo fatica a darle un volto specifico. Feci cenno a Pierotti di consentire a costui di superare il nastro che delimitava il sito ove era avvenuto l'assassinio. L'uomo si diresse con passo sicuro verso di me. Mi tirai indietro il cappuccio della tuta e abbassai la mascherina per vedere chi fosse.

«Potrei dare un'occhiata anch'io, se non vi dispiace?» mi chiese Clyde James Braxstone.

«Certo che no» risposi, piuttosto seccato per la sua intrusione. «Credo che lei sappia benissimo che, per ovvi motivi conflittuali, non può assolutamente avvicinarsi al luogo del crimine. La prego, pertanto, di ritornare prontamente sui suoi passi ed evitare qualsiasi tipo di interferenza.»

Donna, che si era avvicinato, curioso di capire chi fosse l'individuo che battibeccava con il sottoscritto, si diresse verso un borsone nero dove campeggiava la scritta «Carabinieri Investigazioni Scientifiche», tirò fuori un intero kit e, alzando il pollice della mano destra, disse con mia grande sorpresa a Braxstone: «Clyde, per favore, non dimenticare di metterti la mascherina bene sul volto, così, anche se verrai ripreso dalla telecamera del nostro Ivan, potremo sempre dire di non averti riconosciuto!».

Dovevo avere un che di stralunato, tanto che Alessandro fu costretto ad abbozzare uno strascicato sorrisetto di circostanza e a sussurrarmi: «Gherardo, se potessi spiegarti più tardi il motivo per cui conosco l'OF-4, te ne sarei veramente grato. Ora mi sembra più opportuno vedere se riusciamo a cavare qualcosa in mezzo a questo gran bailamme».

Un senso di insofferenza acuta si disegnò forzato sul mio viso, così come era forzato trattenere l'ira crescente che avvampava turbolenta in me. Tuttavia, il raziocinio ebbe il sopravvento e convenni, *pro bono pacis*, che si poteva attendere il «più tardi» di Donna per avere le dovute e necessarie spiegazioni. C'era sicuramente qualcosa di più importante da fare che soddisfare i rutilanti quesiti che mi si affastellavano nella mente come acque dirompenti di una cascata.

20

Stoccolma, 22 aprile ore 23.40

Eliminate le molteplici scorie dell'apparato osteoarticolare tramite il rilascio quasi ossessivo di endorfine, Michele Matcovich aveva riallineato se stesso. Un senso di benessere e di rivitalizzazione corretta delle sue generali funzionalità lo permeava.

«*Game over!*» sussurrò sprezzante nell'orecchio del turbolento vichingo, ora esangue sulla coltre di neve che copriva il terreno del parco.

Con un gesto inconscio si tolse qualche granello di ghiaccio misto a terra che gli pareva imbrattare la sua giacca a vento Blauer blu notte, raccolse il berretto di lana e, scapigliando i capelli, se lo rimise in testa.

Quattro passi, il respiro aveva ripreso il giusto ritmo, ed ecco i suoni e i rumori del popolo della notte che si accalcava all'ingresso del Solidaritet.

Si avvicinò con una certa circospezione alla moltitudine di gente che premeva per entrare. Ciò che gli era accaduto poco prima lo aveva improvvisamente reso più guardingo.

Un sottile dubbio cominciava a frullargli irrequieto nella mente: qualcuno sapeva?

Impossibile.

La procedura non aveva mai avuto falle.

Il messaggio ricevuto era stato chiaro, tant'è che adocchiò subito la donna scesa da una lussuosa Volvo XC90 che si stava dirigendo con padronanza di movimenti verso di lui. Era il suo contatto. Indossava un paio di jeans così attillati che si poteva immaginare tutto, una camicetta di seta sotto una giacca di pelle con le frange tipo Dennis Hopper nel mitico film del 1969: *Easy Rider*. Il viso era attraversato in maniera quasi palpabile da una corrente di energia primordiale, i capelli erano morbidi e scuri, gli occhi perforavano il freddo pungente della notte.

Matcovich la trovò stupenda.

«Sei più alto di quanto mi aspettassi» gli disse la donna.

«Ci conosciamo?»

«Non ci hanno mai presentato ufficialmente.»

«Come ti chiami?»

«Non sono ancora pronta a confidarmi con te.»

Lui le sorrise forzatamente, non si stava divertendo affatto, l'approccio era corretto sulla base delle istruzioni ricevute, ma stava diventando lezioso, fin troppo, però emblematico della mentalità maniacale di Hwang Myong-Hyok. Una sequela di domande e risposte concatenate fra loro: non bastava una sola parola d'ordine come in qualsiasi spy story alla moda di Daniel Silva?

La donna stava per porgli un'altra delle fatidiche

domande, quando un movimento in fondo alla strada attirò la sua attenzione.

«Cosa c'è?» le chiese Matcovich, attivando al massimo le proprie percezioni sensoriali.

Lei guardò nella direzione da cui era arrivato. «Mi è parso di vedere qualcosa muoversi all'angolo della strada.»

«Qualcosa... tipo?» la sollecitò, sempre più incuriosito.

«Non saprei dirlo con certezza.»

«Vuoi che andiamo a controllare?»

La donna rispose scuotendo la testa: «No, non era niente, molto probabilmente».

«Niente? Effettivamente niente, o magari poteva essere uno zombie?» replicò lui con estremo sarcasmo, stufo di questo melenso batti e ribatti.

Voleva andare al dunque e risolvere al più presto la questione.

«Se è così come dici, mister Michele Matcovich, allora puoi stare tranquillo, perché ho sentito dire che si nutrono solo di cervelli.»

«Molto divertente, miss» replicò Matcovich sull'incazzato, non tanto per la pronta e pepata risposta ricevuta, ma per il fatto che lei conoscesse il suo vero nome e cognome e lui invece non sapesse nulla di lei, se non il motivo per cui si trovasse lì a quell'ora.

21

Da lontano sembravano una coppia di buttafuori del Solidaritet. Indossavano camicia bianca, cravatta scura, completi eleganti, ma i muscoli dei bicipiti simili a rocce, la testa rasata come una palla da bowling e la postura troppo rigida e massiccia tradivano il passato militare, nonché ore e ore di palestra.

Matcovich scrutò con maggiore attenzione il punto che aveva attirato lo sguardo della donna. Al di là delle mordaci battute che si erano scambiati poco prima, una certa insofferenza iniziava a serpeggiargli dentro. Doveva esserci qualcosa che non andava per il verso giusto. Lo scenario ipotizzato stava cambiando rapidamente. Brividi gelidi gli correvano lungo la schiena e sulle braccia, la testa rimbombava ovattata, il cuore pompava veloce, l'udito si era fatto finissimo tanto che d'improvviso gli parve perfino di sentire il ticchettio del suo Rolex Submariner Date.

Andiamo, Michele, disse a se stesso, questi sono sintomi di evidente paranoia causati dal duro scambio di colpi avuti al parco con quella specie di ubriacone di un vichingo.

Ma fu proprio in quel preciso momento che il formicolio irrequieto si trasformò nella mente in un assordante campanello d'allarme. Quegli uomini avevano girato l'angolo del Solidaritet e si stavano inequivocabilmente dirigendo verso di lui con intenzioni tutt'altro che amichevoli.

«Prima il vichingo e adesso questi due Schwarzenegger qua. Cosa cazzo ha combinato quell'idiota di un nordcoreano?» si domandò furibondo, quando sulla gamba sinistra del suo contatto comparve un puntino rosso che vacillò lievemente e poi incominciò a spostarsi verso l'alto del suo seno.

Un tiratore scelto l'aveva nel mirino.

«Giù» le gridò, mentre la scaraventava con tutta la forza che possedeva contro quella massa umana assiepata a pochi metri da loro.

Fu un parapiglia generale.

22

Stoccolma, 23 aprile ore 1.30

L'istinto gli diceva che era il caso di tentare, anche se per un attimo Matcovich ebbe il timore di non potersi fidare di quel sesto senso che lo aveva sempre aiutato nelle situazioni più complicate e che gli aveva permesso di salvare la pelle. Gli sembrava che gli strumenti interni di navigazione fossero momentaneamente in stato di avaria. Doveva assolutamente andare in un luogo tranquillo, decontaminarsi da quello che gli era accaduto e ricapitolare con freddezza la situazione. Doveva trovare qualcuno di cui si fidava ciecamente e condividere i fatti per ricercare la soluzione più opportuna da adottare. Un esame asettico era obbligatorio per programmare le mosse successive. Forse si sbagliava? No, non si sbagliava. Qualcosa era andato storto e non gli piaceva affatto. Si sentiva accerchiato. Aveva imparato da tempo a dare retta alle sue sensazioni viscerali, messe alla prova nei campi di battaglia dove tanti come lui, meno istintivi, erano stati annientati da terribili armi che colpivano inaspettatamente dal cielo alla velocità del fulmine.

Lui e il suo contatto erano usciti indenni da quel marasma di gente che gridava, che si agitava con fare delirante, che lanciava maledizioni a non finire. Aveva caricato a forza la donna nella Volvo, aveva controllato di non essere seguito, quindi prudentemente, aveva posteggiato a pochi passi dallo Stockholms Medeltidsmuseet, nell'isola di Helgeandsholmen, una corsa a piedi lungo il ponte di Norrbro e, lambendo il Kungliga Slottet, sino al suo attico.

Una decisione giusta, sì.

Il suo appartamento a Gamla Stan poteva essere considerato un luogo sicuro? Non c'era alcun dubbio, altrimenti tempo addietro non vi si sarebbe mai rifugiato insieme a Pernilla, la sua partner di tante comuni scorribande. Infatti l'aveva condotta lì, ferita, anche l'ultima volta che avevano agito insieme. Vedendola in quello stato, devastata dalla fatica, sfibrata dalla fuga, sofferente dal dolore, aveva provato un senso di possibile privazione così intenso da arrivare a credere che sarebbe potuto morire senza di lei. Si era accorto che non la stava guardando più solo come una compagna d'arme, ma in lei vedeva... Pernilla. Era cosciente delle sensazioni e dell'odore che il suo corpo emanava. Guardandola, percepiva di avere di fronte una donna, una vera donna, e se ne era innamorato. Dinanzi a una tale devastante attrazione, non se l'era più sentita di ricambiarla con intrighi, tradimenti e sangue. Aveva deciso che sarebbe rimasto un cane sciolto, senza vincoli. Doveva bandire definitivamente quelle emozioni che lo sconvolgevano. Aveva giurato a se stesso che mai più l'avrebbe desiderata, che avrebbe cestinato ogni sentimento. Se n'era andato senza una parola, chiudendo la porta alle sue spalle, mentre lei dormiva.

Ma il destino aveva giocato ancora una volta il suo jolly. Infatti, la sera precedente all'incontro previsto al Solidaritet, se n'era andato a piedi fino nell'isola di Södermalm. Si era fermato al Morfar Ginko, uno dei bar più popolari di Stoccolma e, tanto per distrarsi un poco dalla morsa dell'isolamento di quei monotoni giorni, tra una birra e l'altra aveva iniziato a giocare a ping pong con un gruppo di avventori conosciuti sul posto. Nel bel mezzo della partita, qualcuno gli aveva toccato una spalla, facendogli perdere il punto, e si era sentito sussurrare in un orecchio: «Ehi, Micky, te la senti di sfidarmi?».

Lui l'aveva guardata esterrefatto, come se fosse stata una sirena appena riemersa abbagliante dalle fredde acque del Mar Baltico.

Lei aveva avuto la sensazione di conoscere già quello che lui stava per dirle.

E ancora oggi sapeva che aveva bisogno di lei.

Dopo quella folle corsa lontano dal Solidaritet, finalmente a casa aprì la porta e vide Pernilla che si aggirava in soggiorno con indosso il suo soffice accappatoio blu e un asciugamano avvolto in testa a mo' di turbante. Portava ai piedi solo morbidi calzini di lana dello stesso colore. Non una gran mise, ma era sexy comunque.

«Hai un'aria molto *nyckfull* questa sera» le disse prendendola in giro.

«Uhm» gli rispose prima distratta, poi, alzando lo sguardo pronta a replicargli a tono, trasecolò e gli mostrò con odio il dito medio.

Scorgendo il suo repentino cambio di stato d'animo, Matcovich tentò di parlare di nuovo, prima che lei potesse formulare la rabbiosa cascata di improperi che si scorgeva all'orizzonte dei suoi pensieri, ma non fece in tempo.

Squadrando con avversione indefinibile la donna che era al suo fianco, gli riservò una smorfia di profondo disprezzo, e le parole che ne uscirono furono scandite da respiri inferociti: «Dillo, avanti, forza. Vuoi che mi tolga dalle palle ancora una volta?».

«Aspetta, per favore, non interpretare in maniera errata la situazione, prima dovrei spiegarti cosa sta succedendo.»

Pernilla ansimò per un istante e poi, voltandogli le spalle, sibilò un sonoro: «Ma vaffanculo, tu e le tue spiegazioni del cazzo».

Matcovich, inebetito dalla reazione furibonda, era rimasto fermo sulla soglia dell'appartamento, che in quel momento gli sembrava avere un aspetto stranamente scialbo. Non c'erano luci accese, arrivava solo il bagliore flebile che filtrava dai lampioni della strada sottostante.

«Ho l'impressione che sarà una notte lunga» disse il suo contatto con aria perplessa.

«E tu, cosa vuoi, stronza?» le latrò velenosa Pernilla girandosi di scatto.

«Vorrei...» intervenne Matcovich, ma non fece in tempo a finire la frase. La mossa di Pernilla lo colpì di sorpresa: un sonoro ceffone gli si abbatté in pieno volto.

23

Era casualità, o forse una vera e propria guerra quella in cui si trovava coinvolto?

Sì. Era una vera e propria guerra.

Si combatteva ovunque senza esclusioni di colpi con fucili automatici di precisione o gorilla pompati di steroidi dell'ultima generazione?

Sì, decisamente tutto era concesso.

Matcovich ne era convinto, però voleva capire bene chi ci fosse dietro a tutto questo e perché mai, di punto in bianco, qualcuno gli avesse voltato le spalle e lo volesse morto stecchito. Ne voleva discutere subito. Voleva confrontarsi e analizzare ogni singolo dettaglio, anche il più irrilevante, insieme a... per la miseria, in tutto quel casino al Solidaritet, compresa la superincazzatura di Pernilla che gli bruciava rovente in volto, non aveva ancora chiesto il nome alla donna che era lì con lui.

Una porta sbatté con violenza inaudita alle sue spalle.

Pernilla!

«Cosa diavolo stai facendo?» le disse Matcovich, notando che brandiva come se fosse stata un'arma il borsone Neo Eole 55 di Louis Vitton da cui fuoriuscivano indumenti che, molto probabilmente, erano stati infilati dentro alla rinfusa e con furia smisurata.

«Chiudi il becco, tu» gli abbaiò con evidente livore mentre si avviava altezzosa verso la porta di casa.

«Pernilla, ascolta...»

Lei si voltò di scatto, i suoi capelli ancora umidi rotearono ad arco. Non lo degnò di uno sguardo, squadrò invece con odio indefinito la donna, che osservava con aria esterrefatta la sceneggiata, e le disse, acida: «Ricordati, bellezza, che dopo che te lo sei scopato per bene in lungo e in largo, sempre che ne valga la pena di farlo, il fedifrago rimane inerme e intontito come se si fosse imbottito di benzodiazepine. In quei pochi secondi di non partecipazione puoi fare di lui quello che vuoi, anche staccargli l'uccello a morsi, se la cosa non ti è piaciuta. Così, almeno, questo gran figlio di puttana la smetterà di prendere tutte noi per il culo».

«Pernilla, ascolta» ripeté ancora una volta Matcovich. «Dai, aspetta un momento, per favore. Non è come credi.»

«No? E com'è, allora?»

«È tutto un gigantesco equivoco» e con un guizzo felino si frappose fra lei e la porta d'ingresso aggiungendo: «*Shpionàzh a ubìjstvo!*».

«Allora sei proprio nella merda fino al collo.»

«Esatto.»

«E lei?» gli chiese velenosa.

«Il mio contatto.»

Lo sguardo di Pernilla era tutto un programma. «Di Hwang Myong-Hyok?»

«Sì» le rispose laconico.

«Se mi stai prendendo...»

«È la pura verità» si intromise la donna.

Pernilla inarcò un sopracciglio.

«Con tutto quello che ci è accaduto questa sera, non ho avuto nemmeno il tempo di chiederle come si chiama» aggiunse scorato Matcovich.

«Lottie.»

«Tedesca» puntualizzò questa volta, piuttosto determinato.

«Come minimo il tuo svenevole contatto deve essere un ex membro del Bundesnachrichtendienst, il Servizio federale di Intelligence» commentò acida Pernilla.

«Beccata!» e un infinitesimale sorriso apparve sulle labbra di Lottie.

24

Stoccolma, 23 aprile ore 5.30

La burrasca ormonale sembrava finalmente essersi placata da alcuni minuti. I reciproci ipotalami di Matcovich e di Pernilla erano riusciti a coordinare al meglio le diverse sensazioni viscerali, che si erano scatenate come un'esplosione nucleare per un misunderstanding incontrollato di pura gelosia da parte di lei.

Adesso tutti e tre erano seduti attorno a un tavolo, avvolti da una calma olimpica.

Un paio di tazzine di caffè e una bottiglia di acqua minerale Ramlösa facevano compagnia a quanto Matcovich stava riepilogando.

Le sue parole rimbalzavano nelle menti come indisciplinati boomerang, mentre Pernilla domandava con insistenza: «Qualcuno ha cercato di togliere di mezzo Lottie. Qualcuno ha cercato di fotterti, Michele».

Il parterre di personaggi che aveva costellato la loro impegnativa nottata era stato molto variegato. Si passava da ipotetici sbruffoni a tasso alcolico oltre il limite di ogni possibile decenza umana, a possibili professionisti armati non solo di grossi bicipiti, ma anche di fucili di precisione.

Troppo.

Troppi.

«In questa storia, il coinvolgimento di più persone è evidente. È quindi possibile che voi corriate su binari paralleli vicini alla morte? Esiste un Grande Fratello che sta coordinando il tutto per quello che vi accomuna in questo intrigo insieme al vostro, diciamo, "amico coreano", o si tratta di pura e semplice casualità?» domandò inquisitoria Pernilla.

«Per ciò che mi riguarda» disse Lottie piuttosto impensierita «ci sono delle vecchie ruggini con alcuni dei ragazzi del mio ex datore di lavoro che vogliono farmela pagare per le figure di merda che gli ho fatto fare, rovinandogli la carriera e la vita, anche se... se lo meritavano proprio.»

«Bel tipino la ragazza, eh, Pernilla?»

Ci mancò poco che un altro potente ceffone planasse sul viso di Matcovich.

Lottie non fece caso al loro nuovo battibecco e continuò: «La mia carissima amica Blumen si era appena laureata in Filosofia alla Friedrich-Schiller-Universität di Jena, distinguendosi come la migliore del suo corso, e già si parlava di un incarico presso l'Univerzita Karlova di Praga. Nel frattempo faceva la modella, tanto per pagare le bollette di gas, luce e telefono. Con il suo metro e settantatré raggiungeva a malapena la statura necessaria, secondo gli standard europei, per fare quel tipo di mestiere, tuttavia era uno schianto, formosa, perfetta, capelli biondi cenere con le mèches, occhi azzurro intenso, un lato "b" da far paura e quell'aria sana e radiosa di ragazza acqua e sapone che ti mozza il fiato.»

Il respiro di Lottie si fece più affaticato, la bocca era arsa, le mani strette in una morsa di ferro, quasi volesse far scoppiare le vene.

«Vuoi bere qualcosa?» le chiese Matcovich con un velo di preoccupazione.

Lei scosse lievemente il capo in senso di evidente diniego, si schiarì la gola con un nervoso colpo di tosse e riprese il suo racconto: «Gerko, Hans e Röbbe, i miei originali partner, erano gonfi fin dentro al midollo, come tre rinoceronti, di steroidi anabolizzanti, tant'è che pareva che io dovessi fornirgli quotidianamente le istruzioni per essere all'altezza di potersi allacciare le scarpe. Erano sempre al verde, mai un soldo in tasca...».

«Non mi dire che due di loro potevano essere quegli elegantoni con la testa rasata che si stavano avvicinando a noi prima del caos che abbiamo volutamente scatenato per confondere quel cecchino da quattro soldi?» la interruppe Matcovich.

«Già. Non escludo la possibilità!»

«Sono così tanto incazzati con te, al punto di venire in trasferta fin quassù e fare un casino del genere per toglierti di mezzo?»

«Molto.»

«Perché?»

«Li ho fatti radiare e condannare.»

«Bel caratterino la tua amichetta» osservò con tono sferzante Pernilla.

Matcovich le diede un'occhiata, come a dire di piantarla.

«Se voi due avete finito di pizzicarvi come due adolescenti, andrei avanti, se non vi dispiace» intervenne Lottie, piuttosto seccata per il loro atteggiamento alquanto puerile, vista l'intricata situazione in cui si trovavano.

«Hai ragione, siamo seri e vediamo se ci raccapezziamo un po' in questo grandissimo casino» asserì Pernilla.

Lottie riprese a spiegare, ma con una certa tensione nelle corde vocali, da cosa era stato provocato l'odio profondo nei suoi confronti e verso la sua amica Blumen.

Squattrinati come pochi, più fumo che arrosto nelle relazioni con il sesso femminile, i tre superpalestrati di notte facevano i buttafuori al Ritter Butzke a Berlino: introiti extra e qualche pollastrella da intortare con un bel luccicante distintivo da mettere in mostra nel momento giusto, oltre ai muscoli addominali modellati a tartaruga. Più di una volta avevano fatto gli imbecilli con Blumen e un paio delle sue amiche, provandoci sfrontatamente, ma le ragazze li avevano sempre mandati a quel paese.

Una sera, stufe marce delle loro avance che di volta in volta diventavano sempre più *cochon*, Blumen e Greta li avevano apostrofati duramente davanti a diverse decine di persone in attesa di entrare nel locale, deridendoli sul fatto che i poderosi muscoli, sfoggiati con ostentazione, si fossero fermati inesorabilmente all'altezza dell'ombelico, in quanto al di sotto c'era ben poca cosa che valesse la pena di toccare con mano.

La tagliente affermazione era stata colta con grande ilarità dall'eterogenea umanità presente, e giù un fottio di risate, spinte, sberleffi, ululati di scherno, gestacci più che eloquenti sulla modestia dell'apparato genitale dei tre buttafuori. I salaci commenti erano svolazzati liberi nella fredda notte, acquisendo sempre maggior sostanza. Insomma, ne era venuto fuori un tal clamore che, in loro soccorso, erano giunti un altro paio di uomini della sicurezza, prima che la cosa potesse prendere una brutta piega.

«Come potete immaginare, la vicenda rimbalzò con la velocità del suono nell'ambiente delle discoteche della capitale tedesca...» Le parole di Lottie furono accompagnate da un sonoro schiocco di dita. «E... puff, in un lampo fu la fine della loro carriera *by night*.»

Un cenno di intesa fra Pernilla e Matcovich.

Immaginavano già dove sarebbe andata a parare la vicenda e Lottie li portò in breve dove loro erano già giunti.

I tre omaccioni schiumavano rabbia da tutti i pori, chiusi nella loro ostilità risentita erano diventati intrattabili sul lavoro. Lottie sentiva quotidianamente la loro presenza come un soffio gelido sul collo prima ancora che diventasse reale. La incolpavano di essere stata lei ad architettare la scenata al Ritter Butzke in modo tale da poterli screditare in pubblico per rovinare la loro immagine.

Blumen e Greta erano state le sue armi.

Un gioco da ragazzi, o meglio, da ragazze!

La goccia che aveva fatto andare definitivamente fuori di testa i tre era stato quando qualche pettegolezzo di troppo era giunto anche dentro le mura del Bundesnachrichtendienst. Gerko, Hans e Röbbe avevano dato di matto. Di fronte ai sorrisetti maligni che leggevano nei volti dei loro colleghi, non ci avevano visto più.

Con grande sforzo di volontà, obnubilati gli insulti verbali che avrebbero potuto lanciare nei confronti del prossimo, avevano valutato che sarebbe stato molto più appagante passare direttamente ai fatti.

Erano decisi a farla pagare cara alle due ragazze. Si erano messi di buzzo buono per escogitare quale fosse il mezzo migliore per soddisfare la loro sete di vendetta.

Avevano ritenuto la Berlin Fashion Week il non plus ultra per dar luogo al regolamento dei conti. Approfittando del loro status di membri operativi dell'Organisierte Kriminalität & Internationaler Terrorismus, furbescamente si erano sostituiti ai driver dello staff organizzativo e una sera avevano prelevato Blumen e Greta con una sfarzosa Mercedes Maybach S 600 blu notte dopo una delle tante sfilate che erano in programma nella capitale.

Il racconto di Lottie raggiunse punti di efferatezza all'ennesima potenza, la cui iperbole fu: «Dopo una settimana dalla denuncia di scomparsa, una segnalazione anonima mi fece ritrovare Blumen e Greta nello scantinato di un palazzo nella malfamata Rigaer Straße. Nello scendere quelle scale fatiscenti, fui travolta da un lezzo persistente e acre, non il solito odore dolciastro e metallico del sangue, ma un tanfo ancora più ripugnante. Credevo di essere all'inferno, e all'inferno ero giunta davvero. Le trovai nude, imbavagliate, legate al muro con delle grosse catene, il corpo martoriato come mai avevo visto in vita mia... per favore, non fatemi aggiungere altro. Ma erano ancora vive».

Nonostante il coinvolgimento personale, i suoi superiori le avevano chiesto di continuare a partecipare attivamente alle indagini che il BKA, il Bundeskriminalamt, conduceva. Infatti, l'Ufficio federale della Polizia criminale berlinese, per riuscire a risolvere il caso in tempi brevi, data la grande risonanza che i media stavano dando al deprecabile accaduto, aveva considerato fondamentale la sua amicizia nei confronti della povera Blumen, e non da ultimo si era tenuto conto anche della sua elevata posizione all'interno del BND, il Bundesnachrichtendienst.

Nonostante una certa ritrosia cameratesca da parte di alcuni degli investigatori, Lottie non si fece alcuno scrupolo e indirizzò immediatamente i sospetti verso i suoi colleghi Gerko, Hans e Röbbe.

Addirittura fece fuoco e fiamme con Gustav Deubel, il direttore del reparto che era al comando dell'inchiesta, perché autorizzasse da subito l'utilizzo della strumentazione per l'ascolto a distanza.

Tali dispositivi speciali, che rientrano nella dotazione standard per le delicate operazioni sotto copertura di controllo e registrazione di conversazioni telefoniche, non occorre nemmeno che siano installati materialmente in loco. Infatti, per poter intercettare i dialoghi dei soggetti sotto sorveglianza è sufficiente piazzarsi a meno di cinquanta metri di distanza da loro, puntare il microfono laser e il gioco è fatto.

Meglio che ascoltare un programma radiofonico.

Erano bastate solo due notti di appostamenti.

Quei tre elementi non avevano imparato assolutamente alcunché dopo quasi otto anni di militanza nell'agenzia di Intelligence. Si erano fatti beccare come polli al cellulare mentre si congratulavano e si vantavano dell'esito delle loro bravate, di quanto avevano goduto in tutti i sensi con quelle due schifose troie – proprio così aveva detto Lottie tra un singhiozzo e l'altro: «Quei luridi bastardi le hanno definite "schifose troie"».

«E adesso che sono tornati in libertà, forse un po'

troppo presto rispetto alla condanna inflitta, mi stanno addosso come francobolli.»

«Di questi tre grandissimi figli di puttana ora sappiamo il motivo del loro interesse per te, Lottie, e ce ne occuperemo più tardi per sistemarli a dovere prima che combinino altre stronzate del genere, se non di peggio» tagliò corto Matcovich con aria truce.

«Mi pare di capire, invece, che tu ci voglia parlare di quel bontempone di vichingo che hai piacevolmente incontrato all'Humlegården, per comprendere quale parte possa avere avuto questa notte?» lo interruppe sarcastica Pernilla.

«*Ja*» rispose senza mezzi termini Matcovich. «Pertanto, per non tirarla troppo per le lunghe, se voi due siete d'accordo: non mi sembra che ci possa essere una logica precisa per doverlo collegare ai successivi fatti del Solidaritet. Si tratta di un caso isolato. Punto e basta. Quel bestione lo metterei tra gli spacconi che sentono un forte prurito alle mani dopo due o tre pinte di birra e hanno bisogno di scaricare in qualche modo l'eccesso di alcol su qualche stolto turista che innocentemente o, meglio, incautamente, attraversa il parco di notte.»

«Allora, visto quante gliene hai suonate, avrà un gran mal di testa, e non solo per l'alcol ingurgitato» commentò sardonicamente Lottie.

«E come la mettiamo invece con Hwang Myong-Hyok?» chiese curiosa Pernilla.

«Al momento lo riterrei fuori dalla mischia» commentò brevemente Matcovich.

25

Roma, 23 aprile ore 7.00

Avevo fatto un bel giro.

Giù di corsa da via Guido Bacelli sino allo stadio delle Terme, per poi circumnavigare in toto l'ellisse del Circo Massimo e, superata alla mia sinistra la monolitica sede della FAO, l'Organizzazione delle Nazioni Unite per l'alimentazione e l'agricoltura, via, con sempre maggiore lena, lungo viale Aventino e viale della Piramide Cestia. Un veloce sguardo a Porta San Paolo per risalire infine lungo viale di Porta Ardeatina fiancheggiando le massicce mura Aureliane. E qui il fiato incominciava effettivamente a scarseggiare. Dovevo darci dentro, non potevo mollare proprio adesso, sarebbe stata una débâcle, oramai ero a un passo da casa, così la musica diffusa dall'iPod nelle mie orecchie mi obbligò a concentrami sulle parole di Bob Dylan: «... *How many years can a mountain exist before it's washed to the sea? Yes, 'n' how many years can some people exist before they're allowed to be free? Yes, 'n' how many times can a man turn his head, pretending he just doesn't see? The answer, my friend, is blowin' in the wind, the answer is blowin' in the wind...*».

Uno sferzante venticello con un pallido odore di salmastro e una leggera pioggerellina mi avevano accompagnato per tutto il percorso picchiettandomi di continuo il viso, donandomi, però, la percezione di assoluta libertà. Mi piaceva la sensazione di cominciare a vivere la giornata prima del resto del mondo: case silenziose, negozi e bar chiusi, poche automobili in strada, le luci dei lampioni a balenare con l'incipit del chiarore mattutino, con zero pedoni e turisti a invadere le bellezze di Roma. Amo la città a quest'ora, quando ancora è quasi del tutto addormentata: magica, misteriosa, violenta e dolce, con i suoi troppi difetti e la sua aria potente, la quale esprime la millenaria storia nascosta tra le sue diverse sfaccettature.

Quella salutare corsetta mi aveva permesso di far evadere la mente dai dilemmi che, straripanti, invadevano da giorni le mie esauste facoltà intellettive. Un provvidenziale, momentaneo annebbiamento letargico. Un benefico e terapeutico effetto placebo. Ma ora mi trovavo ancora qui in caserma, soggiogato dai mille pensieri che si affollavano burrascosi. Mi avvicinai meditabondo al muro, lo puntai con intensità e osservai a uno a uno i post-it esposti, studiandoli più e più volte. Mi pareva di leggere le pagine di un testo classico il quale, ogni volta che lo si riprende in mano, svela sempre qualcosa di nuovo tra le sue antiche righe. Una traduzione letterale non è di per sé possibile e non svela mai le reali emozioni che le parole vorrebbero contenere. Speravo in un'illuminazione da parte di quei colorati foglietti gialli, anche una sola, piccolissima spintarella verso la comprensione di quell'intricata storia di cui dovevo ancora carpire la vera essenza.

Mi ricordai di quanto suggeritomi tanti anni addietro dal mio comportamentista preferito, alias mia moglie Geneviève: «Gherardo, se ti devi rivolgere a una folla sconosciuta prima di affrontarla, ti consiglio di fare dei respiri profondi per calmare i nervi, eliminare le scorie negative e caricarti. *Eh bien*, così armato di tutto punto, con la forza del tuo essere la fronteggerai senza alcun timore».

Il massiccio assembramento di post-it era degno stimolo affinché utilizzassi tale approccio, ma ancor prima che ne facessi uso, una particolare rivelazione mi esplose nella mente così, all'improvviso.

Dapprima rimasi piuttosto perplesso.

No, non poteva essere.

Un errore?

Possibile.

Un'interpretazione distorta?

Probabile.

Gli occhi si fermarono bruscamente a osservare alcuni dei commenti parziali scritti sui quei provocatori pezzettini di carta.

«Uno di voi, signori, vede qualcosa di strano rispetto a ieri, scorrendo i nostri appunti qui affissi?» domandai spiccio a coloro che da alcuni minuti erano presenti, inoperosi e silenti, nel mio ufficio, mentre indicavo con un gesto dispotico della mano destra la parete di fronte a me.

Denisi e Pierotti mi guardarono inizialmente senza capire, poi, indirizzati con ulteriore fermezza dai miei perentori cenni rivolti verso il muro chiazzato di giallo canarino, cominciarono a sfogliare con la mente i singoli pezzi del puzzle.

La stanza rimase immota come fosse in attesa di chissà quale sensazionale rivelazione.

All'improvviso, mossi da un istinto quasi primordiale, ci riversammo taciturni tutti e tre in simultanea verso un preciso post-it, il numero quattordici.

La sequenza, sia pur sintetica dei concetti in esso elencati, era chiarificatrice:

Sesso, soldi, segreti, Saclant,
spia, SIG-Sauer, omicidio

L'elencazione dava una dimensione scenica di quello che dovevamo scoprire.

Non c'erano dubbi.

La strada era stata indicata.

Ma di chi era la penna che aveva scritto con tanto di sottolineatura quell'elemento guida?

E la calligrafia?

I caratteri grafici non erano di nessuno degli astanti, a guardarli con attenzione non potevano essere nemmeno somiglianti a quelli di Dambrosio o di Rufari.

A chi, dunque, andava il riconoscimento per aver apposto tale brillante considerazione?

Bussarono alla porta.

Mistretta.

«Capitano, data l'ora, mi sono permesso di portare dei caffè per augurare un buongiorno a tutti.»

«Grazie, proprio un'ottima idea, brigadiere» dissi mentre osservavo gli occhi goduriosi di Denisi posarsi su quei fumanti bicchierini monouso in carta biodegradabile con il logo del bar all'angolo.

Gennaro Mistretta, la new entry della mia squadra, posò il vassoio sulla scrivania e con aria assorta si soffermò a guardare la parete adornata dai nostri bigliettini colorati. Quando ebbe finito di leggere l'insieme, toccò con insistenza quello numerato con il quattordici. «Una sequenza discreta di concetti possibili, una stretta relazione di interdipendenza o di rapporto di causa ed effetto, nonostante la rigidità logica della concordanza dei tempi in cui essi possono essere avvenuti.» Il brigadiere parlava a voce alta, totalmente estraneo al mondo che lo circondava, autocompiacendosi. Perso nei suoi pensieri, gesticolava armoniosamente, come se volesse dare forma alle sue parole.

Ecco di chi erano quelle annotazioni!

«Per una mappatura iniziale, credo sia utile operare per mezzo di una tracciabilità a macchia di leopardo. Quindi lo schema potrebbe tenere conto di... uno: relazioni della vittima. Quante? Forse anche troppe, licenziosità a parte. Due: quali? Tutte da identificare. Tre: sequenza degli eventi temporali. Da definire, appunto, come già sottolineato in precedenza, con cognizione di causa ed effetto. Quattro: sospettato? Ipotizzabile il centauro con la Ducati Monster. Cinque: scena del crimine. Ininfluente? Molto probabile. Sei: la motivazione sottostante dell'omicidio? Già... motivazione?»

Mistretta era difficile trattenerlo quando iniziava una riflessione. Era una mitragliatrice in azione, stava realizzando materialmente lo svolgersi del suo ragionamento racchiuso sinteticamente nel post-it numero quattordici, che nel frattempo rileggevo con avidità crescente: «Sesso, soldi, segreti, Saclant, spia, SIG-Sauer, omicidio. Interessante, sì, veramente molto, molto interessante».

«Oh, scusi, capitano, mi sono fatto prendere la mano da questa storia. Forse mi sono dilungato troppo, per cui...»

«Brigadiere, hai visto parecchie cose tra le righe dei nostri appunti» lo interruppi, piacevolmente sbalordito da quell'insieme di parole e concetti espressi a valanga.

«Dice?»

Annuii e attesi che continuasse nella sua intrigante dissertazione.

«Durante il turno di notte ho avuto un flash e mi è sorto spontaneo prendere dalla sua scrivania il blocchetto dei post-it e scrivere. Ho scritto a pancia, senza pensarci più di tanto, così è venuto quello che è venuto e l'ho appiccicato alla parete insieme agli altri.»

«Così alla *brutos*?» domandò scettico Denisi.

«Sì, così, Cosimo.»

«Impensabile da uno come te.»

«Perché?» domandò risentito Mistretta.

«Scherzavo. Dai, Gennaro, non te la prendere.»

«Tralasciando le battute da caserma, mi pare che quanto detto e letto sia un risultato interessante su cui dovremmo riflettere con molta attenzione, visto che al momento viviamo di supposizioni aleatorie e basta» asserii, aggiungendo, a sostegno del nostro proficuo confronto: «In questa fase, nessuno di noi ha torto o ragione, stiamo solo lanciando delle idee contro il muro per vedere cosa rimane attaccato e cosa rimbalza a nostro vantaggio».

26

Roma, 23 aprile ore 11.30

Avevo di fronte *il tipico* Dambrosio.

L'appuntato è al di fuori di ogni schema classico dell'essere carabiniere, è un elemento con uno stile tutto suo, che non è certo quello di indossare la divisa d'ordinanza, per esempio. Infatti quel giorno il suo abbigliamento era composto da una T-shirt blu con il logo della Vancouver Canucks, dei bermuda rossi della Geographical Norway e un paio di scarponi da trekking della Dolomite.

Il suo singolare comportamento e le sue stravaganze quotidiane vengono accettate con assoluto buon grado e gran rispetto, perché lui, per il sottoscritto e per l'intera squadra, impersonifica il meglio del mondo informatico: lui è il nostro guru dell'universo digitale. Agisce spesso di sua sponte, considerandosi un *hacker white hat*, un pirata etico che non mette mai a rischio l'integrità dei dati o dei sistemi, pur violando aree sensibili. Il suo scopo è solo quello di acquisire elementi utili per giungere alla verità.

Silenzio.

Attendevo.

«Mi sono concentrato sul tablet della defunta miss Jodie Mayhem, messoci gentilmente a disposizione dall'OF-4 Clyde James Braxstone, prima che tutta quell'accozzaglia di rompicoglioni di americani...»

«Dambrosio, un minimo di rispetto per i caduti sul campo!»

«Non volevo offendere nessuno, capitano, tanto meno la povera *elite officer* Melissa Webster, però gli alti papaveri prima ci dicono che dobbiamo collaborare al massimo ed essere disponibili, e sia, nulla da eccepire, ma poi al primo frinire di cicale, gli yankee si cuciono la bocca, mettono tutto sotto chiave con la scusa del *sensitive target*, del *top secret*, e il nostro bel colonnello...»

Dambrosio strozzò in gola non so quali e quante altre parole del suo sproloquio, avendo percepito dalle mie sopracciglia che si stavano muovendo a intermittenza, simil codice Morse, che qualcosa stava accadendo alle sue spalle.

Sulla soglia della porta del mio ufficio era apparso all'improvviso il colonnello Frontini.

Mi alzai, del tutto indifferente a quanto si stava ciarlando, e lo esortai ad accomodarsi, sperando che non avesse udito più di tanto.

Granitico, ma con un sottile, perfido sorriso a fior di labbra, Frontini aspettava privo di emozioni gli eventi. Nessun accenno ad aver colto il mio invito. Pareva il busto del giurista siceliota Caronda, ubicato nel giardino di Villa Bellini a Catania lungo il «viale degli Uomini illustri». Costui era noto per le sue leggi estremamente severe, di cui la più pittoresca riguardava i reati militari, da perseguire non con la pena di morte, come invece spesso era previsto in altri codici da lui redatti, ma facendo esporre il reo per tre giorni nella piazza del mercato in vesti femminili.

Mancava solo questa da aggiungere alle bizzarrie di Dambrosio!

Ruppi il terrificante silenzio, che opprimeva l'aria della stanza, con un insieme di concetti raccolti a casaccio. Un modo come un altro per sbloccare l'imbarazzante impasse che si era creata. «L'appuntato Dambrosio stava iniziando a farmi rapporto su tutto il materiale che aveva scovato, utilizzando l'opportuna metodologia, all'interno del tablet di proprietà della defunta miss Mayhem.»

Sentivo crescere in gola un groppo e non sarei andato oltre se non fossi stato interrotto da Frontini.

«Ho sentito tutto perfettamente, Petrone. È inutile che si arrampichi sui vetri, potrebbe farsi male, mooolto male!» mi apostrofò caustico, quindi si rivolse con tono imperioso a Dambrosio: «Appuntato, se vuole riprendere cortesemente da "... e il nostro bel colonnello", sono curioso di vedere se gli ordini da me emanati in questa caserma vengono attesi, o se è il solito luna park gestito dal "bel" capitano qui presente» concluse con un'espressione in volto che indicava per entrambi un chiaro percorso con biglietto di sola andata verso il carcere militare di Santa Maria Capua Vetere.

27

«Di chiocciole ne ho viste tante...»

Dambrosio aveva da qualche minuto ripreso colore e, con una certa sfacciataggine, aveva persino superato senza colpo ferire l'incriminato passo verbale «... e il nostro bel colonnello». Sciorinava con maestria e dovizia di particolari tecnici quanto in suo potere, alla pari di Karen Ida Boalth Spärck Jones, l'informatica inglese che ha concepito una delle tecnologie che stanno alla base dei più moderni motori di ricerca.

Le lunghe notti insonni lo avevano portato a concentrarsi su un paio di account anonimi che aveva trovato tra le mail ricevute dalla Mayhem. Il loro sofisticato criptaggio lo aveva intrigato e spinto ad analizzarli sin nei loro più reconditi anfratti.

Il primo logogramma lo aveva valutato non significativo qualora messo in stretta relazione con l'omicidio, ed era in procinto di scartarlo, *sic et simpliciter*, infatti a prima vista pareva trattarsi di una specie di chat tra persone che discutevano di problemi ontologici e di analitica esistenziale. Chiacchiere fine a se stesse e null'altro, le aveva considerate. Ma poi, sviscerando con maggiore attenzione il tutto, quella filosofia spicciola lo aveva interessato parecchio e si era dedicato a qualche personale battuta entrando, anche lui, a far parte del sottostante forum con il nickname di «stranomavero». In quella piattaforma si celava uno scatenato dibattito dedito all'interpretazione appropriata della parola greca *aletheia*, verità. Una minoranza sosteneva che letteralmente il termine fosse costituito dall'alfa privativa e dal verbo nascondere, cosicché la verità è ciò che non sta nascosto. La maggior parte, invece, degli intervenuti al serrato dibattito sosteneva, a spada tratta, l'interpretazione heideggeriana, ovvero il non-nascondimento dell'essere, nel senso che non sta all'uomo rimuovere il velo che occulta la verità ma, al contrario, è l'essere stesso che si disvela.

Il secondo logogramma lo aveva tormentato a sangue. Lo aveva fatto impazzire così tanto da condurlo a ipotizzare che per la prima volta avrebbe dovuto cedere le armi, e questo gli rodeva da morire.

Era esausto al punto che né i suoi tanto amati salatini Ritz Saiwa riuscivano a rincuorarlo, né il suo nettare preferito, il chinotto, possedevano la formula magica per dissetarlo dall'arsura del possibile fallimento. Distrutto, si era trovato a vagare sconfitto nei sistemi automatici di ricerca lamentandosi e rimproverandosi, urlante, di sprecare energie a casaccio: «Sei una bestia! La connessione internet c'è, è quella al cervello che scarseggia!».

Era giunta l'alba, occhi rossi e cerchiati da profonde borse ricolme di stanchezza, un accenno di ispida barba, neuroni spogliati di qualsiasi vigore intellettuale e fisico, ma nel mezzo di questo suo abbandono esistenziale si era sentito improvvisamente trafitto, come folgorato da un fulmine a ciel sereno. Il volto si era trasfigurato, una risata spettrale aveva riempito l'ambiente, aveva gettato in terra le cuffie arancioni che coprivano i padiglioni auricolari, aveva distrutto con violenza inaudita un paio di innocenti mouse che stazionavano ignari sul tavolo, ed era esploso in lui il desiderio di varcare sprezzante la porta dello Zero-day-exploit. Quindi aveva percorso oltraggioso le vie oscure di Jonathan James, meglio conosciuto nell'universo del web con il nome di *C0mrade*, e si era illuminato di immenso mefistofelico. La soluzione era lì davanti agli occhi. Doveva solo scegliere: *Clickjacking* o *HachersTribe*, o meglio ancora utilizzare il più elementare, almeno per lui, IP Grabbing, un sicuro grimaldello che gli avrebbe consentito di aprire qualsiasi porta, anche la più oscura.

«Quindi ti è venuta un'idea brillante?» chiesi per tentare di arrivare al più presto al dunque della sua ampia e dotta dissertazione, che per quanto mi riguardava era assolutamente arabo.

Dambrosio annuì sornione.

Diedi uno sguardo furtivo al suo tablet, intravedevo solo un enigmatico: @???.

Non feci in tempo a leggere altro.

L'appuntato collegò il suo Huawei MediaPad M5 LTE con un cavo al mio modestissimo televisore Strong SRT da trentadue pollici, che sostava ignaro sul tavolo tondo alla destra della mia scrivania. Quindi iniziò a spiegarci che quella sequela ininterrotta di codici alfanumerici, che leggevamo come un'accozzaglia di elementi incomprensibili in mezzo ai testi in lingua inglese che vedevamo scorrere come sottotitoli, gli avevano dato la dritta che auspicava. Grazie a ciò, aveva ottenuto di trovare il tortuoso percorso degli indirizzi IP che Jodie Mayhem utilizzava per dialogare con il mondo esterno. La ragazza era molto abile, ci sapeva proprio fare, non era assolutamente una dilettante. Si destreggiava davvero bene anche con tecniche assai poco ortodosse. Non usava mai lo stesso indirizzo IP, non inviava mai messaggi allo stesso posto. Defacciava, ovvero cambiava illecitamente come un abile *cracker* il suo indirizzo mail verso un ignaro, casuale account di posta connettendosi al suo privato *access point*, per poi reindirizzarlo a un *captive portal* ottenendone così la registrazione temporanea.

A capirci qualcosa!

Frontini, per tentare di celare il suo stato confusionale intellettivo, si grattava meditabondo il pizzetto che si era fatto crescere alla Nicolas Cage. «Per avere quel non so che di impegnato» diceva. Contento lui!

Personalmente, facevo fatica a seguire gli arzigogoli tecnici che ci stava fornendo a raffica Dambrosio, ma seguendo la presentazione in PowerPoint, che ora scorreva veloce e leggibile mentre lui parlava, un'idea dell'incredibile abilità con cui si muoveva Jodie Mayhem nel *social engineering* me l'ero fatta.

Circolava di tutto e di più all'interno del suo mondo mail, soprattutto per quanto riguardava l'intensa e variegata vita sessuale.

«Non è certo questa smisurata presunta ninfomania della defunta miss Jodie il focus del nostro interesse, credo, appuntato. Immagino che ci sarà ben altro di più costruttivo da esaminare da qui in avanti» intervenne con una certa prosopopea il colonnello Frontini, sconcertato da quanto stava osservando.

«Spesso, comandante, le coppie di fatto, prive di specifici vincoli, come nel nostro caso mister Clyde James Braxstone e miss Jodie Mayhem» riprese a relazionare Dambrosio «sono come delle schegge impazzite. Il loro universo non ha confini prestabiliti, e pertanto non si sa mai quali sorprese possano rappresentare.»

«Vuol dire che...» lo interruppe Frontini, rimanendo con le parole strozzate in gola.

Dambrosio, a conferma della sua profonda considerazione, zoomò su un trittico di mail che aveva opportunamente scelto, e di conseguenza tradotto, per permetterci una comprensione adeguata.

Quello che leggemmo fu chiaro come l'acqua di sorgente.

Braxstone l'aveva definita una vita che Jodie stava gettando alle ortiche, fatta di sballo con uomini, alcol e qualche pasticca di ecstasy, tanto per non farsi mancare niente.

I punti cruciali del suo report informatico Dambrosio li aveva predisposti alla maniera del brigadiere Cosimo Denisi, utilizzando i mitici post-it gialli, e così iniziò manualmente a infoltire la parete del mio ufficio con nuovi, inseparabili compagni di viaggio:

Oggetto del desiderio:
Hunter Killer, il Cacciatore Marino, l'ACTUV,
Autonomous Continuous Trail Unmanned Vesse

Preda:
Clyde James Braxstone
(meglio tralasciare qualsiasi commento)

Cacciatrice:
Jodie Mayhem
(mangiatrice di uomini)

Assassino:
Michele
o
Micky
(vezzeggiativo?)

Mente dell'operazione:
???
(a noi tocca l'ardua sentenza)

«Michele, o Micky? E di cognome? Chi caspita è costui?» gracchiò Frontini stupefatto da quanto rivelato per iscritto da Dambrosio.

«Su questo ci devo ancora lavorare, colonnello.»

«E cosa aspettiamo?»

In Dambrosio non traspari alcuna emozione, infatti dopo «... e il nostro bel colonnello» doveva assolutamente astenersi da commenti non consoni. Pertanto intervenni di getto, proponendo: «E se, mentre l'appuntato si dà da fare, andassimo a tampinare quel locale richiamato un paio di volte in quel trittico di mail che abbiamo visto prima, così ci facciamo un'idea in diretta?».

«Il Submarine» sottolineò Dambrosio, rincuorato dal mio essergli giunto in opportuno soccorso.

«Esatto.»

«Non credo però, capitano, che dalle registrazioni delle telecamere di sicurezza si possa ottenere qualcosa, sono passati quattro giorni dal delitto...»

«Troppo tempo, dici?»

«Per evitare sputtanamento e rogne varie, vista la fauna che circola in quel luogo, avranno già cancellato l'inverosimile. Dopo tutto quello che ha riportato la stampa in questi giorni, vuole che abbiano tenuto qualcosa? Naah, sarebbe troppo bello.»

«Però un tentativo, quasi quasi, lo farei lo stesso. Un giretto così, tanto per vedere...»

«Petrone, allora» si intromise gasatissimo Frontini «su, si dia una mossa, ci vada immediatamente, metta sotto torchio tutti quelli che trova in quella specie di lupanare del terzo millennio, si faccia dare lo scibile delle registrazioni, sempre che esistano. Ci diamo un occhio dentro e vediamo cosa possiamo ricavarne.» E mentre si dirigeva con passo cadenzato verso la porta, aggiunse: «Ah, eccellente lavoro, Dambrosio, ma se dovessi sbottonarmi riguardo alla National Hockey League, rispetto ai suoi Vancouver Canucks sbandierati sulla maglietta che indossa stamattina, preferisco assai i Toronto Maple Leafs. Sono più tosti».

Frontini ci lasciò sbalorditi, così, senza aggiungere altro.

28

Roma, 24 aprile ore 13.00

L'interno del Cessna 750 Citation X era spazioso e molto elegante.

Ferrante non aveva mai volato prima su un modello del genere: il più veloce aereo civile che raggiunge la velocità massima di Match 0,935 grazie ai suoi due potenti motori Rolls-Royce AE 3007, che forniscono una spinta di 30 kN ciascuno.

Il decollo fu dolce e potente allo stesso tempo. Saliti in quota non ci fu alcuna turbolenza, il viaggio fu molto tranquillo e con un livello minimo di rumore. C'erano dieci enormi poltrone in pelle, tutte di prima classe *soft deluxe*, e considerando il prezzo dell'aeromobile, che sfiorava all'incirca i ventidue milioni di dollari, non poteva essere diversamente. Un televisore extra piatto di ultima generazione trasmetteva una pietra miliare del western americano: *Sentieri selvaggi*, con protagonista John Wayne e una giovanissima, incantevole, acqua e sapone Natalie Wood. Sul tavolino di fronte alla poltrona, ove si era comodamente adagiato, un telefono satellitare e un computer attendevano di essere utilizzati. Il bar non poteva che essere ben fornito.

Un'elegante hostess di chiara etnia *Koch-Rajbongshi* gli chiese se desiderasse qualcosa.

«Acqua» rispose con un sorriso.

«Acqua» ripeté alquanto sorpresa l'assistente di volo.

«Acqua gasata e preferibilmente a temperatura ambiente» sottolineò Ferrante con estremo candore.

Si distese e sonnecchiò leggermente, mentre ancora una volta ricapitolava il da farsi quando fosse giunto all'aeroporto internazionale di Riga.

Dopo circa tre ore di volo il pilota lo informò che le manovre di atterraggio erano iniziate e, di conseguenza, veniva cortesemente invitato a sedersi e a mettere la cintura di sicurezza.

Tutte le procedure di sbarco erano già state espletate.

Braxstone, come al solito, aveva utilizzato tutto il suo potere. Non aveva mai avuto dubbi che non potesse esercitarlo.

Ora toccava a lui.

29

Riga, 24 aprile ore 22.00

Bryan Ferrante prese la pistola con il silenziatore e la puntò senza alcuna esitazione alla testa dell'uomo che aveva in ginocchio davanti a sé. A tale distanza un solo proiettile avrebbe messo fine all'esistenza di quell'individuo e alle sofferenze che da alcune ore lo attanagliavano. Sarebbe morto all'istante. Salvatore Iodice aveva perso troppo sangue, il suo organismo aveva incominciato il lento e inesorabile conto alla rovescia. Se lo avesse lasciato lì, esangue, sul freddo pavimento di quella stanza, sarebbe andato avanti a rantolare ancora per diverso tempo. Un'agonia indicibile, una distruzione devastante, estesa e profonda, ma che non sarebbe servita a niente. Inevitabilmente sarebbe soffocato nel suo stesso rosso liquido vischioso, infatti la pozza di color vermiglio attorno al suo corpo cereo si stava allargando. Invero, prima non si notava molto, ma ora si ampliava di qualche centimetro ogni minuto che passava.

Iodice non gli toglieva gli occhi di dosso nemmeno per un istante, nonostante fossero dilatati dalle fitte di dolore. Respirava a fatica, un orribile suono gorgogliante usciva dalla sua bocca sporca di bava e sangue.

Uno spettrale ghigno comparve sul volto martoriato. La voce emise un roco sussurro prima di pronunciare con estrema fatica: «Facciamola finita, amico, cosa cazzo stai aspettando?».

Ferrante premette la canna della Glock 17 9 mm Parabellum sul punto più morbido in mezzo ai suoi occhi.

Esitò.

Piantargli un proiettile in testa non sarebbe stato un problema. Si era da sempre occupato di operazioni che i media israeliani chiamano *sikul memukad*, ossia prevenzione mirata, un eufemismo fonetico per il più eloquente termine di: omicidio. Per lui uccidere non era un fatto personale. Non sarebbe dovuto esserlo mai. Arrivare, compiere con precisione il lavoro assegnato e sparire senza lasciare traccia, così lo avevano addestrato. La sua abilità nell'applicare quegli insegnamenti aveva fatto di lui uno degli specialisti più efficienti tra i membri del Frogman Corps. Ma in questo caso era diverso, molto diverso. I suoi occhi bruciavano di odio epidermico, erano serrati a misurare l'inesistente distanza fra lui e la morte. Iodice aveva varcato la linea di confine ammazzando a tradimento Melissa, rendendo il fatto un fatto personale. Una semplice, sporca pallottola di piombo non sarebbe stata abbastanza come punizione. Voleva essere sicuro che lui ricordasse bene che cosa gli stava accadendo, chi lo stava facendo fuori e perché. Voleva guardarlo negli occhi e vedere la sua vita abbandonarlo. Aveva ucciso, e quindi sapeva cosa voleva dire, sapeva come sarebbe andata. Il grilletto avrebbe opposto una morbida resistenza, ma poi, inesorabilmente, avrebbe ceduto alla pressione decisa delle sue dita, il cane della pistola avrebbe colpito il proiettile, la canna avrebbe emesso il suo minaccioso boato e il cervello di Salvatore Iodice si sarebbe polverizzato.

Fine.

Ferrante lo aveva individuato subito quella fatidica sera.

Era andato al Domina con largo anticipo. Doveva marcare il territorio in attesa che Melissa Webster si presentasse con tutto il carosello di gente e auto che si sarebbe portata dietro come al solito.

Inaudito!

Dopo tanto tempo, non aveva ancora imparato che la sobrietà nel loro lavoro era un elemento fondamentale. Meno appari, meno ti guardano, quindi è più facile coprirti le spalle. Ma nonostante il suo status, che forse le avrebbe consigliato di seguire questa prudente tattica, c'era sempre qualcuno di più importante che riteneva che all'estero fosse necessario mostrare comunque i muscoli. La potenza dell'agenzia doveva essere dichiarata. Un inutile sfoggio di testosterone, e questo a lui dava molto, molto fastidio, poiché poteva rivelarsi il vero tallone di Achille.

Come suo costume, aveva sondato il terreno in tempo utile. Il giorno prima aveva passato lì al Domina una serata con una magnifica donna che aveva conosciuto diverso tempo prima, durante una delle sue scorribande capitoline.

Un'ottima copertura, un'ottima compagnia.

Con Clarissa si erano incontrati a una retrospettiva

del celebre maestro del Novecento, il pittore Roberto Crippa, presso la Galleria d'Arte Benucci, a due passi da piazza di Spagna.

Con un drink colorato in mano, era intento a osservare incuriosito i tipici «totem» dai colori possenti affissi lungo i moderni e ben studiati spazi espositivi. Aveva alzato gli occhi e l'aveva vista entrare, una signora forse sui quarant'anni, capelli scuri, molto snella, con un costoso abito blu opale che rivestiva la sua carnagione accarezzata da una leggera abbronzatura. Ne era rimasto abbagliato. L'aveva avvicinata e lei non aveva disdegnato la sua sobria sfacciataggine, del resto si era detta che scambiare due chiacchiere con quel tipo era un modo come un altro per far passare il tempo. Infatti non aveva ancora visto nessuno di sua conoscenza e il pomeriggio si stava rivelando noioso. Due battute su argomenti qualunque, due risate per qualche sciocca facezia e poi, piuttosto stanchi dell'ambiente radical chic, con la scusa di fumare una sigaretta, erano usciti. A quel punto, Ferrante era stato molto diretto con lei, al diavolo i preamboli, si era detto, o la va o la spacca. «Sai, Clarissa» le aveva sussurrato passeggiando lungo via del Babuino «magari dovremmo saltare il ristorante, prendere un aperitivo giusto qui vicino allo Stravinskij, andare in albergo, infilarci dentro un bagno caldo, ricoprirci di sapone...»

Lei gli si era parata davanti con aria interdetta, ostruendogli il passo, e senza attendere altro lo aveva baciato con passione, strapazzandogli i capelli con la mano.

Ferrante aveva vacillato per un attimo, sorpreso da quella mossa audace.

Lei lo aveva afferrato per un braccio, attirandolo a sé, e nel rivolgergli un sorriso che era tutto un programma gli aveva domandato: «Ora che hai ripreso fiato, ridimmi un po' quel fatto del sapone...».

Per poco non erano annegati dentro la vasca idromassaggio della Nijinsky Suite dell'Hotel de Russie!

Le mosse tattiche utilizzate sul campo da Salvatore Iodice erano atte a non far attirare troppo l'attenzione su se stesso, erano identiche a quelle che avrebbe sviluppato anche lui, e quindi facilmente individuabili.

Troppo facile.

Il suo sguardo era impegnato a monitorare il movimento ondivago degli ospiti che si appropinquavano a scrutare le prelibatezze esposte nei vari buffet, ma soprattutto l'attività eccitata del personale di servizio in impaziente attesa dell'arrivo della *special guest* della serata, cui era stata riservata una zona specifica del giardino il più possibile al riparo da occhi indiscreti e non solo.

Cosa avrebbe inventato questa volta quel funambolo di Salvatore Iodice?

Non aveva fatto in tempo a chiederselo.

Gli eventi lo avevano travolto.

L'imprevisto era stato in agguato, in attesa di colpirlo proprio nel momento topico.

Shit!

Un cameriere con fare maldestro era inciampato su una lanterna, che illuminava sonnacchiosa il prato curato del Domina, e con precario equilibrio si era diretto verso di lui come una locomotiva impazzita. Ferrante, con un balzo felino, aveva cercato di scartarlo, urtando con studiata, pacata violenza un paio di signore che conversavano alle sue spalle, ma nonostante ciò l'intero vassoio, colmo di bicchieri, era rovinato sui suoi pantaloni immacolati. Un frastuono di vetri in frantumi e un coro di improperi indispettiti lo avevano ricoperto in un attimo, mentre con incredibile solerzia uno stuolo di inservienti, richiamati da quel disdicevole incidente, si era precipitato su di lui, tentando di rimediare al danno subito. Cercavano di asciugargli le vesti impregnate del concentrato più impensabile di alcol e affini, coprendolo di scuse. Ma, soprattutto, gli stavano ostruendo la vista di quello che Iodice aveva intenzione di tramare.

Dove cazzo si era cacciato quel killer prezzolato?

Cosa stava combinando?

Tutto era accaduto in un nonnulla.

Melissa Webster era crollata a terra, la bocca che schiumava un misto di sangue e saliva. Si agitava, perseguitata da indicibili convulsioni.

Il destino non era stato suo fedele alleato.

Iodice lo aveva sconfitto.

Il suo contatto si era dissolto.

Le sue emozioni erano state barbaramente accecate.

Visti i sintomi, molto probabilmente Iodice aveva utilizzato del veleno.

Cazzo.

Aveva scostato con violenza spietata tutti coloro che lo stavano circondando premurosi. Aveva represso con ferocia le lacrime che si stavano indisciplinatamente facendo strada. Aveva arginato il desiderio inconsulto di correre ad abbracciare Melissa per un'ultima volta. Immobile era rimasto a osservare impotente la scena, mentre Poiné, lo spirito delle punizioni, della vendetta e del castigo nella mitologia romana, si stava impossessando di lui.

La caccia era aperta.

Il terreno solcato da Salvatore Iodice sarebbe stato il suo.

Eccolo, il killer: Ferrante stava entrando in scena sul palcoscenico di un teatro colpito dal potente fascio di luce di un riflettore, mentre puntava diritto verso il suo avversario. Non lo avrebbe perso di vista un attimo. Lo avrebbe braccato, lo avrebbe trovato senza il benché minimo indugio. Conosceva fin troppo bene le debolezze di quell'essere. Avrebbe festeggiato smodatamente alla sua maniera. Infatti, tanto era maniacale, perfezionista e vigile nel suo lavoro di assassino prezzolato, a ogni successo sul campo, al contrario, perdeva tutti i possibili freni inibitori, si lasciava andare in modo esagerato, superava ogni limite, ritenendosi superiore a chiunque.

Avrebbe celebrato la vittoria in un solo posto al mondo, sempre il solito: Studio 69 in Tērbatas iela, a Riga. «Ghiaccio bollente» lo aveva definito quello stronzo. Il regno hot della bellezza femminile lettone. Ambiente chic e lussuoso, conturbanti croupier dallo sguardo ammaliatore, fiumi di champagne e non solo, creature affascinanti, sensuali, provocatrici, disponibili.

Questo lo avrebbe fottuto.

Erano bastate un paio di mazzette da cento dollari e quelle tre sventole con tacchi da equilibrista, gonne inguinali che lasciavano intendere l'inesistenza di biancheria intima e top che facevano fatica a contenere le procacità naturali o meno che fossero, avevano detto, senza pensarci più di tanto: «*Labi*, okay». Se a quel tipo, a sua insaputa, gli si doveva far festeggiare i successi lavorativi, gli avrebbero fatto toccare il cielo, godere un'estasi sublime, scoprire pian piano gli infiniti recessi della più nascosta lussuria. Erano o non erano delle ricercate professioniste?

Iodice era ubriaco fradicio, il volto mostrava evidenti segni psicotici derivanti da un cocktail di non meglio identificati stupefacenti, occhi elettrizzati dall'idea di un trittico da favola piovuto dal cielo, mani che non avevano un attimo di tregua ad assaporare quei corpi stellari.

Le aveva seguite, ubbidiente come fosse stato un barboncino al guinzaglio.

Le tre ragazze compiacenti lo avevano portato in un anonimo appartamento di Krišjāna Barona iela, a pochi passi dal locale dove si sarebbe consumato il fantastico regalo offerto da un generoso amico, ovvero trascorrere una notte intera gratis da sesso no limit con loro come protagoniste. Ma appena varcata la soglia, il mondo di esaltazione sessuale era crollato in un attimo.

Un quartetto di nerboruti tipacci lo aveva letteralmente strappato dalle mani delle bionde fanciulle, che si erano subito defilate.

Un agguato.

Doveva immaginarlo.

Sei un emerito coglione! Ci sei cascato come un dilettante, si era detto.

Le sue aspettative di godere allo spasimo sopra quei morbidi flessuosi corpi si erano infrante in una moltitudine infinita di dolorose schegge pungenti. Ma aveva reagito subito, nonostante avesse la mente piuttosto annebbiata. L'istinto di sopravvivenza era più forte di qualsiasi sbornia da alcol o da oppiacei. Aveva centrato con una terribile testata il naso dell'assalitore che aveva di fronte, e dinanzi all'incertezza che stava dominando la scena dell'imboscata, non aveva atteso oltre, continuando nella sua azione offensiva/difensiva. Aveva rapidamente flesso le ginocchia, facendo seguire una lievissima rotazione del bacino, e con una forza, pur se sfuocata dal tasso di adrenalina che lo cavalcava impietosa, aveva proiettato il suo gomito sinistro verso la tempia della figura alla sua destra che gli stava bloccando il braccio. Il secondo uomo, colpito duramente, aveva mollato la presa lanciando un grottesco urlo di dolore, ed era crollato inanime a terra.

Okay.

Due a zero.

Metà percorso completato.

Sembrava oramai fatta, ne mancavano ancora due, e aveva ridotto i danni al minimo, assorbendo solo una dose multipla di fendenti al ventre non particolarmente dolorosi. Stava per far partire un diretto sinistro a palmo aperto, quando qualcosa di lungo e freddo gli aveva squarciato le carni.

Un classico termine anglosassone, *bitch*, seguito da un gergale e più volgare idioma in lingua lettone, *mauka dēls*, erano stati i dilanianti compagni vocali del dolore che lo stava lacerando. Respirava ansando, ma aveva stretto i denti, onde riportare la concentrazione al massimo. Non si sarebbe fatto sopraffare da quel branco di luridi magnaccia da quattro soldi. Un piccolo, pur se studiato spostamento del suo baricentro gli aveva strappato inconsciamente un grido spasmodico, che però si era scaricato in un perfetto *tung tin choi*, il pugno che perfora il cielo. L'accoltellatore non si era accorto di nulla, non aveva emesso alcunché, ed era stramazzato al suolo come un sacco vuoto.

E vai!

Meno tre, era stato il suo pensiero.

Economia del movimento ed esplosività del contrattacco, queste erano state le sue preziose alleate in quell'ambiente ristretto. Aveva sentito una vampata di calore affluirgli al volto, le forze che stavano per svanire, i polmoni per scoppiare. Sembrava che gli esplodesse la testa. Si era reso conto che stava perdendo troppo sangue. Doveva assolutamente fermare l'emorragia. Se aveva subito molto in quell'ultimo scontro, però non aveva ancora perso nulla. Ora stava a lui fiutare l'ultima preda e concludere la faccenda il più presto possibile.

Ferrante, silente e invisibile come un maikong aveva seguito il trio di donne, subodorando possibili guai. Le sgualdrinelle che avevano accompagnato Salvatore Iodice erano troppo eccitate, c'era qualcosa di poco chiaro in quello strano, silente confabulare tra loro. Quindi si era opportunamente fermato all'ingresso del palazzo, in attesa del momento ideale per intervenire qualora fosse stato necessario. Nemmeno il tempo per valutare le opportunità e aveva visto uscire di corsa, tra urletti isterici, le tre gallinelle. Aveva socchiuso gli occhi, lo spazio intorno a lui si era fatto nitido: non c'era passato, né presente, né futuro, non c'era altro che dover agire con prontezza. Qualcosa di anomalo stava effettivamente accadendo in quell'appartamento e lui non si poteva permettere di perdere l'agognata preda.

L'indomito istinto animale, che lo accompagnava selvaggio, lo condusse lungo le scale direttamente al quarto piano. Cinque erano le porte che si affacciavano nel buio e stretto corridoio. Inequivocabilmente da quella in fondo sulla destra provenivano i sordi e concitati rumori di una tumultuosa rissa in corso.

La risata che stava sbranando il cupo spazio attorno a lui era qualcosa di sconosciuto, un che di primordiale, di giurassico, come l'urlo di uno pterodattilo intrappolato in una colata di lava.

La porta di legno dell'appartamento segnato con il numero quarantotto era spalancata, una smorta luce illuminava il suo varco.

Ferrante si avvicinò con estrema cautela, drizzando tutti i sensori, sentendo l'adrenalina caricargli i nervi. La tattica del *search and destroy* iniziò ad appropriarsi di lui. L'errore non era minimamente concesso. Era un uomo la cui fredda efficienza lo faceva apparire un perfetto meccanismo calcolatore.

Nella stanza semibuia, devastata da un evidente, caotico scontro fisico, scorse il volto sfigurato di un uomo che grondava sangue d'ogni dove. Parole oscene, sbiascicate in un misto di russo e inglese, sgorgavano a fatica dalla bocca priva di gran parte dei denti. Una mano malferma brandiva una pistola e scandiva furiosi ordini a Salvatore Iodice mentre lo teneva sotto tiro.

Le indicazioni erano chiare: «*Pròč'! Pròč'!*».

Doveva allontanarsi subito.

Un *nukite tsuki* scagliato con virulenza dalla mano aperta di Iodice aveva trafitto inutilmente l'aria e l'uomo che aveva davanti.

Due colpi di pistola però erano stati più veloci.

Danni collaterali.

A Bryan Ferrante uccidere per uccidere non piaceva affatto, ma era stato allenato al silenzio della morte obbligata e non aveva esitato.

Lo scenario era devastante: tre cadaveri, un uomo steso sul pavimento più morto che vivo, e Iodice non sembrava essere da meno.

Tutto si era svolto così in fretta che la canna della sua Glock 17 9 mm Parabellum pesava come un macigno davanti alle spavalde parole rantolanti di Iodice: «Facciamola finita, amico. Cosa cazzo stai aspettando?».

Sapeva che non avrebbe ottenuto nulla da lui a quello stadio terminale.

C'era rimasta solo una cosa da fare.

Un'immagine indimenticabile: Virginia Beach, il Sandbridge Little Island Fishing Pier, Melissa... e non esitò più.

La canna della pistola emise il suo lugubre boato.

Il sapore della vendetta, tuttavia, non gli aveva reso la pariglia, il tormento regnava ancora in lui, un devastante vuoto interiore offuscava l'orizzonte della sua mente. Era rimasto con le classiche mosche in mano.

Un ultimo sguardo a quella assurda e inutile carneficina.

Doveva rientrare al più presto.

Aveva un compito da svolgere e non gli era concesso troppo tempo.

Il destino sembrava avergli voltato le spalle?

No, del fato non aveva timore e per questo motivo non se n'era mai tenuto a debita distanza, anzi, più volte lo aveva dovuto sfidare e lo aveva affrontato con scaltrezza e spavalda ostinazione. Il suo carattere impetuoso, che lo aveva condotto sino a Riga, d'ora in poi non avrebbe prevalso sul buon senso. Indomito, avrebbe ottenuto per un'altra via quello che voleva. Non avrebbe fallito. Lo sentiva.

Un leggero movimento attirò la sua attenzione.

Un ragazzotto sui vent'anni, lineamenti caucasici mescolati con qualcos'altro, forse una qualche influenza orientale, capelli lunghi, lisci e neri raccolti in una coda di cavallo, si stava trascinando con straziante fatica oltre la scena del massacro alla ricerca di una possibile salvezza. Le labbra si muovevano febbrili, senza sosta, ma sembravano non emettere alcun suono. Forse parlava con qualcuno che non era lì con loro. Forse stava dicendo addio a se stesso.

Ferrante si avvicinò, lo tirò senza particolare sforzo verso di sé e tentò di recepire cosa volesse dire. I frammenti di un non ben identificato lessico giunsero annebbiati al suo udito. Scosse con impeto il corpo evanescente del ragazzo, i suoi occhi vitrei rotearono all'indietro, dalla bocca uscì un fiotto di sangue gorgogliante. Un colpo di tosse, e poi l'inconfondibile linguaggio coreano destò il suo interesse.

Questo gli fu sufficiente.

30

Roma, 26 aprile ore 19.30

Osservavo la città che sprofondava pigramente nelle prime ombre della sera.

Roma adesso sembrava felice di potersi scrollare di dosso il peso, il frastuono, la frenesia del traffico e della moltitudine di turisti che l'avevano avvinghiata per troppe ore durante la giornata. Con elegante pazienza, nelle vesti di una dama infastidita da tanto clamore, la Capitale si toglieva di dosso il superfluo e le distrazioni caotiche che si erano presentate *obtorto collo* al suo cospetto. A quell'ora finalmente i romani, oramai invero pochi, potevano godere della città come se fossero stati antichi danzatori Dervisci ruotanti con le braccia aperte e pronti a ricevere i suoi doni nascosti per trasmetterli a coloro che sentivano più vicini, in una sorta di liberatorio abbraccio globale.

Stavamo tutti e due camminando distrattamente. Eravamo di poche parole.

La via era piena di luci, spiccavano i neon multicolori del display situato all'ingresso del Teatro Sistina, pochi passi più giù i lampioni di piazza Barberini illuminavano con studiato fascino la Fontana del Tritone, posta al centro della piazza stessa, e quella delle Api, sita invece all'imbocco di via Vittorio Veneto.

All'ottavo piano, sulla terrazza del Bernini Bristol, Maurizio, lo chef del Giuda Ballerino, ci attendeva. Con la sua ineguagliabile cordialità ci condusse a un tavolo posto fra la volta celeste di Roma e un perimetro di palazzi secolari.

Uno scenario avvolgente e intenso si presentava alla nostra vista. Una meraviglia. Mi fermai a osservare le tonalità del cielo che si perdevano all'infinito. Il blu pastello, che sfumava nei meandri dell'imminente tramonto, era mitigato da alcune nuvole, che in naturale dissolvenza sbiadivano verso l'orizzonte mescolandosi ai suoi caldi colori.

Uno sguardo impacciato che faceva fatica ad apprezzare ciò che di bello si poneva davanti ai nostri occhi, nonché la bocca, che formava una tesa linea sottile, mi inducevano a pensare che Alessandro Donna dovesse sentirsi a disagio. Eppure non era la prima volta che ci incontravamo «in abiti civili» per passare una serata di svago.

Geneviève, come al solito, aveva organizzato tutto alla perfezione.

«*Écoute, mon cher amour*» mi aveva catechizzato con un sorrisetto sbarazzino, sapendo benissimo dove stava andando a parare «per rendere meno pressante e indigesta per noi signore la serata di dopodomani, avendo valutato le tue subdole intenzioni nei confronti del tenente Donna, ho pensato che sarebbe meglio fare così.»

C'era qualche possibilità di discussione con la mia dolce mogliettina? No di certo.

Albert Einstein avrebbe commentato: «*Chi dice che una cosa è impossibile, non dovrebbe disturbare chi la sta facendo*». Appunto, quindi ero stato zitto.

«Prima, verso le venti, ti prendi un rilassante aperitivo con il tuo tenente della Scientifica, e poi, con i tuoi soliti trabocchetti da Jules Amédée François Maigret, lo fai sbottonare per benino sulla questione Braxstone, che credo di aver capito ti stia sul gozzo, e infine, verso le ventuno, minuto più minuto meno, io e Gabriela arriviamo belle e pronte a stemperare l'ambiente, e così passiamo la serata a disintossicarci dai problemi quotidiani. *Ce n'est pas fantastique?*»

Elaborare una risposta?

Difficile, tant'è che ero stato subito chiamato all'ordine per la mia proverbiale assenza verbale: «*Et maintenant, tu m'as compris*, Gherardo?».

Comandi, avrei dovuto dire scattando sull'attenti con un battere di tacchi, ma mi limitai ad abbassare il capo in cenno di approvazione totale, e ne fui grato, in quanto ci guadagnai due calde, spettacolari labbra che si stamparono sulle mie in gesto riconoscente.

31

«Mentre mia madre stava morendo lentamente di cancro, l'ansia mi causava un dolore fisico assurdo. Il mio corpo e la mia anima passavano, come se nulla fosse, da un momento di angoscia all'altro, stretti come in un pugno di acciaio. Camminavo senza meta, consunto, emaciato e malsano, lungo i corridoi poco illuminati dell'ospedale. Tutto e tutti mi davano un senso di nausea. Parevo una fiera appena catturata e gettata in gabbia.»

Era stato più facile del previsto chiedere di Braxstone.

Ero piuttosto imbarazzato per aver posto la domanda ad Alessandro in modo così aggressivo, ma lui non sembrava essersene accorto minimamente, anzi, pareva volersi sfogare rileggendo con estrema naturalezza episodi del suo passato. Notavo un solo piccolo indice di invasivo nervosismo: stava torturando il bicchiere vuoto che teneva in mano.

Aveva incontrato Clyde James Braxstone, o meglio, si era scontrato con lui, sulle scale dell'Unità Operativa Complessa di Oncologia Medica del Policlinico Universitario Campus Bio-Medico di Roma a Trigoria.

Distrutto dall'aver appreso dal responsabile dello staff medico che a sua madre erano stati interrotti i trattamenti chemio e immunoterapeutici e che, pertanto, le era stato indotto il coma farmacologico comunque atto ad alleviarne le sofferenze, Donna aveva preso d'assalto le scale che conducevano all'esterno e lì aveva travolto Braxstone.

I due erano ruzzolati per una serie di gradini schiantandosi sul primo pianerottolo. Avvinghiati come l'edera, si erano scrutati in volto, prima un po' storditi e sconcertati per quanto accaduto, e poi, riafferrato un briciolo di lucidità, erano scoppiati in una sincrona, fragorosa risata.

Una scrollata alle vesti spiegazzate, un lieve massaggio su due o tre parti del corpo doloranti per le varie ammaccature rimediate dall'imprevisto ruzzolone, e infine si erano scambiati una vigorosa stretta di mano.

Si erano raccontati la loro vita seduti al tavolino del bar sito al piano -1 dell'edificio del Polo di Radioterapia Oncologica del Policlinico Universitario.

C'era stata un'empatia immediata tra i due. Catalizzatrice era stata la convinzione di condividere profondi valori di vita o interessi scientifici similari, infatti Braxstone, prima di entrare in Marina, si era laureato in entomologia forense alla Montclair State University.

La ciliegina sulla torta del loro sodalizio era stata la frase ironica con cui Clyde aveva sottolineato alcune esternazioni di Donna: «*My dear friend* Alessandro, tu mi stai dicendo che di solito io ogni mattina bevo il caffè *sugar-free*, e non sarebbe nulla in sé e per sé, ma in questo particolare momento della mia vita non solo è amaro il caffè che prendo, ma lo è anche l'intera mia esistenza. *Therefore you suggest me the solution: make a pit stop* e prova a mettere un sostanzioso cucchiaino di zucchero in *your complicated life. Right?*».

Se adesso mi era tutto chiaro del come Alessandro lo avesse conosciuto, a breve avrei dovuto approfondire con Clyde del perché quella sera era apparso, come lui sosteneva, «casualmente» al Domina.

I miei pensieri da detective furono immediatamente spazzati via da un corale: «Ah siete qua!», seguito da una voce familiare che dichiarava, senza avere la minima speranza di essere creduta: «Scusate il ritardo, ma siamo rimaste intrappolate nel traffico».

All'udire quella sfacciata affermazione, mi voltai e vidi Geneviève con indosso un abito verde smeraldo di Giorgio Armani che avevo avuto modo di ammirare solo appeso nel suo armadio. Indosso alla mia consorte aveva qualcosa di ipnotico: le faceva brillare la pelle ambrata da un tocco di sapiente abbronzatura, e sottolineava il colore dei suoi occhi.

Gabriela non era da meno con il suo *fourreaux longuette* di Catherine Malandrino.

Facemmo accomodare al nostro fianco le signore, che ci ringraziarono con due accattivanti sorrisi, e in un attimo tutte le nostre striscianti preoccupazioni, tutti i nostri ansiotici dubbi e tutte le nostre subdole inquietudini svanirono.

32

Roma, 27 aprile ore 6.00

Un sordo, vibrante rumore si perdeva tra i primi suoni della città che si metteva in moto.

Il cellulare a quest'ora?

Cosa poteva essere successo, mi stavo silenziosamente domandando mentre masticate parole si frapponevano tra la mia mente, annebbiata dalla stupenda e alcolica serata trascorsa al Giuda Ballerino con Donna e sua moglie Gabriela, e quel continuo, fastidiosissimo *vrrr*?

«Dai, Gherardo, per favore, rispondi.»

Le parole di una semiassonnata Geneviève mi spronarono a osservare il display di quell'odiatissimo strumento di comunicazione, dove appariva irrequieto e fibrillante il nome di Mistretta, che ovviamente da buona «burba» del gruppo si era subito beccato i peggiori turni di servizio.

Un tasto e un: «Brigadiere, dimmi» irruppero nella quiete della stanza.

Una voce impercettibile, tenue, forse timorosa di disturbare data l'ora, che facevo fatica a recepire. Mi alzai frettolosamente dal letto, e quando arrivai in salotto, tuonai: «Mistretta, parla più forte e ricomincia daccapo. Non ho sentito nulla di quello che hai detto!».

«Capitano, non volevo...»

«Disturbare!» lo interruppi con violenza e continuai. «Ma visto che hai chiamato e io ho risposto, anche se tu avessi avuto il timore di importunare il meritato sonno della mia signora, oramai è fatta. Lei si è svegliata e io ti sto ascoltando.»

«Quindi?» domandò tentennante il brigadiere.

«Su, dai, sputa il rospo. Sono solo le sei del mattino. Deve essere qualcosa di grosso per chiamarmi e non aspettare il mio arrivo in caserma fra un paio d'ore.»

Era dalle cinque del mattino che il colonnello Frontini aveva comandato, ordinato, ingiunto di scovarmi ovunque mi trovassi. Anche se fossi stato avvolto tra le braccia passionali di mia moglie – aveva detto proprio «passionali» quel libidinoso, cose da pazzi, pensai –, dovevo assolutamente esserne rimosso e portato dinanzi a lui.

Tutto il rapporto era stato condito da Mistretta con uno: «Scusi, capitano, sono pari pari i termini scanditi dal colonnello».

«Brigadiere...»

«Comandi» e mi parve di sentire anche un battere di tacchi.

«Okay, hai tergiversato per un po' sapendo che avevo in programma una serata diciamo *by night* con mia moglie e non solo, e che avrei avuto bisogno di qualche ora di sonno in più. Di questo ti sono riconoscente, ma ora dimmi il *busillis* che ha scatenato tutto ciò.»

«Ehm... diceva, capitano?»

Petrone, mi dissi in totale silenzio, sei troppo forbito. *Busillis*... quando mai Gennaro Mistretta, nato a Rionero in Vulture, si sarà interrogato sulla frase latina *in diebus illis* sillabata in modo errato?

Colta l'impasse linguistica, gli risposi con più consona semplicità: «Chiedevo solo quale problema avesse all'alba Frontini da scatenare tutto questo putiferio».

L'eloquio di Mistretta mi rivelò che Frontini aveva avuto un lungo briefing con la CIA.

I ragazzi di Langley, un vicedirettore e un paio di agenti speciali non si erano minimamente preoccupati del fuso orario ed erano andati avanti a discutere animatamente fin verso le undici locali, che per Roma, e soprattutto per il colonnello, volevano dire circa le cinque del mattino.

Ecco perché Frontini aveva sclerato alla grande e mi cercava.

Aver parlato per diverse ore in inglese... Inglese? «Inglese maccheronico», sarebbe stato più appropriato definire il suo slang. E poi, non avere dormito praticamente nulla aveva prodotto quello che aveva prodotto, e Mistretta era stato l'agnello sacrificale.

Buon per lui che fosse con noi da poco più di un mese e che Frontini a malapena si ricordasse che fosse uno dei nostri e non solo il piantone di servizio, altrimenti chissà cos'altro avrebbe aggiunto nello stato in cui si doveva trovare.

33

Roma, 27 aprile ore 6.45

Avevo bussato un paio di volte. Prima con garbo, poi con maggiore intensità.

Nessun segno di vita.

Entrai.

Frontini era stato abbattuto dal sonno.

Il capo era riverso in modo scomposto sulla scrivania, le braccia sembravano voler abbracciare gli spazi intorno a lui per assorbire il meglio della quiete dopo la tempesta notturna, che l'aveva aspramente fiaccato. Niente giacca, niente cravatta, le maniche della camicia arrotolate alla bell'e meglio, i piedi avevano abbandonato le scarpe e parevano godere di quel momento di libertà.

Appoggiai con estrema cautela sul lato sinistro della scrivania la tazzina del caffè che il mio amico barman, Franco, mi aveva preparato e confezionato per il trasporto con tutte le attenzioni del caso.

Fu il caldo aroma della *Coffea charrieriana* che si sprigionava superba a pochi centimetri dalle sue narici, o il leggero scricchiolio della poltroncina in legno dove mi ero seduto, a destarlo?

«Petrone? Capitano Petrone, cosa ci fa qui nel mio ufficio a quest'ora?» sbiascicò con fatica, posando malamente i gomiti sulla scrivania in un tentativo di riappropriarsi della propria fisicità perduta.

«Lei comanda la mia subitanea presenza in loco e io sono ai suoi ordini» risposi con un pizzico di ironia, mentre noncurante mi toglievo un inesistente granello di polvere dalla mia divisa impeccabile.

Sconcerto?

Imbarazzo?

Di più!

Frontini mi squadrò nonostante un flebile velo di strisciante torpore lo avvolgesse ancora, poi si guardò una, due, forse anche più di tre volte e, con un mezzo sorrisetto, mentre agguantava avido la tazzina del caffè, disse: «Una nottataccia. Una vera nottataccia, capitano!».

34

Dopo avermi ringraziato per il meraviglioso, stimolante caffè che gli avevo portato, Frontini mi fece giurare di non raccontare a nessuno, sottolineando con aria complice «proprio, proprio a nessuno», in quale stato di devastazione catatonica lo avessi sorpreso. Aveva timore che la sua fama di duro, irreprensibile e impeccabile comandante sarebbe potuta essere scalfita.

«Petrone, mi dia... diciamo cinque minuti per rimettermi in sesto. Una rapida sciacquata, un cambio d'abito e la rendo edotto di quanto sono venuto a sapere da quei cowboy di Langley.»

Questa era la versione ufficiale della tempistica a lui necessaria per riprendere possesso di se stesso.

In realtà attesi circa tre quarti d'ora!

Neanche una bella donna ci avrebbe messo tanto!

Ma non fu tempo perso.

Il mio cellulare emise un suono inconfondibile, la colonna sonora composta da John Williams per la celebre saga di *Indiana Jones*: Enrico Dambrosio.

L'appuntato voleva che io passassi immediatamente nel suo *sancta santorum* per farmi visionare cosa era riuscito a trovare. La sua eccitazione era ai massimi livelli, ma purtroppo gli dissi che il momento non era propizio. Doveva attendere. Il comandante aveva urgente bisogno di conferire con il sottoscritto, tant'è che mi trovavo segregato nel suo ufficio in trepida attesa del suo arrivo.

«Trepida...» aveva sottolineato l'incredulo appuntato, che aveva mangiato la foglia del termine *segregato* e così, dopo un diplomatico colpetto di tosse, aggiunse ilare: «Perfetto, capitano, allora vuol dire che ho a disposizione almeno una mezz'oretta, e forse anche più, per aggiornarla intanto al telefono sui miei lavoretti notturni, prima di mostrarle tutto di persona».

Sopprimendo a fatica una sonora risata, dissi: «Vai, Enrico, sono tutto orecchie».

Dambrosio volle che richiamassi alla mente i post-it schierati in bella vista sul muro del mio ufficio. Per la precisione, puntò l'indice alla sequenza che andava dal numero sedici al numero venti, che riportava in dignitosa grafia:

Oggetto del desiderio:
Hunter Killer, il Cacciatore Marino, l'ACTUV,
Autonomous Continuous Trail Unmanned Vesse

Preda:
Clyde James Braxstone

Cacciatrice:
Jodie Mayhem

Assassino:
Michele
o
Micky (vezzeggiativo?)

Mente dell'operazione:
???

L'appuntato si era buttato a capofitto sul problema, spronato dall'ordine perentorio di Frontini di darci da fare sull'incognita del Submarine.

La voce che mi perveniva si fece bassa, modulata, contrassegnata da una gradevole intonazione. L'esposizione delle diavolerie tecniche da lui utilizzate mi parve stranamente una dolce litania, la cui potenza era incredibilmente devastante per i risultati che aveva ottenuto in così poco tempo. L'idea di chiedergli, come mia prassi, di limitarsi ai fatti salienti e di sintetizzare il tutto per non essere immerso in spiegazioni scientifico-informatiche il più delle volte di complessa comprensione mi parve questa volta assolutamente inappropriata.

Ero uditivamente ipnotizzato.

Per quello che avevo recepito qua e là durante la sua lunga illustrazione, ancora una volta Dambrosio era stato fantastico e... non poteva essere da meno. Il cybernauta, sommato a una lasciva strisciante lussuria, una caratteristica del suo carattere a me totalmente sconosciuta, era riuscito a contattare la *chat line* dei cosiddetti – come aveva opportunamente sottolineato con tono libertino – *#Amicidelsottomarino#*, e ci aveva sguazzato a piacimento, senza alcun ritegno.

Aveva postato una sua foto opportunamente velata nei punti caldi del suo già tonico fisico. Tuttavia, visto che l'appetito vien mangiando, si era fatto prendere la mano e aveva esagerato. Le sue abilità indiscusse, anche nel campo della *lead generation*, avevano fatto sì che attraverso un semplice GIMP – un programma elementare di elaborazione digitale delle immagini – ottenesse qualcosa che era andato ben oltre il meglio dei personaggi attuali che compongono lo *star system* maschile.

Rimarcò, ghignando con espressione eccitata, che non sapevo cosa mi stessi perdendo, non certo per quanto riguardasse lui, ma per l'universo di ritorno femminile che gli era rimbalzato addosso.

«Capitano, deve vedere. Una cosa incredibile. La stravaganza di questi soggetti non ha limiti!» aveva esclamato a un certo punto del suo rapporto.

Tra esemplari femminili e maschili di tutte le razze e i generi, il suo chattare lo aveva portato a un intenso scambio relazionale, in particolare con due donne. Quella che gli era parsa la più sensibile alle nostre esigenze indagatrici si faceva chiamare con un nome di pura fantasia e decisamente erotico: Orchidea Runterholen.

Runterholen... tralasciai per pudicizia di fare di tale idioma tedesco una subitanea traduzione letterale.

Dambrosio mi specificò che gli sembrava il caso di omettere per motivi di privacy i particolari dei loro appassionati dialoghi in rete, nonché di tralasciare data e ora dell'appuntamento fissato la settimana entrante, un rendez-vous che gli avrebbe permesso di entrare nel vivo dell'operatività.

«Appuntamento?» trasecolai.

«Appuntamento, sì.»

«Da non credere!»

«Ho dovuto cedere, capitano.»

«Cedere? Cedere? Ma per la miseria, cosa cavolo stai blaterando?»

«Sono stato costretto a spendere questo bonus.»

«Bonus?»

«Un piccolo incentivo, perché mi sono reso conto che altrimenti non avrei potuto carpire le agognate informazioni utili per la nostra indagine. Con Orchidea...»

«Orchidea? Adesso la chiamiamo anche per nome, 'sta qua?» interruppi nuovamente Dambrosio.

Non un plissé verbale da parte sua, anzi, continuò imperterrito nel resoconto, come se non mi avesse neanche udito. «... con Orchidea siamo arrivati a un punto tale della nostra relazione virtuale che le parole e le *clip art* non erano più sufficienti. Dovevamo assolutamente svelarci in carne e ossa. Incontrarci *necesse est*!»

Stavo per replicare ancora una volta duramente, quando la porta dell'ufficio, ove ero recluso da tempo, si aprì.

E chi ti appare sul più bello? Frontini.

«Puntata *hardcore*, mi pare di aver capito?»

«Domanda maliziosa ma pertinente, colonnello» ribattei aggiungendo: «Anzi, se lei lo ritenesse opportuno, potremmo fare un salto da Dambrosio, che scalpita, e in loco analizzare il suo lavoro e approfondirne il tema».

Frontini non attese oltre e con passo di marcia si avviò.

35

«Punto primo: abbiamo un nome, Michele, e un cognome, Matcovich, oltre a quello che può essere considerato un soprannome, Micky.»

«Fantastico, appuntato, è sempre più di quanto avessimo fino a ieri» bofonchiò Frontini, strofinandosi gaudente i palmi delle mani.

Dambrosio mi guardò con aria sofferta per la lapalissiana affermazione del colonnello.

Cosa ci potevo fare? *Ubi maior minor cessat*, sarebbe stata la locuzione latina pertinente, quindi inarcai solo un sopracciglio per indurlo a continuare, senza badare più di tanto allo scontato intercalare del nostro comandante.

«Michele Matcovich, un bel fusto d'uomo, ben piazzato, di trentacinque anni, alto sul metro e ottanta, spalle larghe, addominali a tartaruga. Pesa intorno ai settanta-settantacinque chili, possiede due braccia di acciaio, ma mani dal tocco delicato...»

«Una scannerizzazione al millimetro, tanto per utilizzare la sua terminologia, Dambrosio.»

«E non è finita qua, colonnello!»

«Ah, però, la cosa si fa ancora più stimolante» enfatizzò sempre più sbalordito Frontini.

«La dolce Orchidea mi ha confessato pudicamente, tra uno strozzato singhiozzo e l'altro – probabile assunto di un *mea culpa* sul suo rocambolesco passato sessuale, ma su questo non sono poi tanto convinto –, che questo tizio se lo è ripassato in lungo e in largo, in gruppo o singolarmente, attivando una serie particolare di azioni...»

«Dambrosio!» lo interruppi alzando gli occhi al cielo in un gesto di sottintesa, velata reprimenda.

«Chiedo scusa, capitano. Mi ero fatto prendere la mano. Ha ragione, necessita assoluta freddezza in questo specifico campo, altrimenti si rischia di travalicare. Però se loro hanno visionato in precedenza le foto della suddetta Orchidea, possono capire che una piccola sbandata nel mio puntuale rapporto sia ipotizzabile.»

«Suvvia, signori, rientriamo nei ranghi e andiamo avanti senza ulteriori valutazioni a luci rosse» questa volta fu Frontini a intervenire seccamente.

«Signorsì» riprese a relazionare con precisione Dambrosio. «Dicevo, uhm... ecco... mani dal tocco delicato, naso proporzionato al volto e narici dritte, mascelle volitive, mento affilato, labbra vellutate...»

«Vellutate?» chiese incredulo Frontini.

«Sì, colonnello, Orchidea ha detto, o meglio, come può anche osservare sullo schermo alla sua destra, mi ha scritto proprio così nel nostro scambio epistolare.»

La zoomata di Dambrosio sul testo della chat, apparsa su un Daewoo da centotrentasei pollici, ne era fedele testimone.

«... ha due labbra vellutate che quando si posano sulla pelle mi troncano il respiro e mi trascinano nel baratro oscuro dei miei sconvolgimenti istintivi...» stava leggendo a intermittenza con sguardo avido Frontini «... i suoi capelli sono lisci come la seta... ha qualche zampa di gallina attorno agli occhi tali da renderlo smisuratamente desiderabile... mi sarei fatta invadere dal suo corpo in ogni spazio... avrei voluto affogare nella potenza dei suoi flussi... sono stata pronta a soddisfare ogni sua esigenza, ad accettare qualsiasi ordine ed eseguirlo senza opporre resistenza... adoravo ascoltare la sua ruvida voce... con lui o per lui mi sono sottoposta ad accogliere quanti desiderava che si accoppiassero con me... mi esaltavo vedendolo eccitato mentre altri mi possedevano come lui aveva comandato... Accidenti, che roba, neanche il meglio della trilogia di *Cinquanta sfumature* immagino possa racchiudere un simile formulario di pensieri!»

Rendendomi conto che il nostro comandante si stava lasciando prendere ancora una volta un po' troppo dalle esplicite affermazioni di Orchidea, mi rivolsi a Dambrosio dicendo: «Appuntato, direi di fermarci qui per quanto riguarda il vostro chattare. Il quadro della situazione mi sembra sufficientemente chiaro, e pertanto credo opportuno che la parte strettamente legata alle prestazioni sessuali di questa focosa signorina con questo iconico personaggio sia da saltare a piè pari. Andiamo al nocciolo della questione. Giusto, colonnello?».

«Giusto, giusto, Petrone. Scusate, non si è trattato di nient'altro che di un momento di distrazione» argomentò goffamente Frontini, aggiungendo poi, con un tono di voce più fermo: «Allora, Dambrosio, dicci chi abbiamo per le mani».

«Michele Matcovich, lettone, nato a Liepāja, importante città portuale...»

«Non tergiversiamo con inutili particolari. Al sodo, andiamo al sodo» si interpose ora agitato più chc mai il colonnello.

«Una volta abbandonata la nostra fonte del Submarine, se lei e il capitano hanno la compiacenza di osservare la scheda che sta per apparire, sempre sul medesimo schermo, potranno avere una percezione del personaggio con cui potremmo avere a che fare d'ora in poi.»

Aguzzai gli occhi e lessi a voce alta, a beneficio di tutti: «Membro della SOBR, l'acronimo di Специальный Отряд Быстрого Реагирования, traslitterato è Special'nyj Otryad Bystrogo Reagirovanija, squadra paramilitare di reazione rapida russa dedicata alla prevenzione della criminalità, alla gestione delle operazioni speciali, alla protezione degli obiettivi sensibili e al controllo dell'ordine pubblico. Congedatosi con il grado di tenente, di seguito si è arruolato nella Legione straniera con il grado di aiutante maggiore nel Deuxième Régiment Étranger de Parachutistes di stanza a Camp Raffalli, presso Calvi, in Corsica. Esperto d'armi e in tutti i tipi di esplosivi, maestro in parecchi metodi di autodifesa e combattimento a mani nude, parla correntemente cinque lingue: russo, francese, inglese, svedese, italiano. Elemento spietato con un'inesauribile riserva di pazienza e di tenacia. Nella sua azione tende alla perfezione, evita l'errore. Era odiato, ma allo stesso tempo amato e rispettato dai suoi uomini, che parevano persino disposti a dare la propria vita pur di salvaguardare quella del loro comandante».

«Uno tosto» sottolineò Dambrosio al termine della mia lettura.

«Veramente con i contro cazzi» commentò a sua volta più duramente Frontini.

«E tu, come sei venuto a sapere tutto ciò?» chiesi interessato all'appuntato.

«Sa com'è, capitano, mi sono permesso di scomodare qualcuno di nostra conoscenza al Mossad.»

«Non mi dire che hai sentito quel vecchio brontolone di Shaye Menasse!»

«Direttamente lui, il tenente colonnello? No, no, non mi sarei mai permesso di osare tanto. Però per l'esattezza suo nipote Daniel, l'ultima volta che ci siamo incrociati qui a Roma per il caso Caporri, mi aveva lasciato un recapito dei "suoi". Sa cosa intendo, capitano, no?»

Non fiatai.

Frontini strizzava gli occhi come a tentare di rivangare ricordi momentaneamente parcheggiati nel sottofondo del suo ippocampo.

«Dicevo che Daniel mi ha fornito di un user, un nome utente autoconvalidante, da utilizzare in caso di bisogno. Così su due piedi l'ho interpellato e lui mi ha fatto un'enorme gentilezza, sapendo che mi... ci avrebbe potuto togliere qualche castagna dal fuoco.»

Nelle azioni sul campo, Daniel Mordecai e il suo fratello gemello David erano da sempre schierati al fianco di Shaye Menasse. Erano la sua ombra vivente, come lui lo era stato sin dall'epoca del loro bar mitzvah. Infatti, purtroppo, i due ragazzi erano rimasti orfani dei genitori a seguito di un attentato avvenuto a Gerusalemme. Menasse, vedovo e senza figli, li aveva accolti presso la sua casa e con soddisfazione li aveva visti crescere e divenire rispettosi del precetto partecipando attivamente alla vita della comunità al pari di molti adulti, diventando retti e responsabili della ritualità e dell'osservanza della tradizione e dell'etica ebraica.

Personalmente avevo avuto la fortuna di conoscere Shaye diversi anni prima in una congiunta azione interforze di antiterrorismo. La nostra professionale collaborazione era nata semplicemente con poche parole su come gestire l'intera operazione. Un breve contraddittorio c'era stato, ma più sulla forma che sulla sostanza, e una stretta di mano con un penetrante sguardo negli occhi era stata sufficiente per stimarsi l'un l'altro. Poi, nel tempo, il nostro rapporto si era trasformato in qualcosa di molto particolare e la mia famiglia era diventata la sua famiglia.

Shaye è sempre stato un uomo con cui avere un qualsiasi tipo di relazione è assai complesso, se poi si tratta di mettere in campo il valore dell'amicizia è ancora peggio. Infatti, la cosa la gestiva solo alle sue ferree condizioni, punto e basta. Passavano mesi, anni, senza che si facesse vivo, non sapevi dove fosse, cosa facesse, ma ovunque ti trovassi a svolgere i tuoi compiti, avevi la certezza che, di lui, aleggiava su di te un guscio di potenziale forza sovrannaturale pronta a scatenarsi ed esplodere per giungere in aiuto qualora fosse stato necessario. Shaye non si sarebbe mai scordato che gli eri stato vicino. Delle volte bastava uno schioccare di dita, ed eccolo apparire dal nulla, come fosse stato sempre al tuo fianco.

«Bene, ne deduco che se il Mossad sa tutto e di più del passato di Matcovich, sapranno anche in che cosa ora si diletta il nostro lettone?» domandai senza tanti giri di parole.

«Certamente, capitano. Il nostro uomo negli ultimi anni si è dedicato ad assassinare personaggi scomodi qua e là per il globo per conto terzi, non disdegnando, sempre su adeguata commissione, furti di ogni genere, anche di opere d'arte. Si dice perfino che abbia partecipato alla clamorosa rapina nell'Isabella Stewart-Gardner Museum di Boston.»

«Rembrandt Harmenszoon van Rijn: *Cristo nella tempesta sul mare di Galilea*. L'unico paesaggio marino dipinto dal supremo pittore olandese.»

«Esatto, colonnello.»

Ero stupito da cotanta conoscenza specifica: Frontini era sempre una sorpresa!

«E sì, mi ricordo di aver letto il resoconto della CIA che parlava del fatto. Due uomini, mai identificati, vestiti da agenti di Polizia, erano stati capaci di entrare nel museo, beffandosi di tutte le misure di sicurezza, guardie comprese, queste ultime addirittura le avevano legate e impacchettate come dei salami, e quindi avevano fatto man bassa di opere d'arte. Un lavoro da manuale. In sintesi, hanno fatto fare a tutti una bella figura di merda!»

«A conferma di quanto precedentemente detto sulla scoperta dell'identità del nostro potenziale assassino...» si intromise Dambrosio, troncando di netto le elucubrazioni storiche di Frontini «... il luogotenente Corino e il sottotenente Rosiello hanno fatto un percorso alternativo al mio, e seguendo le loro logiche sono comunque giunti, neanche a dirlo, alle medesime mie conclusioni.»

«Un fantastico lavoro di squadra» affermai.

«Non proprio del tutto, ma quasi» subsannò mefistofelico Dambrosio.

«Ovvero?»

«Loro due sono partiti da quei segni trovati sulla mano della defunta miss Jodie Mayhem e ci hanno dato dentro come matti e... bingo! Hanno rilevato, pur se minime, delle tracce epiteliali, comunque tali da consentire di determinare un *touch* di DNA comune con il liquido seminale trovato nel corpo della vittima. Si sono avvalsi dell'archivio dell'INSDC, l'International Nucleotide Sequence Database Collaboration, e vai... hanno ottenuto anche loro il match con il nostro uomo in questione. Si tratta inequivocabilmente di Michele Matcovich. Come accennavo vagamente prima, durante le nostre ricerche abbiamo deciso di non influenzarci a vicenda. Ognun per sé, ci siamo detti. Solo a lavoro concluso ci siamo confrontati e... tombola, abbiamo lo stesso identico risultato. Fighi, eh?» concluse Dambrosio con uno smagliante sorriso a trentadue denti.

Frontini fissò con lo sguardo spiritato noi astanti, poi scosse con un fremito la sua alta figura in segno della viva eccitazione che lo stava percorrendo. L'evidente irrequietezza era determinata da quello che aveva or ora udito, o da come era stato ottenuto? Non era da sapersi. L'unica cosa certa è che avevamo finalmente qualcuno su cui porre la nostra attenzione e al nostro amato colonnello non pareva vero.

Dambrosio era una valanga di parole, nessuno sarebbe riuscito a fermarlo nelle sue dissertazioni espresse, per nostra fortuna, in termini sufficientemente intelligibili per noi comuni mortali presenti. Si vedeva chiaramente che era galvanizzato dalle conclusioni a cui era giunto e voleva rivelarcele al più presto. «Per arrivare a qualcosa di ancora più sostanzioso, che potrebbe essere una chiave di lettura basilare per le nostre analisi, se loro volessero dare una occhiata alla cartella, quella di color verde, che sto per aprire sullo schermo qui alla mia sinistra...»

Mi voltai e vidi apparire in dissolvenza incrociata il primo piano di un individuo dalle chiare fattezze asiatiche. Il personaggio aveva un taglio dei capelli a scodella, l'uniforme che indossava era una divisa militare di uno squallido color marroncino ornata da migliaia di mostrine multicolori. Calzava un cappello spropositato, ove spiccava al centro una stella rossa a cinque punte. Il sorriso perfido e maligno emanato da quella fotografia mi fece venire in mente Tan-Sun Moon, il colonnello coreano, il cattivo per eccellenza interpretato dall'attore americano Will Yun Lee nel film della saga di 007: *La morte può attendere.*

Non mi sbagliavo di molto.

Hwang Myong-Hyok.

Il nome di questo militare sfavillava a cupa intermittenza sul megagalattico Panasonic AX900.

«Se tanto mi dà tanto, siamo nel bel mezzo di un

caso di spionaggio al cento per cento» sentenziai con evidente preoccupazione.

«Bene, molto bene» commentò invece radioso e più rilassato Frontini, accomodandosi su uno di quegli sgabelli arancioni che arredavano in modo molto singolare il laboratorio.

«Bene in che senso, colonnello?» domandai confuso da quella secca affermazione.

«Proprio di questo volevo renderla partecipe, Petrone, ma vedo, con grande soddisfazione, che noi siamo andati ben oltre a quello che questa notte ho dovuto dissertare a lungo con quei tre cowboy.»

«Cowboy?» domandò curioso Dambrosio.

«Langley» lo zittì deciso Frontini.

36

Eravamo già alla quinta tazzina di caffè.

Frontini aveva puntualizzato, addirittura stigmatizzato, con aperta e indignata disapprovazione, ogni singolo minuto della sua infinita ed estenuante conversazione avuta con oltre oceano.

«Un lessico e una fonetica da scervellarsi. Una fatica improba collegare termini in *american english*, che sono totalmente difformi dal mio *fluent british english*.»

Da Frontini aspettarsi un *fluent british english*... sarà! Pensavo con estrema cattiveria.

Il colonnello, paonazzo in volto, le labbra secche, gli occhi iniettati di sangue, continuava imperterrito il suo autoritario sproloquio: «Tre contro uno, capisce cosa voglio intendere, Petrone?».

Era una mitragliatrice.

Impossibile interromperlo.

«Volevano a tutti i costi darci degli incompetenti, visto che sono passati cinque giorni dalla morte del loro agente, quella Melissa Webster, e sostengono che non abbiamo ancora combinato un bel niente. Niente! Niente, capisce, Petrone? Incredibile.»

Feci con il capo un semplice cenno affermativo.

«Strepitano, quei cowboy scaldasedie...» continuò Frontini sempre più infervorato dal suo racconto «... che la pista, secondo il loro *master screening*, dopo quarantotto ore è da considerarsi già fredda. E, come se non bastasse, mi hanno vomitato addosso, con tutta la loro alterigia da *american detectives*, il fatto che Roma è peggio di una città del Terzo Mondo, e che noi italiani, in fatto di avvelenamento, nei secoli, abbiamo fatto scuola tra papi, imperatori e faccendieri morti stecchiti. E... e... non ci ho visto più. E... e...»

Il colonnello iniziava a farfugliare, si passava il dorso tremante della mano destra sulle labbra, qualche goccia di sudore imperlava la fronte.

Ebbi timore che potesse venirgli un infarto.

«Beva qualcosa, colonnello» dissi mentre strappavo dalle mani di Dambrosio una lattina di chinotto. «Faccia una breve pausa e poi, senza pensarci più di tanto, mandi a farsi fottere tutte quelle stronzate yankee. Noi ne sappiamo una più del diavolo!»

37

Montecarlo, 28 aprile ore 11.00

Svoltò in boulevard Princesse Charlotte e parcheggiò, all'angolo con boulevard de Suisse, la Citroën che aveva noleggiato alla Hertz con un nome di comodo. Scese e si avviò deciso, avvolto nel suo montgomery blu scuro con il cappuccio che gli copriva il volto.

Procedeva sotto una leggera pioggerellina primaverile, facendo attenzione a non calpestare le pozzanghere che si erano formate sul marciapiede dissestato, piastrellato da scivolosissime mattonelle di un agghiacciante color arancione. Dentro di sé non riusciva a trattenere un moto irrefrenabile di spensieratezza adolescenziale per quel tenue flashback che stava occupando la sua mente.

Nei giorni di pioggia di ritorno da scuola, la Saint Raphael Academy, doveva stare attento a quegli accumuli d'acqua sporca che si formavano sulla strada. Guai a pensare di saltarci dentro e sguazzarci alla maniera di Gene Kelly nel famoso film del 1952 *Singin' in the Rain*. Le sue scarpe dovevano rimanere a ogni costo immacolate da possibili schizzi di fango, altrimenti, una volta tornato a casa, cosa avrebbe detto Estelle, la ragazza francese au pair che viveva con lui e i suoi genitori a Pawtucket, nel Rhode Island?

Apriti cielo al solo ricordo!

Era stato facile arrivare a rintracciare Hwang Myong-Hyok.

Un nome di battaglia, Hawk, falco, sussurrato nelle orecchie giuste, un numero di telefono e un indirizzo mail rintracciabilissimi, in quanto non possedevano neanche un sistema di logging da cui potesse risultare l'intrusione nella rete da parte di qualche curioso di turno. Perbacco, quanti indizi messi alla mercé di tutti! Oggi come oggi, se non ci si nasconde con le dovute accortezze e non si utilizzano le giuste schermature, è un attimo stare alle calcagna di qualcuno. Troppo semplice. Troppo elementare. Era incredibile, inconcepibile quante persone ancora facessero un passo falso del genere. E sì che la professione che esercitava avrebbe dovuto ben insegnargli qualcosa a quel coreano.

Professione? Già, essere una spia, un agente segreto o un *problem solving leader* possono essere considerati una professione? Bell'interrogativo, si domandò sogghignando Bryan Ferrante.

Hwang Myong-Hyok, al di fuori del suo Paese natio, era un personaggio trasgressivo, consumista, vanitoso, quotidianamente sulla cresta dell'onda nella bella vita del Principato. Apprezzava il buon cibo e frequentava sempre gli stessi tre ristoranti stellati monegaschi: R - La Table d'Antonio Salvatore, Le Louis XV Alain Ducasse o La Montgolfière Henri Geraci. Era un compulsivo compratore dei prodotti de L'Occitane en Provence presso la Boutique Pharmacie de Fontvieille, un must per la sua accurata toilette giornaliera. Calzava scarpe rigorosamente fatte su misura nel negozio di Christian Louboutin, indossava abiti firmati, comprati esclusivamente da Society Club, la boutique sita all'interno dell'Hotel Metropole, di cui apprezzava lo stile retrò da Belle Époque. Amava contornarsi di belle e giovani donne, meglio se bionde, dai tratti somatici occidentali, e disponibili a soddisfare ogni sua particolare esigenza, pertanto bazzicava pochi e selezionati locali notturni come lo Jimmy'z, il Buddha-Bar o lo Zelo's. Sfoggiava con spudorato senso di superiorità automobili da sogno: una verde Lamborghini Huracán Performante o una rossa Ferrari 812 Superfast. Una cosa era al di fuori del suo ideale di vita: il gioco. Il Casinò, infatti, non gli provocava alcuna ebbrezza, trovava insulso frequentarlo e allo stesso tempo deleterio, pertanto per lui era un luogo off limits.

Alla faccia del basso profilo da tenere in funzione delle severe restrizioni imposte dal regime nordcoreano in campo politico, economico, culturale e sociale!

Era sufficiente attraversare la strada per trovarsi davanti a Villa Myrelingues.

Bastava suonare il campanello.

38

Mi guardai intorno come se fossi stato un turista che aveva sbagliato strada.

Il colonnello Frontini mi aveva fatto catapultare in fretta e furia a Montecarlo. Le indicazioni ricevute dai nostri amici del Mossad davano al momento una possibile collaborazione tra Michele Matcovich e Hwang Myong-Hyok. Cosa stessero combinando quei due non era ben chiaro. Per noi, invece, il quadro generale era piuttosto nitido e sapevamo anche dove poterli andare a trovare. Certo non sarebbe stata una passeggiata.

A quell'ora di metà mattina non c'era nessuno in giro, o quasi. La noiosissima spruzzata d'acqua, che le nubi sopra il Principato avevano regalato alla città, con molta probabilità teneva relegati nelle loro dimore gli abitanti monegaschi abituati a situazioni meteorologiche meno plumbee da registrarsi alla fine di aprile.

Vidi un unico passante.

Notai un solo interesse, ma comune: Villa Myrelingues.

Strano.

Alzai lo sguardo per cercare di intravedere quel timido raggio di sole, che tentava a tutti i costi di farsi strada tra le basse e sfilacciate nuvole grigie che oscuravano il mare. Non pioveva molto spesso in quella zona della riviera francese, e quando ciò avveniva, il cielo si incupiva in maniera anomala e azzerava la visibilità in ogni direzione. Faceva stranamente freddo. Dove caspita si era nascosto il tanto osannato mite clima della Costa Azzurra?

Geneviève, nativa di queste parti, mi avrebbe risposto alla sua maniera sciovinista: «*La France c'est la France, Montecarlo* no!».

Uno starnuto. Due. Presi il fazzoletto e mi soffiai il naso imprecando sottovoce: «Vuoi vedere che con questo umido mi sono beccato l'ultimo virus influenzale presente su questa Terra?».

Sentii una vibrazione in tasca: il cellulare. Lo tirai fuori con un moto di stizza e con sorpresa lessi: «Numero privato». Pubblicità, pensai, e digitai istintivamente rifiuta. Stavo per riporlo via quando, molesto, vibrò nuovamente e riapparve sullo schermo la dicitura numero privato. Perplesso per l'insistenza, questa volta risposi.

Una voce ferma, con chiare inflessioni dell'Eastern New England, mi parlò in perfetto italiano: «Le compagnie che la mia professione mi porta a incontrare mi inducono a essere circospetto».

Sulla faccia mediale del cervello di noi mammiferi, proprio sotto la nostra corteccia, c'è una rete di neuroni il cui nome è «sistema limbico». Tale zona di materia grigia fa scattare o blocca le nostre emozioni quali la collera, la paura, l'odio, l'amore, la gioia, la tristezza. In quel preciso istante tale pulsante scattò dentro di me e fui pervaso da un calore incandescente. Fui bravo a non mostrare alcuna sensazione. Sfoderando un autocontrollo proverbiale, ascoltai incuriosito lo sconosciuto interlocutore.

«Fonti a lei vicine, capitano Petrone, mi hanno riferito che può vantare una notevole esperienza nel campo investigativo e di Intelligence.»

Per poco non rimbalzai sul marciapiede, incredulo. Costui, con due semplici termini come «capitano» e «Petrone» mi aveva fatto intendere che conoscesse tutto del sottoscritto e che potessi anche essere sotto tiro.

Le mie cellule cerebrali erano in forte contrasto fra di loro.

L'alterco era rimbombante: interrompere subito la telefonata e pormi immediatamente sulla difensiva era quello che mi spingeva a fare un manipolo di neuroni pessimisti; non se ne parla neanche, ribatteva invece, con impeto, la fazione ottimista, pertanto forza, datti da fare, non stare lì impalato, individua, agisci e combatti con adeguate contromisure.

Al diavolo i bisticci degli assoni conduttori di tali impulsi cerebrali! Sapevo già cosa dovevo fare, e certo non avevo bisogno di altri suggerimenti.

«Che intenzioni hai, amico?» sparai con aggressività nel microfono del cellulare, bloccandomi davanti al cancello di ferro battuto della villa. Oramai gli ero giunto alle spalle, pronto a entrare in azione, ma non feci in tempo a placcarlo per togliergli il cappuccio del montgomery e di conseguenza guardarlo bene in faccia per capire di chi si trattasse. L'uomo, infatti, si girò di scatto annuendo con il capo, e con il pollice alzato mi fece intendere chiaramente che era tutto okay. Era lui, proprio lui che stava parlando con me e non aveva alcuna intenzione ostile.

«Che ne dice, capitano, se oltrepassassimo insieme, con le dovute attenzioni, l'ingresso della *maison* e domandassimo con la massima cortesia di poter parlare con il padrone di casa o con qualcuno dei suoi ospiti?» mi chiese con tono sornione il misterioso personaggio, aggiungendo: «Bryan Ferrante, per la cronaca».

Una solida stretta di mano, due occhi penetranti combinati a un sorriso sincero mi permisero di abbassare la guardia e continuare ad ascoltare colui che si era presentato al mio cospetto in quella maniera singolare.

«Un nostro comune amico degli States, insieme al quale lei ha bevuto un drink sulla terrazza dell'Hotel Flora a Roma qualche giorno fa, mi ha informato della sua presenza qui a Montecarlo, e che lei ovviamente si sarebbe interessato alla splendida architettura Liberty di questa villa, simbolo del lusso della Belle Époque.»

Clyde James Braxstone era stato così gentile da fornirgli il mio numero, nonché a informarlo sui miei spostamenti?

Un dubbio mi percorse rapido: non è che per caso in questa spy story alla James Bond ci fosse anche lo zampino del colonnello Frontini?

39

Hwang Myong-Hyok era al settimo cielo, passeggiava instancabile in lungo e in largo per il salone della villa. Nulla di quello che lo circondava aveva valore. Finalmente stringeva in mano la chiavetta USB, possedeva i segreti dell'*Hunter Killer*. Una sola cosa gli mancava, l'ultimo ostacolo: la password, quella dannata composizione alfanumerica che solo Matcovich conosceva.

Una breve esitazione.

«Che cosa c'è, Hwak» gli domandò Lottie turbata. «Qualcosa non va?»

Lui scosse la testa, facendo una smorfia con la bocca. «Solo un paio di tizi in attesa al di là della strada che contemplano con troppo interesse l'entrata della villa» le rispose pensieroso, mentre sbirciava fuori dalla finestra scostando leggermente i pesanti tendoni in cretonne.

«In questa giornata così uggiosa e poco invitante? Strano. Molto strano.»

«Sì, mia cara, hai proprio ragione» le rispose in tono sgradevolmente equivoco.

Da quando avevano fatto colazione, Hwang Myong-Hyok non era stato lui, il suo comportamento era diventato scostante, si era chiuso misteriosamente in se stesso e la sua proverbiale loquacità si era ridotta ai minimi termini. C'era un che di sbagliato in lui, qualcosa non stava andando per il verso giusto.

Lottie drizzò le antenne e captò un guizzo omicida negli occhi a mandorla del coreano. Un moto di inconscia paura la percorse, mentre una scossa viscerale risvegliò il suo innato istinto di sopravvivenza. Stava per aggredirla, ne era certa, quindi non esitò un attimo a prendere le opportune contromisure. Non era disposta a farsi sopraffare, ci teneva alla sua pelle, e prima di essere attaccata, attaccò. Si scagliò su di lui esercitando un perfetto colpo di karate, un *teisho uchi*, il quale gli sollevò di botto la mano su cui era apparsa, come dal nulla, una Beretta 22 RL, che molto probabilmente lui doveva aver nascosto in precedenza sotto il cuscino di una poltrona del salotto. La sua fulminea aggressione continuò attraverso un combinato *hiji ate*, un colpo di gomito, che spinse Hwang Myong-Hyok contro lo stipite della portafinestra che dava sulla prospiciente terrazza, facendogli battere il capo con estrema violenza. Il coreano sentì sopra la tempia sinistra una fitta forte come non l'aveva mai provata prima. Un qualcosa di bianco e sfuocato volteggiava convulsamente all'interno dei suoi globi oculari. Una nebbia di non esistenza lo stava avvolgendo soporifera, un inerziale stato confusionale. Lottie colse il momentaneo stordimento del suo avversario, passò il suo braccio sotto quello di lui e glielo torse con brutalità feroce. La spalla stava per uscire dall'articolazione, un acuto urlo di dolore squassò Hwang Myong-Hyok, il quale perse il controllo di se stesso e la pistola gli cadde in terra. Era quello che Lottie si aspettava, pertanto abbandonò la presa, si gettò di scatto sul pavimento alla spasmodica ricerca dell'arma, che rotolava sul pavimento come fosse stata una trottola impazzita. Cercò disperatamente di afferrarla in qualche modo. Una volta presa, l'agguantò con furia smodata e si voltò rabbiosa verso di lui. Ora le dita erano strette saldamente sull'impugnatura della Beretta, l'indice piegato con fermezza sul grilletto.

«Stai lontano o ti ammazzo, gran pezzo di merda!» gli gridò mentre la canna della pistola puntava minacciosa il suo petto.

Non se ne accorse nemmeno.

Hwang Myong-Hyok aveva reagito repentino come il letale falco delle praterie. Un solo colpo di *haito uchi* e l'arma era volata via dalla presa di Lottie, le cui ossa della mano vibrarono come se stessero per lacerarsi. Si trovò il viso di lui a pochi centimetri dal suo. Era sudato, sfregiato dal sangue, ansimante e deformato da incommensurabile odio.

Guardò verso il basso e si accorse che la mano di lui, come per incanto, brandiva di nuovo la pistola. Sentì la sagoma dura della Beretta premerle sulla schiena con sempre maggiore violenza. Capì che era finita. «Vaffanculo, stronzo!» gli gridò con sommo disprezzo, sputandogli in faccia.

Per tutta risposta Hwang Myong-Hyok premette famelico il grilletto.

Quell'istante a Lottie parve lunghissimo. Attese di sentire un lacerante dolore invaderle il corpo, si chiese dove il proiettile l'avesse trafitta, poi di colpo perse conoscenza e stramazzò a terra.

Hwang Myong-Hyok, con un sussulto, tolse la mano dalla pistola, come se il metallo si fosse fatto improvvisamente incandescente. Non aveva mai ucciso una donna prima d'ora. Stordito, barcollò lievemente all'indietro, appoggiandosi al muro per non cadere. Osservò la mano destra vuota, inerte e tremante, poi si soffermò ad ammirare la sinistra, che invece gli apparve solida e possente. Teneva saldamente la chiavetta.

Sorrise.

Le ultime giornate, in attesa che Lottie gli portasse il prezioso dono conquistato da Michele Matcovich, erano state abbastanza tranquille e sicure nella lussuosa base che gli avevano fornito i suoi personalissimi agganci europei, in fin dei conti in certi Paesi si trattava solo di denaro, e la complicità era un dato di fatto. Sentiva però che ora era entrato nel centro del mirino, nonostante tutte le meticolose precauzioni che aveva preso. Quei bastardi di yankee dovevano avergli disegnato un grosso bersaglio sulla schiena. Quegli uomini, che là fuori sostavano con aria distaccata e indifferente, ne erano la prova lampante. Qualcuno aveva parlato. Qualcuno lo aveva tradito. Non poteva fidarsi più di nessuno, soprattutto di coloro che aveva assoldato per centrare l'obiettivo. Doveva fare terra bruciata intorno a sé. Era tempo che i delatori pagassero il prezzo per avere osato tanto, solo così la sua immagine e la sua credibilità sarebbero rimaste intonse, ovunque, ma soprattutto in patria. Questa era la cosa più importante, altrimenti avrebbe perso tutto quello che in questi anni si era costruito con sacrificio.

Lottie era stata la prima a subire la sua rappresaglia? Non aveva avuto scelta, era accaduto tutto così all'improvviso, ma non se ne faceva un cruccio. Un problema in meno. Ora ne mancavano altri due all'appello, due uomini, i due più pericolosi: Michele Matcovich e Salvatore Iodice, sempre che quest'ultimo a Riga non fosse già stato sistemato da chi di dovere. Prima però doveva farsi dare da Matcovich non solo la password della chiavetta, ma anche tutta quella accozzaglia di schermature e controschermature che quel diavolo di uomo aveva sicuramente inserito per sua sicurezza. Sicurezza? Sì, la sicurezza di trovarsi sulla colonna avere di un conto corrente cifrato offshore il bonifico, espressione di una montagna di verdi dollari. Questa volta si trattava di inviare la somma presso una banca uzbeka. Che fantasia, il ragazzo!

L'operazione era stata un successo, anche se mancava un piccolo tassello, la scia di morte, invece, sarebbe stata la degna compagna della vendetta.

Hawk era un fine predatore, guai a metterselo contro.

Doveva solo andarsene da Montecarlo, procedere con i piedi di piombo, restare in incognito per un certo periodo, sistemarsi in un altro luogo sicuro, aspettare che le acque si calmassero.

La pulizia etnica sarebbe giunta a tempo debito, dopo aver apprezzato il contenuto di quei circuiti stampati che aveva saldamente nella sua mano sinistra.

Roma era la meta ideale.

Con turisti di tutte le razze, orientali a vagonate, si sarebbe confuso, come se niente fosse, tra la folla di stranieri che a tutte le ore occupano il suolo della Città eterna.

Uno, nessuno, centomila.

40

Ci guardammo negli occhi.

Era il rumore inconfondibile di un colpo di pistola, mancava poco che identificassimo *d'emblée* anche il modello dell'arma e poi avremmo fatto tombola.

Stavamo per scavalcare senza tanti preamboli il muretto di recinzione di Villa Myrelingues, quando una Range Rover uscì dalla rampa del garage imboccando boulevard Princesse Charlotte con una manovra lenta e larga, quasi fottutamente studiata. L'automobile passò davanti a noi come se volesse prenderci per i fondelli. I vetri oscurati ci impedirono di vedere chi fosse alla guida, ma eravamo sicuri al cento per cento che il conducente fosse quello stramaledetto nordcoreano: Hwang Myong-Hyok. Il ritmo ossessivo degli pneumatici sull'asfalto bagnato e il rumore sordo dei cavalli del motore, che stavano per sprigionarsi, ci confermavano che questa mano l'aveva vinta lui.

Superammo senza difficoltà il muretto di recinzione della villa, circondati da un silenzio solenne. Dopo una veloce supervisione periferica, ci muovevamo in perfetta sintonia, come due pellerossa sul sentiero di guerra. Pochi gesti tra di noi, e ognuno già sapeva quale sarebbe stato il suo compito. La portafinestra, che dava sulla terrazza antistante al giardino fiorito, attirò la mia attenzione. Mi parve di cogliere un lieve gemito al di là di essa. C'era qualcuno in quella stanza? Memore degli insegnamenti del mio amico commissario di Polizia Stefano Tirasacchi, mi dedicai alla serratura.

Stefano lo avevo conosciuto da giovane carabiniere nella mia prima vera azione sul campo. Un'azione combinata tra diverse forze dell'ordine contro una banda di contrabbandieri d'armi, ed era mancato poco che non lo facessi secco con un colpo di pistola durante quel tumultuoso blitz nella campagna pavese, a Gambolò. Quel giorno era nata un'amicizia inestinguibile.

Mentre armeggiavo come un perfetto scassinatore, mi tornarono alla mente le sue parole: «Gherardo, prendi una chiave, inseriscila nella toppa e poi sbattila con forza con un martello, una pietra o un qualsiasi oggetto contundente che ti capita fra le mani, insomma, quel che hai, e tac si rompe il cilindro. La serratura è out».

Con un cenno della mano e un semi inchino, parlai a gesti con Ferrante come a indicare: «Fatto, possiamo entrare».

Per un attimo restammo immobili. Volevamo percepire cosa di sconosciuto e anomalo si muovesse nell'aria di quella stanza. L'eco del rombo della pistola e un odore di polvere da sparo aleggiavano ancora con fastidiosa ostinazione. Chiusi gli occhi per un secondo, deglutii con la gola dolorosamente secca, sentii l'adrenalina che pompava in me come benzina in un motore da Formula Uno. Mi spostai lentamente per avere una visione abbastanza buona del luogo che si apriva dinanzi ai miei occhi. Un corpo di donna era disteso in terra accanto a uno dei divani che arredavano l'ampio salone. Sentimmo, nel silenzio assordante che ci circondava, un flebile respiro affannoso. Una mano si tendeva verso di noi come un artiglio alla ricerca di una preda.

Mi accostai alla donna supina, immersa in una pozza rossa. C'era ben poco da fare. Dalla sua bocca usciva un misto di sangue e saliva. Due occhi sbarrati mi colpirono fulminei, mi chiamavano implorandomi di avvicinarmi. D'improvviso, la mano destra della donna mi ghermì, trascinandomi vicino al suo volto. Un gorgoglio endemico copriva parole strappate al dolore infinito che la squassava. C'era un desiderio profondo di dirmi qualcosa di importante. Mi accostai ancora di più alle sue labbra, le quali, con sempre maggiore fatica, cercavano di muoversi per potermi parlare, ma percepii solo: «Roma» e «Hawk». Un terribile colpo di tosse, un indomito sussulto e un fiotto di sangue le sgorgò tra le narici e la bocca: la morte si era impadronita della nostra sconosciuta.

41

Direction de la Sûreté Publique?

Un concetto che bandii subito.

Ferrante era stato irremovibile. Non potevamo rimanere lì sul luogo del delitto. Troppe domande. Troppi sospetti. Troppe spiegazioni. Troppe formalità. Troppo tempo. E noi non avevamo tempo.

Dopo molte insistenze, Ferrante mi concesse almeno di effettuare una chiamata, diciamo anonima, alla Sûreté, la pubblica sicurezza, con il telefono della villa per denunciare l'accaduto, e poi via come fantasmi, in barba alle varie telecamere di sicurezza installate in città.

Al punto di frontiera di Ventimiglia dell'autostrada dei Fiori, dopo la barriera del pedaggio viacard, ci fermammo sul piazzale, rigorosamente in territorio italiano.

Dovevamo tentare di sfruttare il nostro *atout* o supposto tale: il numero di targa dell'auto che avevamo visto uscire da Villa Myrelingues, che ritenevamo fosse guidata dal nostro «amico» nordcoreano.

Chi meglio di Dambrosio poteva...

«Dambrosio? *Who's who*?» mi domandò con una vena di curiosità Ferrante.

«Uno dei più fidati uomini della mia squadra» risposi di getto. «Un *white hat*. Uno che la sa molto lunga. Un rabdomante informatico.»

Un sorriso complice si spanse sul volto di Bryan Ferrante. «Il comandante...»

«Chi, scusa?»

«*Oh, sorry*, capitano, io conosco molto di te, mentre tu conosci assai poco di me.»

«Lascia stare, Bryan, le nostre vite ce le racconteremo un'altra volta. Vai avanti. Dicevi?»

«*Yes*, Gherardo, *I say*... il comandante Braxstone mi ha detto che tu hai una squadra *very, very strong* e che mi posso fidare di te e di tutti i tuoi, come io posso fidarmi di lui.»

Quasi arrossivo di fronte a cotanta dichiarata stima. Non attesi oltre e, cellulare alla mano, chiamai immediatamente Dambrosio.

L'appuntato mi rispose dicendo qualcosa, ma lo intesi con fatica. Era la mancanza di campo o una mia carenza uditiva determinata dall'età che avanzava inesorabilmente?

«Pronto. Pronto!» ripetei, alzando sempre più il tono della voce. Mi giunsero di nuovo disarticolati, incomprensibili termini e mi venne spontaneo il dubbio che il problema non dipendesse da me. La consequenziale domanda logica risolse a mio favore l'amletico dubbio: «Dambrosio, stai per caso mangiando qualcosa?».

«Una caramella morbida» fu la risposta.

Per poco non trasecolai e mi venne spontaneo chiedere dove fossero stati abbandonati i suoi prodigiosi ed essenziali elementi di vita: i salatini Ritz!

Ogni rumorosa masticazione cessò di colpo. «Come ha detto, capitano? Le dispiace ripetere?» mi chiese a sua volta con un velo di sconcerto.

Le mie plateali esternazioni parevano aver fuorviato la sua attenzione. Dovevo riportarlo a me, stimolarlo, provocarlo, azionarlo.

«Scommetto una scatola di Ritz...» I suoni gutturali che percepivo mi stavano decretando il ritorno di Dambrosio su questi schermi. «Metto in palio» rincarai la dose «due scatole di Ritz per una targa automobilistica del Principato di Monaco.»

«Quella che mi ha inviato testé con WhatsApp?»

«Devi assolutamente scovare dove va quel veicolo. Priorità assoluta.»

«Ho già vinto!» sentii gridare di gioia. «Il Range Rover ha superato un paio di ore fa il Telepass della stazione di Ventimiglia della A10, direzione Genova. Ora si trova all'altezza dell'uscita di Rapallo, poco prima delle gallerie. Velocità rilevata centotrentasette chilometri orari.»

Ferrante ascoltava in viva voce il nostro dialogo serrato. Era esterrefatto dall'abilità supersonica di Dambrosio.

«Un mostro» lo definì sottovoce.

42

Roma, 1° maggio ore 19.50

Nil difficile volenti.

Nulla è arduo per colui che vuole.

Questa scritta, scolpita a chiare lettere in maiuscolo, campeggiava ammonitrice in piazzale delle Belle Arti a Roma sul fronte del palazzo edificato nel 1939 su progetto dell'architetto Giulio Gra. Una costruzione in stile neobarocco con monumentali altane, ingressi bugnati e logge colonnate che ne esaltavano la maestosità.

Dal terrazzino del quarto piano, Hwang Myong-Hyok ammirava il biondo Tevere che scorreva lento sotto i suoi occhi, la solennità del Cupolone che si stagliava poco più in là, illuminato da un tramonto rosso fuoco che si spegneva lentamente oltre Monte Mario.

Nulla di sospetto durante la sua vita romana di quei giorni. Ozioso, si era rintanato nel sontuoso appartamento a leggere testi di filosofia teoretica o ad ascoltare musica jazz. Solo la sera precedente si era concesso un trastullo dal suo volontario confino: una cena all'Antica Osteria Rugantino, giù in quel di Trastevere. Doveva soddisfare assolutamente la gran voglia di assaporare un paio di piatti della cucina romana come gli strozzapreti 'a gricia e la coda 'a vaccinara.

Da quando la Range Rover di Hwang Myong-Hyok era stata posteggiata lungo via di Villa Giulia, la sorveglianza era iniziata ventiquattro ore su ventiquattro.

Due auto civetta tenevano quotidianamente sotto controllo le uscite del palazzo. Ipotetici, eterogenei passanti camminavano o si soffermavano nullafacenti a osservare il panorama tra Ponte del Risorgimento, Lungotevere Flaminio e Lungotevere delle Navi.

Al di là del Tevere, in piazza Monte Grappa, un furgone Opel Vivaro, abbastanza anonimo, mezzo sgangherato, dal color giallo sporco, con il nome e il logo scolorito di un'inesistente ditta di edilizia stampato sui fianchi, era diligentemente posteggiato all'ombra, sotto i folti platani. All'interno dell'automezzo, grossi cavi verdi, blu e rossi erano arrotolati ovunque in modo confuso sul pavimento di lamiera ricoperto da una polverosa moquette. Una serie di monitor, computer, altoparlanti, tastiere, mouse e attrezzatura similare riempiva l'angusta cabina. L'armamentario lampeggiava di continuo, emettendo sconosciuti segnali acustici. Sui vari schermi, immagini nitide si susseguivano con velocità studiata, sul soffitto dell'abitacolo una lucetta fioca lo illuminava a stento, rendendoci pallidi come la morte.

Sedevo su una scomodissima panchetta di legno senza aprire bocca e cercando di non interferire con il mio respiro. Al mio fianco, Dambrosio, arroccato su uno sgabello da bar, era in piena attività. L'entusiasmo di essere sul campo lo aveva reso totalmente estraneo all'umidità soffocante, che ristagnava all'interno del furgone, e ai morsi della fame e della sete. Ogni tanto lanciava imprecazioni irriferibili o si agitava come se soffrisse di forti convulsioni, ma mai nulla fu oggetto di spiegazione da parte sua. In pratica subivamo il suo dinamismo informatico.

Tranne il diversivo della lauta cena che si fecero a nostre spese Denisi e Pierotti, spediti a pedinare l'unica uscita serale in quel di Trastevere di Hwang Myong-Hyok, il nulla avvolgeva le nostre giornate di piantonamento al di là di piazzale delle Belle Arti.

Ferrante, invece, era sereno, rilassato, quasi distaccato. Non appariva nemmeno annoiato dinanzi all'immobilità assoluta o quasi del nostro sorvegliato speciale, addirittura ogni tanto si permetteva anche una sonora pennichella di qualche minuto. Per lui tutta questa inazione era l'inequivocabile segnale propedeutico di un imminente evento scatenante che avrebbe prodotto i suoi frutti.

La famosa quiete dopo la tempesta, di leopardiana memoria. Sarà... pensai assai poco convinto.

L'unica cosa assodata era che qui non si muoveva foglia!

43

Roma, 2 maggio ore 10.00

«Agente speciale Savannah Hartmann e agente John Ressler! Che piacere vedervi. Qual buon vento?» L'espressione aulica del mio volto doveva avere delle caratteristiche di malcelata esecrazione da sfiorare il ridicolo.

Davanti alla mia faccia tosta di dimensioni bibliche, Frontini strabuzzò gli occhi torcendoli in maniera eccessiva, tant'è che credetti potesse rimanere strabico.

Il colonnello mi aveva convocato d'urgenza.

«Petrone, lasci perdere qualunque cosa stia facendo e venga di volata qui nel mio ufficio» aveva gracchiato al cellulare. «Tra un'ora piovono dall'alto quei due agenti della CIA a lei così simpatici. Il ministro in persona mi ha chiamato. Mi sono dovuto sorbire il suo consueto predicozzo...»

«La solita ramanzina di turno circa la scarsa collaborazione fornita da lei, da me, da tutta la squadra, e ci manca poco che dicesse anche da tutta l'Arma.» Con il mio dire prevaricai le parole identiche che stavano uscendo rutilanti dalla bocca di Frontini.

«Esatto, capitano, vedo che conosce a memoria il cliché del ministro.»

«Mollo tutto e arrivo.»

Ed eccomi, come da ordini ricevuti.

Ero calmo, rilassato, dai modi rassicuranti, un terapeuta nato.

Solo un semplice, breve cenno di saluto con il capo da parte dell'inespressivo agente Ressler, ed ero già stato messo all'angolo da questo monolite. Ressler è un uomo di mezza età, ben piazzato, che porta in giro il proprio peso come un'arma, non come una zavorra. Essendo in sé e per sé un tipico personaggio CIA, non poteva che indossare l'usuale abito, politically correct, color grigio antracite e un'immacolata camicia bianca abbinata a una cravatta sottilissima di colore nero fumo. Il suo era uno stile talmente protocollare, che nel migliore dei casi si poteva definire trasandato, ma questo non inficiava assolutamente sull'aria volitiva e determinata, da duro, intrinseca nel suo essere, anzi, in lui aleggiava anche qualcosa di poco raccomandabile.

Savannah Hartmann non attese nemmeno l'invito formale ad accomodarsi e, sprofondatasi su una delle tre Tulip Chair di Eero Saarinen schierate di fronte alla scrivania di Frontini, partì con una sarcastica affermazione: «Sa, colonnello, nelle indagini che stiamo affrontando in tandem, conta solo dove un nemico andrà e cosa farà, non certo dove è stato e cosa ha combinato. E, se non se n'è accorto, a noi manca proprio quella prima parte!».

Frontini, con il mento appoggiato tra pollice e indice, pareva dapprima leggermente sorpreso, poi sempre più interessato, infine quasi affascinato dalle parole, e forse non solo da quelle, dell'agente speciale.

Savannah Hartmann di anni ne aveva trentacinque, capelli neri fluenti raccolti in un'alta coda di cavallo, abbigliamento, al contrario del suo rigidissimo partner, assolutamente informale, da tutti i giorni, lo definirei per l'esattezza, infatti indossava una gonna jeans poco sopra il ginocchio e una felpa blu con una scritta che poteva essere il nome della squadra di football di uno dei tanti college americani. Dai tratti non si poteva dire d'impatto che era bella, ma in sé e per sé emanava quello straripante fascino esotico di una tipica *colored* afroamericana.

«Perché, voi di Langley avete notizie che ci possano aiutare a scovare chi stiamo cercando?» domandai con l'aria più innocente possibile.

«Petrone, per favore» intervenne Frontini bacchettandomi e tentando di somministrare un po' di analgesico al confronto. «Smettiamola di giocare di fioretto, superiamo gli equivoci, qualora ce ne fossero stati in passato, e condividiamo il sapere comune, altrimenti non ne usciamo più. Che ne dicono lor signori?»

44

I Servizi di Intelligence o di Polizia dei diversi Paesi non collaborano tra di loro perché lo ritengono doveroso e giusto. Collaborano solo perché sono simili a delle coppie divorziate che hanno dei figli e vivono situazioni che li obbligano comunque a cooperare per il bene supremo della vita di questi ultimi. Infatti, le divergenze di pensiero e i passati dissapori rimangono, gli attriti non svaniscono per incanto, le ruggini covano insidiose sotto la cenere come vecchie ferite provocate da infedeltà precedenti o da screzi mai perdonati. Insiste, di fatto, un sodale disprezzo profondo, tuttavia, nonostante questa grande complessità, i risultati si ottengono comunque.

La sfida che avevo davanti era quella di scalzare definitivamente la diffidenza dei due agenti americani nei nostri confronti e creare una nicchia di fiducia in cui non ci fossero segreti. Sì, però... però non esageriamo. Infatti, fuori da quello spazio che stavo artatamente costruendo onde svelare i piani, i metodi e le fonti utili per la fase investigativa in corso, mi ritenevo ancora libero di perseguire i miei personalissimi interessi, o sarebbe stato meglio denominarli intrighi alla Ellery Queen?

Passammo così la successiva ora e mezza a fare il quadro della situazione, come fossimo una vera squadra. Sviscerammo con attenzione ciò che poteva essere fondamentale e necessario per poter procedere in modo costruttivo nell'indagine, analizzammo i progressi che avevamo fatto condividendo le conoscenze comuni. Ma mi trattenni, in funzione di quel precedente «però», dal rivelare loro l'ingombrante presenza di Bryan Ferrante.

Hartmann e Ressler sembravano piuttosto soddisfatti del confronto, soprattutto dopo che avevamo concordato una linea su come proseguire la sorveglianza al nostro nemico numero uno, Hwang Myong-Hyok.

Stavano per congedarsi, quando irruppe nell'ufficio di Frontini un Pierotti tutto trafelato e ansante.

«Vicebrigadiere, le sembra questo il modo di presentarsi nel mio ufficio? Un minimo di decenza, per favore» lo stigmatizzò il colonnello, meravigliato per l'inconsueto comportamento.

«Chiedo scusa, comandante, non sapevo che avesse degli ospiti.»

«Ma che ospiti e ospiti...»

«Ah, ciao, Savannah, caspita, vestita così casual non ti avevo riconosciuta» disse Pierotti con tono vagamente distratto, ma tutto compiaciuto.

«*Hello*, Camillo, *nice to see you*» fece di rimando la Hartmann, elargendogli un ammiccante sorriso particolarmente significativo.

«*You are okay, after last night?*» domandò Pierotti in

perfetto inglese, del tutto indifferente della nostra presenza.

«*Yes, very well, Camillo, thank you. It was an amazing experience!*» sottolineò tutta entusiasta Savannah Hartmann.

«Savannah... Camillo... ma cosa sta succedendo qui?» chiese stralunato Frontini.

Supponendo cosa ci fosse sotto il duetto di tali allusi, licenziosi convenevoli, mi intromisi in tackle scivolato per evitare un incidente diplomatico più grande di quello che si potesse ipotizzare. Di casini nelle attuali relazioni CIA/Arma ne avevo le tasche piene già a sufficienza. Ci mancava solo sesso, bourbon *and rock and roll*!

«Su richiesta di sua eccellenza il ministro Valerio Gazzera, come da lei, colonnello, prima opportunamente chiamato in causa, il qui presente vicebrigadiere Camillo Pierotti sta offrendo la più classica delle spontanee dimostrazioni di come i componenti della mia squadra stiano operando già da diverso tempo in perfetta sintonia e armonia con i colleghi inviatici da Langley.»

«Bene, bene, molto bene. Ho afferrato il concetto, capitano Petrone» esternò con un'occhiata complice Frontini, comprendendo la barocca antifona, mentre in contemporanea mimava con le mani un chiaro e assai poco diplomatico vaffa nei miei confronti.

Liberato dall'imbarazzo generale, che maligno si stava insinuando tra tutti noi presenti, Pierotti, che per un attimo aveva alzato gli occhi al cielo tremebondo di fronte a un possibile megagalattico cazziatone, riprese colore e soprattutto fiato: «L'appuntato Dambrosio mi ha detto, colonnello, di riferirle un solo cognome...».

«Quale?» gli gridò Frontini balzando in piedi come un grillo dalla poltrona della sua scrivania.

Pierotti, colto di sorpresa da quella reazione spropositata, fece un balzo all'indietro tale che per poco non rovinò tra le braccia di una sconcertata Savannah Hartmann. Per nostra somma fortuna, con forza sovrumana riuscì a mantenere l'equilibrio mentre pronunciava con voce acuta l'agognato cognome: «Matcovich».

«*What the fuck is he doing here in Rome?*» latrò con un impeto rabbioso Ressler.

Ma allora il nostro stuntman del muto parla!, riflettei subdolamente.

Ressler, in questi giorni di cooperazione, era sempre stato alle spalle della sua collega americana. Un'ombra assillante. Non una parola, solo una granitica presenza percepita dal fatto che anche lui pareva poter respirare.

«Sì, è proprio lui, agente Ressler! Quel funambolico mercenario *bounty killer* iscritto al post-it numero quattro» sentenziò molto soddisfatto Frontini.

«Post-it?» domandò Savannah Hartmann ancor più confusa di prima.

«*It's all very simple*, Savannah» intervenne Pierotti in subitaneo soccorso. «Si tratta di una nostra singolare metodologia di lavoro. Un sistema piuttosto elementare, ma molto stimolante, che viene applicato ai casi su cui stiamo investigando.»

«*Please, may I see it?*»

Nell'udire la richiesta dell'agente speciale, mormorai sommessamente, ma piuttosto sull'infastidito: «Ci mancava solo questa».

«Come dice, Petrone?» mi sollecitò verbalmente Frontini puntandomi un probatorio dito indice.

Cercavo anelante di rivoltare a mio favore in qualche maniera, anche tramite un semplice virtuosismo concettuale, la mia precedente esternazione. Grazie alla mia consumata abilità, avevo creduto di essere stato inintelligibile, invece, ahimè, il mio labiale mi aveva crudelmente tradito e in maniera ovattata aveva dato consistenza a una chiara composizione di lettere dell'alfabeto intuibile da chiunque mi avesse osservato. Per prendere tempo, anche se in effetti sarebbe stato quantitativamente trascurabile, avrei voluto sorridere, ovvero costringere la mia bocca, sorretta dal valido contributo delle labbra, a disegnare questa volta una delle forme più semplici esistenti nel repertorio espressivo umano, ma non succedeva nulla, proprio nulla. I muscoli facciali non volevano saperne di concentrarsi su un tema così classico e venirmi in soccorso. Avevo l'aria di essere imbalsamato. Di punto in bianco avvertii che dentro di me i nervi e i muscoli tornavano a distendersi, si stavano finalmente aprendo delle fessure in volto. Sentivo di aver deciso di stare al gioco, e così sorrisi. Un sorriso di circostanza, ma era già qualcosa. Mi schiarii la gola, pronto a esternare l'attesa risposta, e pronunciai con tono deciso: «Dicevo...».

«Su, parli, Petrone, forza» mi spronò Frontini, irritato dal mio prolungato silenzio.

«Dicevo...» ripresi.

«Petrone, su, su.»

«Colonnello, se continua a interrompermi...» replicai allargando le braccia rassegnato.

Frontini mi incenerì con uno sguardo.

«Come non detto.»

«Proceda, capitano.»

«Procedo, procedo comandante» rimarcai insofferente. «Poc'anzi stavo per sottolineare, tanto per rendere edotti i nostri colleghi americani, che anche in questa indagine, come ricordato precedentemente dal vicebrigadiere Pierotti, stiamo utilizzando la nostra consueta tecnica che possiamo riassumere in: punto uno, raccogliamo le informazioni sull'accaduto delittuoso, in questo caso l'omicidio di miss Jodie Mayhem; punto due, cerchiamo di ricostruire la dinamica più versosimile dei fatti verificatisi; punto tre, definiamo il quadro di un'ipotetica situazione. Quindi, in termini tattici, infarciamo nei citati post-it l'insieme di tutte queste considerazioni con sensazioni personali, spesso anche molto viscerali, in modo da rendere il più ampio possibile il quadro così brevemente definito. Poi, piano piano, nel corso del tempo, ciascun pezzettino di tali foglietti si incastra al posto giusto, frammento per frammento. È un lento e costante districarsi di elementi aggrovigliati, e ciò fa sì che il dilemma, che ci ha tenuto sulla corda, non abbia più alcun segreto. Si svela automaticamente.»

Mi fermai un attimo per verificare l'effettivo interesse dei due agenti, che mi pareva reale. Soprattutto Ressler, strano, sembrava soppesare con estrema attenzione ogni mio singolo vocabolo.

... e adesso viene il bello, pensai!

Provando un senso di intima e mal trattenuta, lucida follia, provocai ulteriormente l'uditorio: «Non vorrei sfiorare l'inverosimile, ma all'interno di questo composito quadro talvolta sentiamo anche il bisogno di immagini, odori, effluvi o simbologie che possano tentare di farci da valido interprete e trasmetterci un input, anche il più insignificante, per poter procedere. Dobbiamo entrare nella mente alterata di colui che ha perpetrato l'atto ostile, vestire la sua pelle, pulsare nelle sue vene».

Occhi negli occhi, mi scontrai con Frontini, il quale, attonito, faceva fatica a sostenere il senso delle mie parole. Pierotti, invece, gongolava felice osservando il volto stupefatto dell'agente speciale.

La tensione emotiva che vibrava nell'aria fu interrotta all'improvviso dalla Hartmann che, puntandomi addosso il suo sguardo entusiasta, sentenziò sorridente: «Funziona».

«Non ha neppure idea quanto» confermai.

«Wow! *Second sight!*»

«Possibile» sottolineai.

«Incredibile, potrei dire che si tratta di chiaroveggenza pura!» esclamò di rimando, ora in perfetto italiano, la Hartmann, soffermandosi a fissarmi più a lungo di prima, come a desiderare di voler estirparmi tale dote nascosta nei meandri del mio essere.

«Non abbiamo ancora il dono di essere medium, ma se lei lo vuole definire così questo nostro procedimento, potrei affermare che mi sta bene.»

«*Yes, of course*» mi interruppe decisa la Hartmann.

«Be' allora, agente speciale, la sua metafora ci sta tutta» conclusi soddisfatto, invitandola a recarsi nel mio ufficio, ma solo dopo aver udito e visto cosa Dambrosio aveva scoperto di così importante.

45

Il *sancta sanctorum* di Dambrosio violato da noi comuni mortali?

Il suo smisurato potere messo a disposizione con assoluta noncuranza in sua assenza?

La sua strumentazione profanata?

Un evento inspiegabile. Chi mai lo avrebbe detto che saremmo potuti giungere a tanto.

Il nostro incedere di conseguenza fu circospetto, non volava una mosca, un'inconscia venerazione aveva pervaso ognuno di noi, avevamo timore di infrangere chissà quale aura misteriosa contenuta in quel luogo.

Fummo accolti da diverse luci stroboscopiche provenienti da fonti intermittenti che localizzavano punti e strumentazioni definite. Sugli innumerevoli schermi, che osservavamo incompetenti, si susseguivano rilassanti immagini zen, in sottofondo una rigenerante musica new age si diffondeva armoniosa. Suoni, iconografie, bagliori soffusi, stavamo assaporando una summa indotta di meditazione alchemica con influssi benefici attraverso un'equilibrata combinazione dello *yin* e dello *hatha*.

Dambrosio, Dambrosio, sei veramente unico in ogni tua manifestazione, pensai.

Attratti dal mondo che ci circondava, mite e soave di sofisticati terapeutici effetti speciali, eravamo in trepida attesa di venire a conoscenza di quello che l'appuntato doveva aver scoperto.

Pierotti, rapendo le positività che ci stavano permeando euritmiche, ci riportò alla cruda realtà catechizzandoci a dovere: «Enrico, ovvero l'appuntato Dambrosio, per chi avesse bisogno di un'identificazione precisa, con la sua grande magnanimità mi ha concesso per la prima volta di essere il messaggero delle sue sconfinate conoscenze, nonché di utilizzare la sua attrezzatura. Io, umile geek informatico di nuova generazione, seguendo pedissequamente le sue istruzioni proverò a emularlo in modo che ci si possa mettere in contatto con lui».

«In che senso?» chiese il colonnello Frontini scuotendo impensierito il capo.

«Mettendolo or ora qui dinanzi a voi semplicemente online» rispose in tono disarmante il vicebrigadiere, indicando platealmente le decine di video schierati sulla parete di fronte a lui.

«*It's wonderful, my dear mastermind!*» affermò entusiasta Savannah Hartmann e si sedette senza esitazione alcuna al fianco di Pierotti su uno dei tre sgabelli arancioni che arredavano il laboratorio. Il suo sguardo era quasi stucchevole, le ciglia sbattevano civettuole, pareva persa nei suoi occhi. In una sola parola, flirtava sfacciatamente, pur se a debita – ma poi non più di tanto – distanza.

Pierotti inspirò piuttosto sofferente il profumo di lei – infatti non voleva eccedere in improprie smancerie che potessero distrarlo in questo fatidico momento – e si mise immediatamente al lavoro.

Era da diversi minuti che smanettava come un dannato per riuscire a sintonizzarsi e ottenere l'immagine di Dambrosio. Sudava, rosso in volto come un pomodoro maturo, ma non si dava per vinto.

Pierotti era uno dei pochi componenti della mia invidiabile squadra che, senza vergognarsi della sua incompetenza, prendeva settimanalmente lezioni di informatica dal suo amico commilitone e, con estrema disinvoltura, senza tema alcuna, affermava: «Non diventerò mai come il mitico *white hat* Enrico, non potrò mai assurgere alle vette del suo empireo, ma essere un suo seguace mi esalta!».

Personalmente ero strafelice che ci fosse qualcun altro dei miei uomini che si interessasse a tale complessa materia e fosse di conseguenza un devoto discepolo dell'appuntato, tuttavia speravo ardentemente che essere un suo fedele adepto non includesse pure l'emulazione di desiderare di sfoggiare il suo stravagante look. Era già più che arduo dover giustificare la presenza in caserma di un simile, eccentrico personaggio, figuriamoci due!

Dambrosio, ne ero certo, ora come ora non poteva che essere rintanato all'interno del furgone Opel Vivaro, il quale era diventato da più di una settimana il suo esclusivo pied-à-terre. Nessuna distrazione, un solo obiettivo. Aveva occhi e orecchie unicamente per un punto sull'altra sponda del fiume Tevere: piazzale delle Belle Arti.

Con un gesto teatrale da avanspettacolo, ci mancava solo un vocale classico «*dadaaan*», Pierotti ci indusse a guardare quanto stava per essere proiettato sul Samsung QM98F Led 4K Ultra HD digital da 98 pollici che troneggiava alla sua destra.

L'inquadratura di una telecamera puntò inizialmente su un possente primo piano di un pollicione, che esprimeva un chiaro segno di assenso, poi nella successiva ripresa a tutto campo intuimmo che, sotto una strana cuffia con dei giganteschi auricolari a strisce verdi e gialle e un buffo paio di occhiali invece di color rosso e arancione, da cui sbucava un'antenna a dipolo, si celasse, appunto, Dambrosio.

La voce percepita, che vibrava e andava a scatti, aveva un qualcosa di metallico. L'acustica non era di qualità, tutt'altro, produceva delle crude onde sonore che risuonavano fastidiose nella stanza.

«Camillo, Camillo! Sento un terribile frastuono di ritorno in cuffia, sistema l'audio!» sentimmo la voce echeggiante di Dambrosio che riprendeva con tono severo il vicebrigadiere.

«Okay, okay, Enrico. Aspetta, per favore. Aspetta un attimo... So come fare... Ci sono quasi... Ancora un momento... Devo solo trovare...» Pierotti farfugliava agitatissimo, ansante per lo sforzo di ricercare la metodologia corretta per migliorare la sonorità.

«*Be quiet*, *be quiet*, Camillo, *please. Listen, don't panic. I've got it.* Se hai bisogno ci sono qua io» gli sussurrò Savannah Hartmann in un orecchio, mentre una fuggevole carezza si infrangeva sulla sua gota, che si colorò ancor più di un acceso vermiglio. La tonalità adesso rimembrava addirittura un rosso pompeiano.

«Ecco fatto!» disse raggiante dopo un paio di minuti. «Ora vai alla grande, Enrico!»

L'insieme delle proprietà sonore era stato ripristinato a dovere.

«Colonnello, capitano, agente speciale Hartmann, agente Ressler, benvenuti.»

Un misto di grazie e *thank you* si diffuse educatamente via etere.

Poi il silenzio si impadronì di noi tutti.

Gli occhi erano puntati sullo schermo.

Un fermo immagine catalizzò la nostra attenzione.

Un primo piano.

Un volto conosciuto.

Michele Matcovich era comodamente seduto al tiepido sole primaverile di Roma su una poltrona in vimini nella terrazza del roof garden dell'Hotel Donna Laura Palace con vista panoramica, sì proprio «vista panoramica» aveva sottolineato derisorio Dambrosio, su piazzale delle Belle Arti, precisamente terrazza al quarto piano del palazzo ove si era imboscato Hwang Myong-Hyok.

Hartmann e Ressler parevano pietrificati.

Frontini gongolava.

Pierotti era raggiante per il risultato ottenuto.

Il sottoscritto, invece, era in fibrillante attesa di vedere fino a che punto la genialità di Dambrosio si fosse spinta.

46

Il brunch, gustato al sole sotto un infinito cielo azzurro nella gradevole lobby bar dell'albergo, gli aveva concesso un confortevole momento di relax.

Ne aveva proprio bisogno.

Il volto che si era ritrovato quella mattina riflesso nello specchio del bagno della suite lo faceva assomigliare a uno spettro dell'oltretomba. La pelle del viso rugosa e pallida, sopraffatta da un'ispida barba grigiastra, gli occhi iniettati di sangue e cerchiati da borse violacee ne erano testimoni attendibili.

Matcovich si era fiondato a Roma come un razzo, una volta appresa la notizia della morte di Lottie.

Gerko, Hans e Röbbe avevano trovato pane per i loro denti come era stato promesso a suo tempo.

Piccoli, insopportabili, fastidiosi danni dovevano subire quei criminali, secondo un preciso schema studiato appositamente per soddisfare l'anelante sete di vendetta.

Lui e Pernilla avevano aspettato pazientemente il terzetto all'uscita del Solidaritet, dopo che questo si era trattenuto per una notte brava tutto sesso ed extra. Il risultato? Qualche osso rotto, protesi ortopediche da innestare, denti da ricomporre, forse anche qualche piccolo intervento di riparazione chirurgica mediante manipolazione tessutale, insomma, un lungo periodo da trascorrere al Karolinska Universitetssjukhuset di Solna, tra meditazione e riabilitazione fisica.

Un servizio con i controfiocchi!

Pernilla ne era rimasta compiaciuta, il suo ego di donna assetata di rivalsa aveva trovato piena gratificazione, invece Matcovich aveva valutato un po' troppo sadica la sua palese manifestazione di soddisfazione, tuttavia ci poteva anche stare per questioni di cameratismo femminile, considerata l'efferatezza di quanto compiuto da quei tre animali nei confronti delle povere ragazze, Blumen e Greta.

Lottie era poi partita con la preziosissima chiavetta verso una nuova meta. «Anche tu conosci molto bene quali e quante siano le fisime di Hwang Myong-Hyok» gli aveva detto poco prima di fare i bagagli. «Ti dà una informazione parziale sul luogo dove dovresti incontrarlo, la probabilità è pari al cinquanta per cento, forse anche meno, e poi, dopo che ti ha sfiancato con un isolamento temporale da paranoia, eccolo che nello spazio di un'ora pretende che tu lo raggiunga immediatamente.»

«Conosco il personaggio. Questa volta dove ti ha detto di andare a temporeggiare?» le aveva chiesto crucciato.

«Per il momento sono in Italia, a Bordighera, in Liguria. Mi ha prenotato una suite all'Hotel Parigi...»

«*Food, wellness and seaside. It's fantastic!*» aveva esclamato Pernilla, amante alla follia della penisola italica.

Poi fu l'apocalisse.

Stava oziando sul divano del suo splendido attico nella capitale svedese, in attesa che Pernilla finisse di prepararsi per uscire a cena. Aveva prenotato un tavolo all'Operakällaren per festeggiare il compleanno di lei. Con scarso interesse si era soffermato in *live streaming* su Monaco Channel, dove un allampanato giornalista dalla carnagione pallida, con capelli radi sulla sommità della testa e un paio di occhialetti tondi corredati da lenti arancioni alla moda anni Settanta di John Lennon, stava facendo un gran bel minestrone di una vicenda di cronaca nera occorsa nel Principato, ed emulo del regista inglese sir Alfred Joseph Hitchcock aveva intitolato il suo reportage: *Intrigo internazionale*.

Che fantasia!

Mentre il cronista sfoggiava una serie di termini come complotto, macchinazione, cospirazione, una foto di Lottie in primo piano era stata sufficiente per farlo schizzare dalla poltrona e mettersi all'istante alla spasmodica ricerca di dove cazzo si fosse andato a nascondere quel figlio di puttana di Hwang Myong-Hyok.

Insieme a Pernilla avevano smosso mare e monti. Avevano setacciato ogni luogo possibile. Non si erano risparmiati su nulla, non c'era stato giorno, non c'era stata notte. Erano stati posseduti da un'energia nervosa che scagliava ricerche di informazioni come fossero state pallottole. Avevano rispolverato vecchie conoscenze con uomini delle Unità Speciali con cui un tempo avevano lavorato fianco a fianco, avevano persino ripreso a dialogare con le strutture più fosche e degenerate del loro mondo operativo.

«*Hādi'atan, dear friend*» gli aveva scritto il giorno prima il suo contatto da Amman, Fayez Al-Kasbeh, membro del Jordanian General Intelligence Directorate.

«*Be quiet, be quiet, please*» gli aveva risposto una seconda volta dinanzi alle sue frenetiche sollecitazioni tramite il solito giro di mail reindirizzate verso un eterogeneo *continuum* di servizi anonimi. L'agente giordano amava la privacy, ovviamente, e faceva sì che i dati passassero da server situati in diverse parti del globo per essere poi rimbalzati tramite una lunga catena di caselle di posta del tutto irrintracciabili, private e anonime, ove solo il codice di Matcovich fosse in grado di decrittarle, secondo una prassi da lui conosciuta in esclusiva.

Il programma di decodifica aveva trasmesso un suono acuto. Un piccolo warning giallo lampeggiava a lato del tablet, significava che era urgente, molto urgente. Incontenibile, Matcovich aveva digitato la sua password, l'indirizzo del mittente era stato oscurato da tutti i reindirizzamenti, ma capì subito di chi si trattava: la casella di posta questa volta era localizzata in Kenya.

Fayez Al-Kasbeh, come suo costume, era stato sintetico: «Roma, piazzale delle Belle Arti, numero sei». Aggiungendo solo un incontrovertibile: «... e con questo siamo pari», riferendosi al precedente debito che aveva nei confronti di Matcovich il quale, tempo addietro, si era messo a sua disposizione nella ricerca di un *silent killer* che aveva nel mirino il primo ministro giordano.

47

Roma, 2 maggio ore 23.30

Non avevo il vizio del fumo, al massimo potevo essere considerato un fumatore occasionale, ma in quel momento, dopo una cena deliziosa preparata dalle abili mani di mia moglie, un mezzo toscano era la scusa perfetta per uscire sul terrazzo di casa e godermi anche una fresca folata di ponentino. Una buona mezz'ora da solo con il Soldati tra i denti come unica compagnia temporale era sinonimo di relax completo. Mi sembrava di essere in paradiso, dimentico di tutta l'intensa e convulsa giornata che mi aveva fagocitato famelica. Mai un mezzo toscano era stato tanto gradito, o necessario. La fiammella del fiammifero danzò tenue attorno a un refolo di vento, i frammenti acri del tabacco giunsero finalmente a contatto con il fuoco, la punta bruciò e si accese di un rosso vivo, l'odore noto e confortante invase il mio olfatto. Era una sensazione che chi non fuma non può capire.

Il presunto paradiso, però, durò cinque minuti scarsi.

Ciondolavo fuori sul terrazzo, in piedi, osservando

distrattamente la luna piena, le stelle incastonate nel cielo della notte e, tra uno sbuffo di fumo e l'altro, la schiena rivolta alla musica che Geneviève doveva aver messo per farle compagnia mentre riordinava in sala da pranzo. Udivo, a mio totale rilassamento, le modulate parole di Antonello Venditti che fluttuavano melodiose nella tiepida notte: «... *tu sei dentro di me come l'alta marea che scompare e riappare portandoti via. Sei il mistero profondo, la passione, l'idea. Sei l'immensa paura che tu non sia mia...*».

Ricordi passati scorrevano passionali nella mia mente come in un film visto e rivisto, di cui mai mi sarei perso una singola scena: il bistrot La Mère Germaine al porto di Villefranche-sur-Mer, in Costa Azzurra. Io ero apparso dal nulla e mi ero seduto bruscamente al tavolino dove Geneviève sorseggiava tranquillamente un drink. Avevo cacciato in malo modo quel bellimbusto amorfo pseudosteroidato che sembrava tenerle compagnia quel giorno, e per riconquistarla le avevo sussurrato con labbra insicure: «Vorrei sposarti per invecchiare insieme» aggiungendo a fatica dopo un po': «Per non dire che non ho la minima fottuta idea di come si faccia, ma con te ci vorrei proprio provare».

Emozioni uniche, che lasciavo vivere in me, libere di essere vulnerabili.

Stavo per lasciar morire il mozzicone del Soldati sul portacenere, quando proiettai l'occhio, chissà per quale arcano motivo, oltre il parapetto del terrazzo. Nell'oscurità, al di là degli alberi di via Guerrieri, nei giardinetti vicino alle mura Ardeatine, all'improvviso mi parve che fosse balenato qualcosa.

Era un'ombra di un uomo, quella?

Forse due?

Strizzai gli occhi per vedere meglio. Scrutavo con curiosa attenzione nel buio della notte.

Paranoia o istinto di difesa primordiale che mi spingeva sempre a valutare la scena in modo inaspettato?

«*Mon amour, le portable.*»

«*Merci*, tesoro» risposi, mentre mia moglie mi porgeva con fare piuttosto indispettito il cellulare, possibile strumento di tortura.

Non guardai nemmeno il display, tanto ero pronto a subirne il probabile tormento.

«Petrone» risposi in automatico.

«*Hello*, capitano.»

Braxstone?

«Possiamo salire?»

Possiamo?

«Pronto, ci sei, capitano?»

«Sì, sì, certo, Clyde. Citofono...»

«Cossè Brissac, immagino» mi disse un'altra voce altrettanto conosciuta.

Ferrante?

Cosa caspita volevano quei due a quest'ora?

Portavano guai: era l'unica risposta sensata!

48

«E se ti liberassi di quei due di Langley?»

Le parole erano state espulse con forza, sputate fuori con repulsione, come se qualcosa occludesse la faringe.

«Clyde, vuoi sottolinearmi ancora una volta, per caso, come se ce ne fosse bisogno, che desideri mantenere questa nostra... diciamo collaborazione investigativa totalmente al di fuori dei rapporti istituzionali?»

Una smorfia agrodolce percorse sgradevole il suo volto.

«Guardando la tua espressione, intuisco che mi stai chiedendo di mentire» lo incalzai con un'inflessione vocale assai ruvida.

Braxstone picchiettava ritmicamente il piede sul pavimento, era una manifestazione tipica di pressante nervosismo che lo stava macerando silente. «No, capitano, non è esattamente questo, però...»

«Però cosa?»

«Ti sto chiedendo solo di ritoccare un tantino la verità per un giorno o due.»

Stentai a trattenere un sorrisetto sarcastico e controbattei: «A me pare un'operazione ombra bella e buona quella che mi stai proponendo».

«Forse potrebbe anche assomigliarle, se tu volessi essere così pignolo da voler mettere addirittura i puntini sulle "i", tuttavia io, invece, la classificherei come un escamotage, *a stunning breakthrough*. Insomma, un evento straordinario» precisò con tono formale.

Era l'una passata. Clyde mi aveva ripetuto per filo e per segno fino all'esaurimento, fisico e mentale, quali fossero i motivi per cui esigeva che tenessimo la questione a debita distanza dai canali formali, soprattutto da quelli di Langley. Non gliene importava nulla – i vocaboli che aveva utilizzato in *american english* erano stati invero molto più triviali – della sorte che avrebbero avuto quella spia nordcoreana e quel prezzolato di un suo scagnozzo. La furia espressiva era tale e tanta che da ultimo questi soggetti furono pure coperti da una serie variegata di epiteti esornativi di difficile traduzione letterale, anche per il sottoscritto. Era una semplice questione di priorità, aveva sottolineato con glaciale veemenza. A lui interessava solo che venisse recuperata al più presto quella fottutissima chiavetta USB con tutto il suo stramaledetto contenuto. Doveva salvarsi assolutamente il culo, quindi l'omicidio della povera Jodie passava in uno spietato secondo piano. Del resto, sosteneva con estrema determinazione che una volta trovata la chiavetta avremmo trovato anche l'omicida, e chi si è visto si è visto, per la buona pace di tutti, istituzioni comprese.

«Quella che mi stai proponendo, senza tanti peli

sulla lingua, è un'ipotesi di lavoro clamorosamente anomala per un paladino della giustizia che ha recitato il Pledge of Allegiance sotto la bandiera a stelle e strisce!» sbottai al termine del suo lungo ragionamento.

Lo sguardo di Braxstone divenne d'acciaio. La mascella serrata a tal punto, che ebbi il timore potesse slogarsela. Stringeva così forte con la mano il bicchiere di bourbon che gli avevo offerto, che temetti potesse andare in frantumi.

In silenzio, lo fissai a lungo in modo indecifrabile, lasciandolo nel suo dilemma. Lui di rimando mi osservava con altrettanta intensità. Ebbi la netta sensazione che già sapesse quello che stavo per dirgli.

Aveva premuto i tasti giusti della mia coscienza e bussato alla porta dei recessi più nascosti della mia anima. Mi sentii cedere, precipitare nel vuoto. Il mio intero essere bruciava, il calore mi scorreva nelle vene, animava i miei muscoli, dava forma alle mie parole. In questo mondo immerso nell'oscurità, dietro la mia pubblica facciata, vedevo una luce. Il messaggio che ne emergeva, per quanto assurdo, mi portava a voler correre il rischio.

49

Roma, 3 maggio ore 21.00

Caricò lentamente il suo fucile di precisione *bolt action*, si piegò quel tanto necessario per trovare la linea perfetta dietro di esso, si inginocchiò e sistemò il calcio contro la spalla, in modo che aderisse perfettamente alla sua pelle. Desiderava sentire l'arma morbida e docile tra le sue mani, pressoché sottomessa al suo volere. L'Orsis T-5000 era paziente, meticoloso, fin troppo preciso, e per questi motivi adorava servirsene negli appuntamenti importanti. Perfettamente all'erta, si guardò attorno per essere sicuro di apparire incorporeo, doveva diventare tutt'uno con il luogo dove si era appostato da oltre mezz'ora. Il sole era tramontato alle sue spalle, quel pizzico di calore che propagava e l'intensità dell'afa del giorno si stavano pian piano dissolvendo. Non c'era la solita brezza che proveniva dal mare distante una ventina di chilometri, l'umidità scivolava molesta nelle pieghe della sera incominciando indesiderata a penetrare nel suo corpo. Nonostante tutto, la visuale era comunque buona. Vide nel mirino telescopico, con ingrandimento 4x, l'immagine nitida del suo obiettivo, lo poteva quasi sfiorare con le dita, percepirne le sensazioni. Sentì il tempo scandire l'urgenza di entrare in azione. Piegò lievemente la gamba sinistra e si mise un po' più comodo. Abbassò il capo, respirò e inspirò affinché il battito cardiaco trovasse il corretto equilibrio ritmico, pose il dito sul grilletto, misurò ancora la distanza, valutò un'ultima volta il fattore climatico e agganciò il bersaglio.

Un solo proiettile: *the end.*

Matcovich procedeva come se avesse inserito il pilota automatico. Era concentrato, non pensava a nulla, un delirio di onnipotenza lo permeava adulatore. Il mondo attorno a lui sembrava essersi fermato.

All'improvviso, però, percepì qualcosa di freddo e metallico che gli solleticava la base del collo e si bloccò di colpo.

«*No tricks, or I'll shoot you!*» disse la voce dell'uomo alle sue spalle.

«Mani sopra la nuca, una alla volta e lentamente o, come hai sentito, il mio amico ti piazza un proiettile in testa» udì scandire con timbro imperioso un secondo individuo posizionato a maggiore distanza.

50

Qualcosa di letale nello sguardo e nei movimenti dei due uomini che lo tenevano sotto tiro, nonché una grazia predatoria che tradiva un'agilità e una spietatezza a lui ben familiare, indussero Matcovich, per il momento, a eseguire gli ordini senza fiatare.

La situazione non era adatta per attuare delle immediate contromisure d'attacco. Troppe erano le pistole puntate contro di lui. Troppo addestramento militare emergeva nelle scandite singole azioni che gli venivano dettate di eseguire con calma, molta calma. Prima doveva conoscere il profilo d'insieme del nemico, scansionarlo, vivisezionarlo, analizzarlo, per trovare poi i suoi punti deboli. Solo a quel punto avrebbe potuto agire e sconfiggerlo. I passamontagna in lattice Black Panther che i due uomini indossavano come una seconda pelle non gli avrebbero certo impedito di valutarne anche gli aspetti psicologici, di solito identificabili, in quei momenti di forte tensione, attraverso le espressioni del viso.

«In ginocchio» gracchiò l'uomo che parlava italiano senza particolari inflessioni.

«*Ne dvigaysya!*» gli urlò in russo, invece, l'altro tipo multilingue, che si esprimeva con una cadenza tipica della Georgia o del Texas, il suo *drawl*, la sua strascicata pronuncia era inconfondibile, infatti allungava a dismisura le vocali e i dittonghi.

Forze speciali americane?

Probabilmente NATO, interpretò Matcovich.

Rapido come un serpente cobra, il cosiddetto «confederato», come lo aveva istantaneamente soprannominato per i suoi potenziali natali in uno Stato del sud degli Stati Uniti, gli legò i polsi.

Comune nastro adesivo, classificò veloce nella sua mente.

«Ora facciamo due chiacchiere, se non ti dispiace» gli si rivolse secco, invece, l'altro tizio.

Il volto di Matcovich rimase impassibile.

La risposta era più che chiara, anche se avrebbe voluto elargire a quei due un volgare *pošël na huj* che gli stava ronzando in testa.

51

Ferrante mi aveva convinto.

Avremmo fatto un'azione combinata, silenziosa, veloce e pulita.

Patti chiari, amicizia lunga: io lo avrei aiutato nel furto della chiavetta e concludere, così, la scottante pratica che angosciava il suo ex comandante Braxstone, lui invece mi avrebbe supportato nella cattura del nostro principale indiziato nell'assassinio di Jodie Mayhem. Così su due piedi mi sembrava un ottimo affare.

Dambrosio ci aveva fornito tutti gli elementi necessari per metterci nei panni del leggendario bandito e guerriero ninja Ishikawa Goemon, sotto molti punti di vista un Robin Hood giapponese.

L'appuntato aveva insistito di poter essere della partita, fottendosene di quello che il colonnello Frontini avrebbe potuto pensare e fargli piovere in testa, soprattutto qualora avessimo fallito.

«Capitano, me lo deve assolutamente concedere»

mi aveva supplicato al telefono. «Non può tagliarmi fuori. Non può. *Smart guy*...»

«Chi?»

«Il drone.»

«Ah.»

«*Smart guy* starà con voi, sarà il vostro miglior alleato. Sorveglierà il campo d'azione dall'alto e vi fornirà le informazioni necessarie minuto per minuto per mettere al gabbio un assassino e condurre in porto la rapina del secolo con un'operazione rapida.»

«Neanche dovessimo emulare il noto Ronnie Biggs, uno degli organizzatori dell'assalto al treno postale Glasgow-Londra avvenuto l'8 agosto del 1963 sul ponte ferroviario di Bridego, Ledburn» aveva sottolineato con un sorrisetto sornione Ferrante.

«Caspita non ci avevo pensato! Un vero e proprio revival della storia raccontata nel film *The Great Train Robbery*. Non male come idea!» aveva commentato tutto eccitato Dambrosio.

Conoscevamo alla perfezione la disposizione e la conformazione dei locali, se non addirittura l'arredamento dell'appartamento dove si nascondeva Hwang Myong-Hyok. Sapevamo persino tutto sulle sue abitudini, mancava poco che Dambrosio ci dicesse cosa pensasse!

Saremmo andati sul velluto.

L'appuntato ci aveva steso un tappeto di velluto rosso su cui passeggiare senza inciampo le nostre orme per effettuare il colpo. Da giorni si era rinchiuso all'interno del furgone Opel Vivaro, viveva come un incorreggibile single nel suo mondo amato, il virtuale. Non ammetteva interferenze di alcun genere. Smanettando alla più non posso, collegato sempiterno nell'universo della sua variegata strumentazione, era riuscito incredibilmente anche a individuare dove il nostro «amico» nordcoreano tenesse nascosta l'agognata chiavetta. Infatti, nel suo roteante girovagare nell'etere attorno al palazzo di piazzale delle Belle Arti numero civico 6, il drone aveva colto un segnale inequivocabile, un impulso identificativo della sua presenza in loco: la pendrive USB utilizzata da Matcovich doveva essere stata dotata di una telecamera spia, nonché di un rilevatore di movimento. Due triangolazioni e il gioco era fatto. Beccata!

«Più facile di così, non sarebbe stato possibile» mi aveva detto mentre mi inviava via WhatsApp le coordinate di dove era situato l'oggetto del nostro desiderio: camera da letto matrimoniale, in fondo al corridoio, armadio quattro stagioni, seconda anta in basso a sinistra, terzo cassetto.

Avevamo parcheggiato in via dei Filangeri a due passi dall'eclettico e neobarocco Palazzo Marina, sede della Marina Militare Italiana. Messici in spalla l'attrezzatura, con passo deciso ma improntato a sospettosa prudenza, ci eravamo diretti in piazzale delle Belle Arti sotto gli occhi vigili di *Smart guy*, o almeno credevo che così fosse.

«Capitano!»

All'improvviso avevo sentito la voce concitata di Dambrosio invadere con violenza il mio udito tramite l'auricolare che avevo posizionato nell'orecchio sinistro. Eravamo stati dotati di un sofisticato apparato ricevente di fabbricazione finlandese controllato da un microchip abbastanza piccolo da poter essere collocato all'interno del padiglione auricolare e quindi da richiedere l'uso di un otoscopio per essere individuato, il microfono, invece, era sistemato sul bavero della giacca a vento. Una magnificenza tecnologica di ultima generazione fornitaci da quel funambolico essere personificato nella figura dell'appuntato stesso.

«Dimmi, Dambrosio.»

«C'è qualcosa che non va.»

«Sputa.»

«Volando con lo *Smarty guy* ho visto...»

«Cosa?»

«Tralasciando...»

«Tralascia, tralascia e vai al sodo, per la miseria» avevo sbraitato al microfono, immaginando cosa caspita potesse individuare con quella specie di *Unmanned vehicle system* che violava impunemente ogni possibile privacy esistente nel quartiere Flaminio.

«Ho rilevato un riflesso anomalo sul tetto-terrazza del palazzo uffici di piazza Monte Grappa, affacciato al di là del Tevere proprio su piazzale delle Belle Arti.»

«Numero?»

«Tanto per intenderci quello tutto vetri.»

«E allora?»

«Le sto mandando le riprese video sul cellulare.»

Non potevo crederci, ero stato messo in diretta. Esplicite immagini scorrevano dinanzi ai miei occhi: sulla spianata del tetto osservavo un uomo detergersi con estrema meticolosità il sudore della fronte e asciugarsi la mano con un fazzoletto, quindi estrarre da una valigetta in pelle un fucile, soppesarlo delicatamente e posizionarsi comodamente sdraiato, come se stesse per fare un picnic.

La zoomata successiva mi aveva permesso di ammirare un perfetto primo piano del volto leggermente contratto dalla tensione di Matcovich.

Un breve cenno col capo a Ferrante, che stava guardando le diverse inquadrature al mio fianco, e il cambio di programma era stato immediato.

Ci eravamo fiondati come lepri lungo Ponte del Risorgimento, fregandocene dei semafori o di eventuali strisce pedonali, eravamo entrati come fulmini nell'atrio del palazzo lasciando di stucco le ragazze della conciergerie, che nonostante l'ora erano in attesa di eventuali visitatori.

I due ascensori erano fermi al decimo piano.

Forza, forza.

Ci volle un sacco di tempo perché uno di quegli aggeggi scendesse e un altro risalisse.

Una volta giunti all'ultimo piano avevamo guardato a destra e a sinistra. Una porta con un cartello su cui era scritto «Vietato l'ingresso ai non addetti» aveva attirato la nostra attenzione. Una scala a chiocciola lunga un'infinità terminava davanti a una porta, questa volta di ferro, e anch'essa aveva attaccato il medesimo cartello di divieto. Subito dopo, il freddo metallico della SIG-Sauer P226 di Ferrante stava solleticando la base del collo di Michele Matcovich.

52

Il silenzio mi sibilava insistente nell'orecchio.

Gli occhi che mi guardavano sembravano attraversati da lampi colmi di odio e ciò che percepii inconsciamente non mi piacque.

Matcovich era muto, immobile, fremente di rabbia. Le spalle rigide come se fosse stato un cane da combattimento in attesa di entrare sul ring. Colsi un lieve spostamento del suo baricentro, una rotazione del bacino e delle spalle da perfetto contorsionista e... – «*les jeux sont faits!*» avrebbe detto Harry Houdini – vidi le braccia, come per magia, pur se strettamente legate a tergo della schiena, riportate sul davanti.

Subitanea mi apparve l'immagine del gomito destro di lui verso la tempia di Ferrante, il quale d'istinto spostò indietro la testa e mosse la spalla sinistra sollevando la mano per proteggersi il volto. Ma questo non era il vero obiettivo di Matcovich. Infatti il suo gomito sfiorò appena la sommità del capo di Ferrante, mentre le sue ginocchia si flettevano per consentire di colpire con la testa la mano armata. Sgusciante come un'anguilla, Matcovich raccolse la pistola caduta in terra e non esitò a premere il grilletto.

Il rimbombo degli spari della SIG-Sauer P226 sottratta a Bryan riempì l'aria intorno a noi e la detonazione della mia Beretta 92 FS gli fece subito eco.

Barcollai all'indietro imprecando, tossii e sputai in terra saliva dal sapore amaro. Qualcosa incominciava a intaccare la mia lucidità.

Ero stato ferito?

Impossibile.

Indossavo un giubbotto antiproiettile *multi strike* atto ad assorbire e disperdere la forza di arresto e penetrazione di una pallottola, ma nonostante ciò una folle ondata di dolore mi squassò il corpo veemente, mentre annaspavo a mezz'aria sforzandomi di riprendere fiato. Nel giro di due minuti gli spasmi ai polmoni si erano fortunatamente calmati. Mi scrollai il torpore che mi invadeva la testa, dovevo consentire al mio corpo di recepire gli stimoli di cui avevo bisogno per vincere il violento trauma subito.

Dalla gola uscì un rantolo acuto di soppressa sofferenza, mentre incontrollate lacrime di dolore scendevano lungo le guance. «No, no, ce la puoi fare! Forza, Gherardo» gridai furioso a me stesso. Digrignai i denti e chiamai a rapporto le energie rimaste. Mi alzai in piedi, ma rimasi paralizzato per qualche secondo.

Dal braccio sinistro, una viscida sostanza colava lasciando rosse chiazze sul cemento del tetto: sangue, era indiscutibilmente sangue.

Tastai il braccio sinistro che iniziava a pulsarmi rovente. Porca puttana, una di quelle cazzo di pallottole doveva avermi colpito di striscio e l'ampia vascolarizzazione ne produceva l'effetto cascata.

Ferrante mi lanciò uno sguardo di preoccupazione e formulò una domanda silente. Scossi la testa in senso di diniego facendo spallucce, a conferma che era tutto okay. Si trattava solo di un graffio.

«Capitano, capitano, mi sente? È stato ferito?» udii invece gracchiare la voce allarmata di Dambrosio all'interno dell'auricolare. «Devo chiamare i soccorsi?»

«Fermo. Fermo. Sto bene.»

«Ma quella lunga scia di macchie rosse che lascia sul terreno?»

«Un nonnulla cui posso rimediare da solo.»

«Se lo dice lei, capitano» mi rispose assai poco convinto l'appuntato.

«Lo dico io.» Certamente il tono usato non doveva essere stato dei più cordiali, tant'è che mentre udivo Dambrosio replicare con un deciso: «Agli ordini!», vidi Ferrante girarsi di scatto con l'aria di chi mi volesse chiedere che cosa stesse succedendo.

Ruotai la mano insanguinata come a voler indicare ancora una volta di lasciar perdere e col mento indicai il corpo privo di sensi di Matcovich.

Il dito indice sulla gola di Bryan tolse ogni dubbio: lo avevo fatto secco.

Sentii la Beretta pesarmi come non mai.

Ho sempre cercato di limitare i danni una volta che fossi stato obbligato a estrarre un'arma, qualunque essa fosse. Lo scopo non è uccidere, è solo quello di offendere, ma per difendere, cercando di salvaguardare, per quanto possibile, la vita dell'avversario. Questo concetto mi era stato ripetuto più di una volta dallo staff medico dei nostri psicologi nel tentativo di convincermi che il gesto violento, che le circostanze mi avevano costretto a effettuare, fosse in ogni caso nel giusto. Dovevo sedimentare l'impatto con la morte, elaborare il nascente senso di colpa. *Mors tua vita mea*, un sofisticato concetto medioevale, comunque difficile da digerire. La consapevolezza di avere ucciso, il vivere con il peso dei quel che si è fatto, il non respirare più come prima, il non fare più gli stessi sogni... Cestinai dalla mente i turbamenti e le paturnie che iniziavano a trafiggermi e mi dedicai a bloccare il flusso dell'emorragia sull'avambraccio.

Non feci in tempo a medicare la ferita, che con un gesto della mano Ferrante mi intimò: pancia a terra.

Due uomini a volto scoperto, con abbigliamento molto simile al nostro, erano apparsi dalla porta di ferro che dava sul tetto-terrazza.

Inquadrai i loro volti.

Pazzesco: Denisi e Pierotti!

«Voi due filibustieri, cosa ci fate qui?» dissi a gran voce e, mentre mi alzavo, rassicuravo Bryan con un «è tutto okay» gestuale.

«Espiantazione» mi ripose Denisi con una sfrontatezza inaudita, aggiungendo: «Attività che, se ben ricorda, capitano, ci ha insegnato *in illo tempore* a Napoli, presso il Grand Hotel Vesuvio, quella bellissima ragazza facente parte del team del suo amico del Mossad».

«Il tenente colonnello Shaye Menasse» precisò Pierotti.

«E la sua partner era, se non erro, Shulamit Yaron» dissi d'istinto.

«Esatto, capitano» mi confermò il brigadiere.

Non potevo credere ai miei occhi. Stava accadendo qualcosa di incredibile, ma forse neanche più di tanto, analizzando gli attori che mi si erano parati davanti. Sicuramente l'imprevedibile Dambrosio, disobbedendo a ogni possibile mio ordine, doveva aver messo in guardia i più fedeli uomini della squadra: coloro che avrebbero rischiato la vita per il sottoscritto e non solo.

Denisi e Pierotti non saranno stati di classe come fu quel giorno di aprile a Napoli il membro della divisione Metsada, tuttavia non sfiguravano affatto al suo confronto. Infatti, se Shulamit Yaron si era presentata nella suite dell'albergo, affascinante come una dea greca, con un'elegantissima valigia Samsonite, la cassa in legno che vedevo al loro fianco non era da meno e si rivelò efficacissima per contenere il corpo del defunto Michele Matcovich.

I due complottisti scesero con relativo sforzo le scale e infilarono la cassa nel primo ascensore disponibile. Una volta giunti a pianterreno, attraversarono l'ampio ingresso con studiata disinvoltura, salutando con un cenno del capo l'ultimo addetto alla portineria, che stava provvedendo alla chiusura del portone di ingresso, e via. La dicitura gialla sulla schiena della giacca di una non meglio identificata ditta di spedizioni, PackLink Mailing, che avevano indossato per l'occasione, giustificava alla grande la loro apparizione in loco. Nessun sospetto in un palazzo di uffici, nonostante l'ora insolita.

E adesso, chi lo avrebbe sentito il colonnello Frontini?

53

Roma, 4 maggio ore 7.00

«Svanito nel nulla?»

«Sì, colonnello. *Smart guy*...»

«Il drone» precisai immediatamente per evitare ulteriore confusione nel già complesso rapporto che stava stilando in maniera caotica Dambrosio.

Frontini aveva convocato all'alba e in tutta fretta una riunione per capire a che punto eravamo giunti nell'indagine. Soprattutto, voleva sapere come stava andando la nostra collaborazione con «quelli di Langley, per intendersi» aveva sottolineato. Ci stava chiedendo cosa avevamo dato loro in pasto e cosa invece – e questo era il *punto dolens* – avevo ordinato di tacere con estrema disinvoltura.

Per la miseria, Frontini mi conosceva proprio bene!

Ma cosa volevano di più quei due yankee! Gli avevo concesso il pezzo da novanta dell'indagine, la spia, l'Harry Palmer del *Caso Ipcress*: Michele Matcovich.

Pierotti aveva fatto la sua parte, sdolcinata di quel tanto, con Savannah Hartmann, buon per lui, ma utile per consentirmi di realizzare i programmi che avevo in mente senza presenze invadenti.

I due agenti della CIA erano stati assegnati al controllo visivo dei movimenti di Matcovich e ne erano stati soddisfatti, assai lusingati per la fiducia che avevo posto nei loro confronti, così almeno mi avevano fatto intendere. In realtà scoprii che il loro «tenere sotto osservazione speciale» si era tramutato nello stare comodamente insediati negli accoglienti locali dell'Hotel Donna Laura Palace e gustare i relativi confort, tant'è che tra un *sandwich*, un *drink*, un *coffee* e chissà cos'altro, se lo erano fatto bellamente sfuggire da sotto il naso.

Così ora mi toccava giustificare a Frontini come mai gli fossero giunte lamentele dalle alte sfere sul fatto che Matcovich non si trovasse più.

Dambrosio non era stato all'altezza del compito assegnatogli, la strumentazione elettronica di sorveglianza non era stata utilizzata in modo propriamente corretto, la squadra non aveva dato il meglio di sé nella delicata gestione delle misure di prevenzione... insomma, un leitmotiv piuttosto noioso di un fottutissimo scaricabarile di responsabilità.

Non ne potevo più del tumultuoso monologo, colmo di inqualificabili commenti sulle nostre presunte incompetenze che venivano vomitate su di me, e stufo marcio com'ero, non poté che sfuggirmi: «... in risposta a questi sommi soloni investigativi, un classico, italianissimo, lineare e cristallino vaffanculo non glielo ha mandato a dire, colonnello?».

Apriti cielo.

«Fuori, fuori, Dambrosio. Appuntato, esca. Se ne

vada subito dalla stanza, si allontani. Devo assolutamente parlare a quattrocchi con il suo superiore prima che vi faccia trasferire tutti in quel di Macomer!» latrò Frontini paonazzo in volto, le giugulari allo stremo, mentre sfoderava un perentorio indice intimidatorio che mostrava inequivocabilmente la porta allo sbigottito appuntato.

Frontini si era alzato e aveva piantato le nocche delle mani sulla scrivania, tentando di mantenere un adeguato equilibrio. Quindi cominciò a inveire nei miei confronti e a sproloquiare sul mio dilettantismo operativo. Andò avanti così per circa una decina di minuti, poi distrutto dalle sue stesse dure parole si sedette di schianto sulla poltrona e, perforandomi con infinito risentimento, mi disse, praticamente afono: «Ci sarebbe un'ultima cosa che vorrei domandarle, Petrone, prima di cacciarla via una volta per tutte».

«La ascolto, colonnello» replicai convinto che si trattasse finalmente di una cosa seria.

«Be', nella confusione di queste caotiche ore che mi hanno devastato, non mi ha ancora raccontato come è andata veramente, e mi pregio di sottolineare *veramente*, ieri sera, prima che le cose prendessero una brutta piega...» mi disse a un certo punto ammiccante, lasciando la frase in sospeso come se già conoscesse la risposta.

54

«Non so quanti ordini specifici da me personalmente impartiti, quante regole, quali leggi vigenti lei, e non solo lei, ripeto, ieri o forse anche durante tutte queste settimane di indagini abbia o abbiate infranto. Prego Iddio di far sì che non mi sia concessa la capacità di contarle! Dovrei strigliarla a dovere, metterla sotto inchiesta, degradarla all'istante, denunciarla per... per...» Frontini fece un gesto impulsivo con la mano come a voler scacciare una noiosissima mosca ronzante attorno a lui «... ma per favore, Petrone, è mai possibile che io debba sempre trovarmi in casini mostruosi con lei?»

Il mio volto, opportunamente scavato e tirato, doveva essere molto eloquente, il mio sguardo parlava da solo.

«Insomma, capitano, sostenere che lei è ostinato, è un eufemismo. La definizione più azzeccata sarebbe: cocciuto come un mulo» protestò sbuffando come un mantice, e si girò pensoso a guardare fuori dalla finestra la strada battuta dalla pioggia e una falce di luna che sostava ancora luminosa a quell'ora mattutina sul frastagliato e ombroso cielo di Roma.

Ci scambiammo occhiate di fuoco per dieci secondi buoni, poi il colonnello mi scrutò, mi soppesò, quasi mi vivisezionò e infine l'empatia di anni di comune militanza lo condusse a dire: «Non voglio più sapere nulla di ciò che è accaduto e che accadrà, non mi dica altro. Faccia conto che mi sono distratto un momento e lei, guarda caso, oplà, lei e tutta quella banda di delinquenti di cui si circonda quotidianamente non c'eravate più! Ho solo bisogno che risolva... ma sì, porca puzzola, alla sua maniera, insomma, come meglio crede, il nostro problema con gli americani. Io sono qua e l'aspetto. Mi assumo tutte le sue responsabilità, almeno fino massimo alle prossime quarantotto ore, non un decimo di secondo di più. Poi lei ritornerà nei ranghi sotto il mio stretto comando con tutte le conseguenze del caso, se ci saranno».

Non replicai nulla, mi alzai, mi misi sull'attenti e feci il migliore saluto militare di tutta la mia carriera.

Frontini, senza un accenno di risposta, si alzò anche lui e, ferreo, contraccambiò, complice, in modo marziale.

55

Roma, 4 maggio ore 11.30

Una sensazione fisica quasi magica, in ogni caso cieca e tirannica, mi perseguitava ostile. Quel mattino nulla riusciva a darmi conforto dopo essere stato costretto a uccidere Matcovich e sentii il pressante bisogno di recarmi in un luogo sacro.

La basilica di Santa Sabina mi comprimeva il petto con il suo silenzio quasi accusatorio. Sollevai gli occhi verso il catino absidale e trovai che anche Gesù Cristo sembrava triste e rammaricato. Mi inginocchiai e chinai il capo in preghiera. Dall'altare maggiore giungeva l'odore dell'incenso della messa precedente. Percepii dei passi che rimbombavano felpati tra le alte navate della chiesa.

Padre Benedetto, frate domenicano, mio padre spirituale da una vita, mi raggiunse salutandomi con un breve cenno del capo. Interpretai il suo arrivo come un segno: Gesù mi stava ascoltando e mi aveva inviato una guida terrena per trovare la consolazione che disperatamente stavo cercando.

«Ho udito una preghiera straziante che si elevava al cielo» mi disse con tono pacato, sedendosi al mio fianco sulla panca posta in prossimità del presbiterio ove insiste la *schola cantorum*.

«Te l'ha detto qualcuno?»

Padre Benedetto, colpito dalla mia originale domanda, chiese: «Qualcuno lassù, intendi?».

Cinsi entrambe le sue mani in risposta.

Lui mi sorrise. «Gherardo, dimmi, cosa ti porta nella casa di nostro Signore a quest'ora?» Trovandomi inerte alle sue parole, padre Benedetto interloquì saggiamente al mio posto: «Magari sei giunto sin qui perché pensi che potrei darti qualche consiglio più pratico di colui che è raffigurato là in quell'affresco e risiede nei piani alti?».

Sollevai gli occhi verso il dipinto cinquecentesco di Taddeo Zuccari.

Padre Benedetto è un uomo molto saggio, di grande levatura morale, ha anni di esperienza con le dinamiche del cuore umano, e ogni volta che ci incontriamo mi solletica con le sue semplici ma profonde riflessioni.

Adesso avevo finalmente la possibilità di togliermi l'enorme peso che mi tormentava in quella chiesa vuota, ma immersa nella quiete della sua spiritualità. Parlai per quasi mezz'ora, gli raccontai tutto. Lui ascoltava e annuiva, un'espressione colma di serenità incorniciava il suo sguardo tranquillo.

«Non mollare, non affossarti in te stesso. *Surge*, Gherardo, se nel tuo cuore, come sempre, sai che ciò che hai fatto, o che stai per fare, è stata e sarà la cosa giusta. Non tirarti indietro per timore di aver commesso un ipotetico sbaglio. Coloro che ti circondano possono pensare quello che vogliono, ma giudicare mai. L'unica opinione che conta davvero è quella di nostro Signore.»

«Mi stai dicendo che devo andare avanti nonostante tutte le regole che ho infranto e dovrò infrangere?»

«Esattamente, mio caro, così avrò un motivo in più per giustificare la mia presenza su questa Terra: ovvero avere l'obbligo di assolverti! Settanta volte sette, ricordi?» C'era una grande determinazione nella sua voce. Un ultimo sguardo di congedo, quindi si inginocchiò verso l'altare maggiore, fece il segno della croce e mi lasciò non più solo.

Attesi ancora un attimo a meditare su quanto aveva affermato risoluto padre Benedetto. Udivo la sua preghiera diffondersi melodiosa tra le ventiquattro colonne che dividevano le tre navate della basilica paleocristiana: «Il Signore giudica i popoli; giudica me, o Signore, secondo la mia giustizia e la mia integrità».

56

Roma, 4 maggio ore 19.00

La pioggia era finalmente cessata, un vento freddo, per essere a inizio maggio, aveva spazzato via le nuvole grigie che avevano sostato opprimenti per gran parte della giornata sulla Capitale. Il cielo ora era pulito. I monumenti in travertino splendevano come ossa nude sotto gli ultimi raggi del sole, l'aria umida sollevava alcune foglie che giacevano fradicie in terra. Non solo il biondo Tevere mostrava i segni del diluvio che si era abbattuto con veemenza su Roma, infatti grandi pozzanghere erano distese sull'asfalto intriso d'acqua e gli alti platani svettavano scultorei ai lati delle strade, grondanti contro l'esteso azzurro.

Al di là del fiume, il traffico era un interminabile, cacofonico, nevrastenico, multicolore nastro d'acciaio che a fatica si incuneava nei bui sottopassi tra Castel Sant'Angelo e via della Conciliazione. Dovevo ammettere che a me, invece, andava discretamente meglio, rinfrancato anche dal salutare incontro mattutino avuto con padre Benedetto. L'idea di premere a fondo l'acceleratore e provare l'affidabilità dell'auto civetta Toyota GT86 sulla strada ampia e tortuosa, ma insolitamente sgombra, di viale del Muro Torto, mi tentava parecchio, tuttavia non potevo permettermelo, ne avevo già infrante fin troppe di regole, come mi aveva ricordato fraternamente incazzato il colonnello Frontini. La coscienza, quindi, mi suggeriva di dare il buon esempio. Dovevo assolutamente rispettare il limite di velocità vigente nei centri abitati, reprimendo in contemporanea una certa irrequietezza quando qualche rabbioso conducente si avvicinava al paraurti posteriore della mia automobile e, prima di sorpassarmi, lanciava sordi insulti conditi con evidenti gesti osceni.

Bryan Ferrante mi aveva dato appuntamento al Brunello Bar del Baglioni Hotel Regina, guarda caso situato di fronte alla sede dell'ambasciata degli Stati Uniti d'America.

«Ti va un drink?» mi aveva scritto via WhatsApp indicandomi l'ora e il luogo.

La mia risposta era stata adolescenziale: un semplice emoji, una manina gialla serrata a pugno con il pollicione rivolto verso l'alto.

Ero sprofondato su una comodissima poltrona in velluto bordeaux, gustando un delizioso gin tonic, e la vita incominciava a sembrarmi assai meno complicata rispetto a qualche ora prima.

Bryan era di fronte a me, anche lui con un bicchiere in mano colmo di liquido ambrato: bourbon on the rocks, probabilmente. Di lui mi meravigliava la capacità di essere impeccabile in ogni situazione. Io ero seduto con i vestiti spiegazzati e un generale stato psicofisico simile a quello di uno uscito vivo da un uragano scatenatosi sulla penisola dello Yucatán. Ferrante, invece, sembrava appena tornato da una giornata trascorsa presso il centro wellness dell'albergo, coccolato dal trattamento *Rituale Spa Penthouse*. Aveva un aspetto esterno invidiabile, nonostante tutto quello che avevamo passato.

Vidi però che infilava la mano nella tasca sinistra della giacca per estrarre un blister: aspirina. Inghiottì in un sol colpo un paio di pillole e chiuse gli occhi sereno.

I suoi gesti rilassati mi portarono all'inconfutabile possibilità di valutare che, se avesse continuato a comportarsi in quel modo così pazzescamente naturale, avrei potuto incominciare a sospettare che in fondo anche lui sarebbe potuto apparire un essere umano. Dovevo presupporre che fosse una persona normale? Be', anche se la realtà non fosse stata questa, comunque avrei dovuto iniziare a crederci.

Sorseggiai un po' del mio drink, poi mi sporsi in avanti con i gomiti puntati sulle ginocchia e lo guardai con maggiore attenzione. Già, ridacchiai sommessamente, lo nasconde molto bene, ma anche lui è stanchissimo. Infatti, su ognuno di noi la luce morbida del salone rivelava impietosa i segni del bruciante stress.

57

«Per il momento è tutto nelle mani di Frontini che ci tiene bordone.»

Ferrante, che ascoltava in silenzio, gli occhi leggermente chiusi, sembrava fare degli elaborati calcoli mentali. Valutava i fatti, come suo costume, prima di intraprendere un qualsiasi tipo di azione. Non si era minimamente preoccupato che avessi rivelato della sua esistenza. Del resto, come era giunto, se ne sarebbe andato, lasciando al sottoscritto il problema di gestire la parte burocratica. A lui il meritato riposo dopo l'azione, a me, invece, avrebbero tenuto compagnia chissà quante scartoffie da compilare.

Lo avevo relazionato a grandi linee sul complesso colloquio avuto, di prima mattina, con il mio comandante, evidenziando, però, che nonostante la lavata di capo subita alla fine mi erano state concesse quarantotto ore per sbrigare la faccenda una volta per tutte. Un salvacondotto per evitare l'istantanea rimozione dal servizio. Dovevo assolutamente raccogliere le prove che

Matcovich fosse l'assassino di Jodie Mayhem e che la sua morte potesse essere considerata non un pasticciato danno collaterale, ma la conclusione, anche se violenta, del tentativo di arresto.

«Uhm, *proof of murder*» bofonchiò Ferrante facendo tintinnare i cubetti di ghiaccio del suo bicchiere, come fossero stati dei campanelli d'allarme.

«Sì, prove inconfutabili, inappellabili» sottolineai con una certa enfasi.

«... e vista la scia di cadaveri che ci siamo lasciati dietro, l'unico a cui strappare una confessione è Hwang Myong-Hyok.»

«Esatto.»

«Furto con scasso e sequestro di persona, una bella accoppiata di reati! Alla fine mi sa che al tuo colonnello salteranno veramente le coronarie.»

«Non darci troppo credito. Frontini è abituato al mio operato sui generis e quindi, vedrai, se la caverà anche questa volta.»

58

«Ti sei intestardito a voler risolvere questa indagine così, su due piedi, e non puoi aspettare domani? Mi abbandoni in questo modo?»

«Geneviève, mi spiace tantissimo, ma ho solo quarantotto ore prima della mia esecuzione sommaria da parte di Frontini» risposi sconsolato.

«Quindi salta la pièce teatrale *La cena delle belve*?» latrò furente mia moglie, che mi aveva raggiunto al bar del Baglioni Hotel Regina.

Un silenzio imbarazzante mi circondava.

«Se le cose stanno così, allora mi troverò un altro cavaliere con cui passare la serata, dopoteatro compreso e oltre, magari. Chissà!» mi apostrofò ancor più inviperita.

«Provaci.»

«Guardami, Gherardo. Credi che mi sia così difficile? Dammi una quindicina di minuti e vedrai quale stuolo di spasimanti ti schiero sul parterre.»

«Be', adesso non allarghiamoci, tesoro, siamo seri,

per favore» mi affrettai a replicare alquanto seccato dell'assurdità di quel contraddittorio.

«Non sto mica scherzando, mio bel capitano. Questa sarà la dimostrazione pratica dell'intrinseca malvagità di una donna lasciata al suo tragico destino.»

«Davvero saresti capace di fare una cosa del genere per semplice ripicca?»

Geneviève scorse un segno di viva apprensione nascosto tra le pieghe del mio cereo volto, pertanto, per darmi conferma che il nostro battibeccare fosse solo una scherzosa schermaglia fra innamorati, si produsse in una poco edificante, sfacciata linguaccia, seguita da un plateale marameo.

«Ci vediamo, meravigliosa creatura» la salutai più sereno, toccandole amorevolmente il naso con l'indice.

«Questo perché?» mi domandò Geneviève ritraendosi d'istinto, colta da un fulmineo senso del pudore.

Mi strinsi nelle spalle. «Mi è venuta voglia di toccarti perché...» feci una pausa, mostrandomi anch'io improvvisamente imbarazzato dalla presenza di Ferrante che ci osservava divertito, in piedi all'ingresso del bar, tuttavia non mi trattenni dal dirle: «Perché ti trovo irresistibile».

«*Allez, vite, vite, idiot!*» mi ordinò, spingendomi quasi fra le braccia di Bryan. «Vai a compiere il tuo dovere. Io l'ho già fatto. Ho chiesto un favore al direttore del Quirino e ho spostato la data della prenotazione.»

Incredibile, mia moglie è incredibile.

Geneviève ha la capacità di sorprendermi. Una qualità innata di cui non potevo fare a meno. Eravamo convinti che il nostro amore fosse più forte e passionale ogni giorno che passava, perché eravamo capaci di stupirci continuamente, e quindi mai ci saremmo annoiati.

59

Roma, 4 maggio ore 20.00

«Mister Niklas Lundqvist, per favore.»

Il suo nome di battesimo non era Niklas, né Arkadiy o Pierre o George o Esteban o Luigi. Nessuno dei nomi che compariva sulle patenti di guida, sui passaporti o sulle carte di credito era il suo. Il suo vero nome non era da nessuna parte.

«Chi devo annunciare, per cortesia, madame?»

«Architetto Maria Grazia Pandolfi contessa di Bentivoglio» rispose Pernilla in perfetto italiano, con una lieve cadenza toscana.

«Mi consenta un attimo, la prego» le disse il portiere dell'Hotel Donna Laura Palace, soffermandosi discretamente con lo sguardo di quel tanto per poter ammirare il fascino che emanava la donna che aveva di fronte. «Verifico se il signore è in stanza.»

Pernilla aveva cercato di contattare in ogni modo possibile Matcovich, ma nessuno dei suoi tentativi era andato in porto. Preoccupata per l'insolito black out, si era precipitata a prendere il primo volo da Stoccolma

Skavsta per Roma Fiumicino e si era catapultata all'hotel dove Michele aveva detto che avrebbe soggiornato.

Prima di partire, avevano riesaminato per filo e per segno i dettagli dell'operazione. Era tutto molto semplice, dopo che Fayez Al-Kasbeh aveva fornito le coordinate romane per scovare quel gran figlio di buona donna di Hwang Myong-Hyok.

Un elementare appostamento sul tetto-terrazza del palazzo uffici di piazza Monte Grappa, che in linea d'aria era situato a circa settecento metri dal condominio di piazzale delle Belle Arti, una leggera pressione del dito sul grilletto del suo inseparabile compagno, l'Orsis T-5000, l'invio di un segnale satellitare e... puff la chiavetta USB si sarebbe liquefatta: *bye bye*, Hawk, con tutti gli annessi e connessi del caso.

Ma qualcosa non doveva essere andata per il verso giusto, non lo sentiva da quasi ventiquattro ore. L'ultimo contatto era stato alle ore ventuno del giorno precedente tramite un sintetico messaggio in codice aeronautico: *wilco*.

Pernilla annuì con aria compassata di fronte alla risposta del portiere di non essere riuscito a contattare l'ospite da lei richiesto, quindi fece un debole sorriso di ringraziamento al concierge dicendo: «Se mister Lundqvist non risponde, cercherò di rintracciarlo al cellulare. Grazie. Arrivederci. Buonasera».

Come uscì dall'hotel, si mise in moto per attivare il piano di emergenza.

Da quando si erano conosciuti, non avevano mai escluso la possibilità che le strategie elaborate a tavolino potessero trovare delle difficoltà. Pertanto studiavano delle alternative e, pur se di malavoglia, un'azione di riserva, un piano «b», che consentisse comunque di avere successo, anche se qualcuno fosse caduto sul campo.

60

Roma, 4 maggio ore 23.00

L'idea di stare alle costole di Hwang Myong-Hyok era stata vincente.

Pernilla si era piazzata da alcune ore davanti al portone del condominio di piazzale delle Belle Arti numero 6. Era in attesa di trovare la giusta tempistica per poterlo brancare all'interno del suo appartamento, quando lo vide uscire e salire su un taxi che lo stava aspettando.

«Ma dove cazzo sta andando, quello stronzo» salmodiò, infastidita da quel cambio di programma.

Senza esitare un istante, innestò la leva del cambio nella posizione drive della sua Suzuki Swift Sport e seguì il radio taxi Scorpione 27, che la portò a fare un bel giro per le strade della Capitale: un'inaspettata, ma piacevole Roma by night. Chi l'avrebbe mai detto! A quell'ora il traffico cittadino non era particolarmente asfissiante e caotico. Filarono veloci attraverso i Lungotevere, quello delle Armi, dei Mellini, Gianicolense e Raffaello Sanzio, poi all'altezza di Ponte Garibaldi girarono giù per viale di Trastevere sino a imboccare viale Guglielmo Marconi da via Quirino Majorana, un ultimo tratto di strada lungo via Cristoforo Colombo, per giungere, infine, al contenitore aggregativo dell'intrattenimento musicale e artistico di Room 26.

Hawk andava a svagarsi in discoteca? Doveva festeggiare qualcosa? Cosa stava tramando di nuovo? Per rispondere a tutti i variegati quesiti che si stavano affastellando nella sua mente, a Pernilla non rimase che seguirlo.

Non diede peso alla fiumana di commenti fallocratici che le piovvero addosso sia durante l'obbligata attesa per riuscire a superare la dura selezione attuata da tre elegantissimi bestioni, che non avrebbero sfigurato su un ring di wrestling, sia una volta varcata la soglia. Si districò abilmente tra l'eterogenea marea umana che affollava ondivaga la discoteca e riuscì a individuarlo subito.

Hwang Myong-Hyok si era appartato in un salottino della zona riservata. Con un finto sorriso di sicurezza stampato in faccia, era semidisteso in modo rilassato a fianco di una ragazza che teneva le mani dietro la schiena, come se fosse stata una bambina colta in flagrante.

Due occhi grandi come fanali, in un viso di bambola di porcellana con un nasino lievemente arricciato si soffermarono faticosamente a inquadrarla.

Pernilla capì che era su di giri e non solo per l'alcol che aveva ingerito.

«Ehi, bellezza, come te la passi?» chiese Pernilla con aria di sufficienza.

«Uhm» rispose lei, seccata per l'intrusione. «Chi sei? Non mi pare di conoscerti.»

«Credo che tu te ne debba andare.»

«Davvero?» le domandò dubbiosa.

«Sì» replicò Pernilla con uno sguardo di fuoco.

«Ma no, dai, stai scherzando!» esclamò la ragazza portandosi una mano alla bocca quasi a voler trattenere una smorfia di antipatia. «Parli sul serio?»

«Ascoltami, dolcezza, forse non hai ben capito che devi sloggiare.»

La giovane fece un paio di leggeri movimenti con la testa, sbatté le palpebre e guardò persa di fronte a sé.

«Se te ne vai subito» insistette Pernilla «faccio finta di niente e non mi obblighi a costringerti a buttare via quella roba che hai nascosto dietro di te.»

Interdetta, la tipa si umettò le labbra più volte, poi fissò, come se non le avesse mai viste prima, le unghie dei suoi piedi color arancio che sporgevano da un paio di sandali dai tacchi vertiginosi, e ridacchiando le disse: «Accidenti, sei una piedipiatti, allora?».

«Non farmi ridere, ragazzina» obiettò con fare altezzoso Pernilla. «Ma devi capire che ora, adesso, tanto per essere molto chiari, questo posto è mio, quindi devi smammare, e alla svelta.»

Hwang Myong-Hyok ascoltava incuriosito il battibecco fra le due donne, incapace di comprendere quello che stava realmente accadendo. Era rimasto folgorato da quell'essere femminile apparso come d'incanto. Una dea: figura snella ma solida, sui trent'anni, lunghi capelli ondeggianti che scendevano diritti sino alla vita, spaziali gambe abbronzate che sfilavano al di sotto di un abito azzurro chiaro tipo sottoveste. Nessun gioiello, solo un *kara*, il tipico braccialetto del popolo Sikh, adornava il suo corpo dai mille riflessi sensuali.

Da diversi minuti quella donna lo stava osservando con aria di superiorità, finché lui non poté più sopportare di essere studiato in quel modo. Si sentiva scombussolato da quella bocca sottile che sembrava volerlo sbranare. Scostò la sua accompagnatrice dal proprio corpo con palese fermezza dicendole: «Togliti di mezzo, bellezza. Il tempo è scaduto. Pare che questo posto ora debba essere suo».

Un ben articolato «Stronzo che non sei altro» si perse nel frastuono dell'house music che si diffondeva senza tregua nel locale.

Noncurante dell'atteggiamento gergale assunto dalla ragazza, la quale continuava a inveirgli contro mentre se ne stava andando incazzatissima, trotterellando precariamente sui quei tacchi altissimi, Hwang Myong-Hyok si rivolse con fare sdolcinato alla nuova venuta: «Prego, mia cara, accomodati qui vicino a me. Io sono Hawk, e tu?».

«Io invece mi chiamo Pernilla» gli ripose lei mentre, contrariamente alle sue chiare indicazioni, si accomodava sulla poltrona di fronte a lui accavallando le gambe in modo studiato, solo per permettergli di osservare il color indaco del tanga minimale che indossava in perfetta nuance con quello del vestito.

61

Roma, 5 maggio ore 0.00

Mi distesi sullo schienale del sedile della nostra Golf GTI e restai per un attimo a guardare la sfuocata luce dei lampioni che si perdeva nell'aria umida della notte. Pioveva a dirotto. Il parabrezza, rigato da un potente fiume di strisce d'acqua, deformava la visuale del mondo che, invece, si muoveva lento attorno a me. I fanali delle poche automobili in circolazione irradiavano un pallido, fastidioso balenio stroboscopico. Percepivo stridenti pneumatici, che affondavano nelle innumerevoli pozzanghere dislocate a macchia d'olio sull'asfalto, e un sottofondo di isterici clacson attutiti dal rumore degli scrosci d'acqua piovana che si stavano abbattendo sulla Capitale.

Un'atmosfera tutt'altro che primaverile.

Eravamo appostati a pochi metri dall'abitazione di Hwang Myong-Hyok. Vivevamo una statica calma surreale che avrebbe potuto tramutarsi in una turbolenta tempesta nel volgere di un attimo. Ma questa insolita calma stava durando troppo a lungo. La singolare anomalia, che aleggiava ambigua, mi disturbava. Un gran senso di precarietà si muoveva subdolo dentro di me.

Ferrante era in attesa di un segnale di via libera da parte di Dambrosio. Il tempo imbizzarrito di questa notte non era stato suo alleato. La tecnologia aveva subito un'incresciosa impasse, che lo aveva indispettito parecchio. Infatti, per mantenere sotto costante osservazione il quarto piano del palazzo di piazzale delle Belle Arti ci era voluto, da parte dell'appuntato, uno sforzo sovrumano, comunque alla fine era riuscito a piazzare *Smart guy*, come nostro indispensabile cerviero, sul balcone dell'appartamento confinante con quello dove risiedeva il nostro obiettivo.

Il drone aveva avuto non poche difficoltà a trovare una stabilità di volo, le turbolente condizioni climatiche gli erano particolarmente ostili, ma Dambrosio, come il migliore top gun in circolazione, aveva eseguito una perfetta planata in un luogo riparato dalle intemperie e ritenuto sufficientemente idoneo almeno per poter ascoltare il nostro bersaglio.

Bersaglio che però latitava.

Dove cazzo se n'era andato quello stramaledetto di un nordcoreano?

Era bastato l'incidente con Michele Matcovich per far sì che ci distraessimo e ci sgusciasse dalle mani, beffandoci alla grande?

Forse avremmo dovuto...

Forse avremmo...

Forse...

Quanti forse, quanti inutili interrogativi si accumulavano impietosi nella mia mente. Oramai quello che era fatto, era fatto. Punto e a capo. Era completamente inutile recriminare sul cosiddetto latte versato. Avevamo preso una decisione meccanica, impulsiva, e non potevamo più tornare indietro. Nelle nostre scelte sul campo, il tasto rewind non era previsto per ricominciare dall'inizio e vedere se, cambiando i fattori, avremmo trovato la soluzione al problema. La PlayStation della vita non ti permette di riprovarci.

Avevamo stabilito di aspettare al massimo sino al mattino alle sette. Qualora il nostro uomo non si fosse fatto vivo per quell'ora, l'irruzione nell'appartamento si sarebbe fatta comunque. Avremmo prelevato la fantomatica chiavetta, e via come il vento. Per sistemare a dovere Hwang Myong-Hyok ci saremmo costruiti un'altra occasione.

Il tempo concesso da Frontini ci sfuggiva via veloce, senza alcuna pietà, e noi dovevamo essere più veloci delle quarantotto ore messe a nostra disposizione.

62

Roma, 5 maggio ore 2.30

Un taxi si fermò di fronte al portone d'ingresso.

Due persone, un uomo e una donna, uscirono di corsa, aggredendo a due a due gli scalini per porsi sotto il cornicione dell'entrata e ripararsi dalla pioggia che ancora insisteva a flagellare Roma.

«Guarda, Gherardo» mi disse Ferrante smuovendomi dal torpore che tentava in tutti i modi di ghermirmi e trasformarsi in sonno.

«Che c'è?» gli domandai allontanandomi con fatica da quella sorta di annebbiamento letargico che voleva a tutti i costi conquistarmi, pur in quello scomodo abitacolo che da oltre due ore conteneva i nostri corpi.

Smart guy ci stava fornendo inequivocabili immagini di uno splendido esemplare di sesso femminile, che rideva come un'ossessa di fronte all'incapacità del suo compagno di trovare la chiave giusta per entrare nel portone del condominio.

«Che bambola! E vai, si prospetta una nottata di fuoco tra quei due. Sesso a tutto spiano.» La voce di Dambrosio si insinuò impietosa in me tramite l'auricolare.

«*Pretty woman, stop a while. Pretty woman, talk a while. Pretty woman, give your smile to me. Pretty woman, yeah, yeah, yeah. Pretty woman, look my way. Pretty woman, say you'll stay with me...*» sentii Bryan al mio fianco canticchiare di rimando.

«Bella donna, dimmi che rimarrai con me...» gli fece eco Dambrosio, preso dal successo mondiale del 1964 del cantante statunitense Roy Orbison, innescato dalla voce di Ferrante.

Non perdiamo la concentrazione, ragazzi, avrei dovuto dire di fronte alla goliardata canora che si era espansa nell'etere, ma quando *Smart guy* inquadrò, in un primo piano da premio Oscar, un'occhiata furtiva verso l'esterno data dal volto dell'uomo, tutto poté essere giustificato: Hwang Myong-Hyok era tornato nella sua tana.

63

Lo aveva sotto controllo.

Erano bastate due moine, un paio di studiate carezze nei punti caldi del suo corpo, termini colmi di doppi sensi, una serie di whisky destinati a riscaldarlo ancor di più, e poi erano volati a casa di lui come due adolescenti bramosi di scoprire tutte le frontiere del sesso.

Più di così Pernilla non poteva aspettarsi. Pensava di dover sudare le proverbiali sette camicie per ammaliarlo, ma la cieca cupidigia di quell'uomo di sfogare le voglie estreme con una donna del genere lo avevano fatto capitolare subito.

Quel porco non aveva resistito. Si era sbilanciato in maniera smaccata.

«Rivestirò la tua pelle nuda con una montagna di biglietti da cento dollari. Li metterò dolcemente uno sull'altro sul tuo corpo, se mi farai provare tutto quello che sto immaginando» le aveva sussurrato in un orecchio, mentre occhi concupiscenti si erano depositati a osservare il suo generoso décolleté.

Lei lo aveva guardato oltraggiata da quelle volgari parole e stava per alzarsi, quando Hwang Myong-Hyok l'aveva bloccata per un braccio.

«Lasciami, mi fai male!».

Lui, come scosso da una scarica elettrica da mille volt, aveva rimosso di scatto la sua ferrea presa. «Scusa, scusa, non volevo, non volevo...» le aveva detto piagnucolante.

Pernilla, in semplice risposta, aveva sfoderato una espressione di disprezzo glaciale.

«Scusa, non volevo, non volevo» le aveva ripetuto ancora supplichevole Hwang Myong-Hyok. «Scusami tanto se ho interpretato male le tue parole. Credevo...»

«Cosa credevi?»

«Io...»

«Per chi mi hai preso?»

«Io... io... io» aveva continuato a balbettare Hwang Myong-Hyok.

«Non sono mica una mignotta da quattro soldi come quella con cui stavi prima, che si faceva palpare da te per intascare qualche insignificante bustina di cocaina.» L'aria riprovevole che era riuscita a dipingersi in volto era da attrice vissuta.

«Non volevo offenderti.»

«Ma lo hai fatto» lo aveva apostrofato, mentre emetteva un lieve e sofferto, melodrammatico sospiro. Un sospiro che aveva ridestato in Hwang Myong-Hyok una flebile speranza di non averla persa del tutto.

«Ho esagerato, me ne sto rendendo conto, non dovevo essere così precipitoso. Mi sono comportato in modo indegno, ho interpretato male il nostro incontro, le nostre parole... ma... ma vorrei rivederti per conoscerti meglio e chiederti perdono, magari anche domani stesso.»

«Domani?»

«Sì.»

«E perché domani?»

«Sei bellissima, una vera dea. Mi stai facendo impazzire.»

«E allora andiamo» gli aveva detto Pernilla con una faccia da stronza patentata.

«Dove?» le aveva domandato imbambolato Hwang Myong-Hyok.

«A coprirmi di dollari, sciocco!»

64

Il sensibile orecchio di *Smart guy* non faceva invidia a nessuno, le condizioni atmosferiche, un vero tempo da lupi, non consentivano altro, permettevano solo che venisse utilizzato come guardone uditivo, ma quello che sentivamo era comunque da dieci e lode.

Hwang Myong-Hyok doveva aver perso proprio la testa per quella ragazza rimorchiata chissà dove.

«Allora, andiamo a scopare o no?» sentimmo dire senza mezzi termini una suadente voce femminile.

«Puttana» le gridò lui, infoiato da una tempesta ormonale di difficile misurazione.

Il rumore di un sonoro ceffone rimbombò profondo nei nostri auricolari.

«Cazzo, mi hai spaccato un labbro, troia che non sei altro! Chi credi di essere? Sta' ferma, o te ne pentirai» sbraitò Hwang Myong-Hyok.

«Sino a ora sono stata buona con te. Non provocarmi oltre, stronzo.»

Il cellulare di Ferrante emise un segnale acustico.

Immagini.

Dambrosio doveva essere andato alla ricerca spasmodica di una postazione migliore per riuscire a spiare l'appartamento anche visivamente. Aveva trovato una nicchia confacente, molto probabilmente situata nel palazzo di fronte, e ci stava inviando live quanto stava accadendo al suo interno: il meglio dell'*hardcore* dilettantistico.

La donna si voltò con sguardo licenzioso verso Hwang Myong-Hyok, il quale emise un gemito di piacere solo a guardarla. Continuava a dimenarsi con studiati movimenti sensuali. Le si avvicinò libidinoso, le afferrò la testa con la mano e cercò di baciarla.

Lei lo spinse con inaudita violenza contro il muro, mozzandogli quasi il fiato.

«Ehi, calmati, per favore, non spingermi così» le disse lui ansante, mentre le posava la mano sulla spalla per ritrovare l'equilibrio.

«Sei davvero patetico a volere tutto e subito» lo schernì la donna. «Diamo tempo al tempo, la notte è lunga e ti costerà parecchio.»

«Non dire stupidaggini, bellezza. Fammi toccare, tanto per incominciare. Devo verificare se la merce ha il valore che dice di avere, prima di riempirla di sonanti bigliettoni» le mormorò lascivo Hwang Myong-Hyok, asciugandosi dalle labbra un filo di saliva e sangue, quindi le si avvicinò di nuovo provando, questa volta, a schiacciarle uno dei turgidi capezzoli che lo striminzito vestito metteva in spudorata evidenza.

«Toglimi quelle fottute manacce di dosso! Non osare toccarmi, schifoso maiale! Prima paghi, e poi, se l'offerta è giusta, incassi. Questi erano i patti.»

«Non dire stupidaggini, bellezza» le ripeté, detergendosi con il polso della mano sinistra il sudore che gli imperlava la fronte.

Si guardarono in silenzio per una decina di secondi, lui con le spalle al muro e la testa dolente per il colpo subito, lei con il vestito arruffato sopra il bacino, da dove spiccava la sagoma del pube nettamente delineata dal tanga minimale.

Hwang Myong-Hyok respirava con difficoltà, l'onda di un desiderio pernicioso lo stava travolgendo. Inebetito, si chinò in segno di sottomissione, socchiuse gli occhi e si avvinghiò alle sue gambe.

«Va' via, vattene» lo dileggiò la donna con un chiaro gesto di disprezzo.

«Ma io ti desidero, ti voglio...»

«Stronzate.»

«Non puoi cacciarmi così, non è giusto, mi avevi detto che potevo...»

«Fammi vedere i soldi» lo interruppe velenosa Pernilla. «Poi, se ne varrà la pena, ti farò vedere anch'io qualcosa di prezioso che ho riservato solo per te.»

Gli occhi rossi di pianto imploravano un'unica cosa: possederla.

Lei capì che non avrebbe opposto resistenza alcuna. Lo dominava. «Ascoltami» gli disse sollevandogli il mento con un dito.

Lui alzò gli occhi speranzoso.

«Non ho intenzione di ucciderti subito.»

Hwang Myong-Hyok allontanò di scatto la testa dalle sue cosce e rimbalzò all'indietro come un pallone. Il suo sguardo, mutato in un secondo, ora ringhiava rabbioso.

Era pronto a sopraffarla e a dimostrarle di cosa era capace, ma si bloccò di colpo, vedendo spuntare tra le mani di lei un arnese d'acciaio: un affilatissimo bisturi.

«Non mi ci vorrà molto a scuoiarti come un coniglio.»

«Pernilla, adesso mi pare che stiamo veramente esagerando» prese a dire con tono innervosito Hwang Myong-Hyok.

Pernilla?

«Pernilla. Pernilla chi?» ci domandammo curiosi tutti e tre in coro.

Mentre le performance porno-sadomaso dei due continuavano a riempire il display del cellulare di Bryan Ferrante, sentivo il frusciare di dita frenetiche che stavano digitando chissà cosa.

«Pernilla. Pernilla Engberg! Eccoti qua. Vai, sei mia» sentimmo gridare Dambrosio, mentre un ticchettio simile a un ritmato pezzo di *Hey Jude* suonato alla batteria da Ringo Starr si librava nell'aria satura di tensione.

65

«Pernilla Engberg, sesso femminile, nata trentaquattro anni fa in Svezia, a Fjällbacka, località turistica estiva situata nella contea di Västra Götalan, da ex teppistella di paese a killer professionista, fisicamente molto bella, intelligentissima, dal carattere determinato, dotata di durezza, freddezza e, leggo pari pari, sarcasmo...»

Stavamo ascoltando avvinti la scheda tecnica del personaggio che Hwang Myong-Hyok aveva avuto la bella idea di andare a cuccare chissà dove in giro per la Capitale, con l'intenzione di divertirsi, sforando le consolidate – si fa per dire – pratiche del bondage.

Una mera coincidenza? Stavo pensando, mentre la voce di Dambrosio concludeva con un pizzico di humour la sua lunga e edotta descrizione: «Testi, *as usual*, di Daniel Mordecai! Ovviamente».

Ferrante non aveva atteso la fine dell'identikit ed era schizzato fuori dalla Golf, come un razzo. Lo seguii a ruota. Era ovvio che quella Pernilla Engberg non era lì per caso, anche lei doveva avere qualche conticino in sospeso con il nostro «amico» nordcoreano. Dovevamo intervenire immediatamente, prima che le sue sinistre parole: «Non ci vorrà molto a scuoiarti come un coniglio» potessero diventare triste realtà, lasciandoci con un pugno di mosche in mano.

Giunti al portone d'ingresso del condominio, non avemmo alcuna difficoltà a entrare. Per nostra fortuna, un giovane sui vent'anni stava rincasando a quell'ora antelucana, lo superammo alla grande sbiascicando uno pseudo: «Scusi, grazie», non degnammo di uno sguardo l'ascensore e azzannammo i gradini delle scale a due a due sino al fatidico quarto piano. Impiegammo dieci buoni secondi a riprendere fiato e altri dieci per decidere quale porta: quella di destra o quella di sinistra?

Ferrante mi guardò interrogativo.

Agii d'istinto e mi diressi verso quella di destra in fondo al pianerottolo. Lui mi imitò. Era quella giusta. Dall'esterno si udivano concitati, ma incomprensibili vocaboli. Con un paio di energiche spallate riuscimmo ad aprire la porta di quel tanto da riuscire a sbirciare dentro. Il bagliore argenteo di una lama luccicante svettava all'altezza della gola di Hwang Myong-Hyok, stretto fra le braccia in tensione di Pernilla Engberg.

«E uno, e due, e tre» dicemmo all'unisono a gran voce abbattendo – non so come, o meglio, la mia povera spalla destra dolente lo seppe benissimo – la porta d'ingresso in legno massiccio.

«Ferma!» gridai alla donna puntandole la pistola.

«*Baby, don't move!* Posa l'arma in terra con calma» mi fece da contraltare Ferrante, il quale reggeva la sua inseparabile Glock 17 9 mm Parabellum accanto al volto con entrambe le mani, in perfetta posizione di tiro.

Pernilla emise una sguaiata risata da far accapponare la pelle, il fiato le ardeva dalla bocca, gli occhi erano iniettati di rosso fuoco.

«Allontanatevi. Toglietevi di mezzo. *Hurry up!*» ci vomitò addosso con una tale sicurezza nel tono di voce che ci fece quasi sobbalzare. «Io esco con lui, se ci tenete alla sua pelle. *Step away!*»

Una situazione di stallo di difficile risoluzione, senza che si producessero i cosiddetti danni collaterali.

«*Be quiet.* Parliamone» dissi tentando una mediazione che allo stato dell'arte era perdente sin dall'intenzione. Infatti, in tutta risposta, leccandosi le labbra sadicamente, lei iniziò a incidere lentamente con il suo letale bisturi il collo di Hwang Myong-Hyok.

Il nordcoreano, nonostante fosse oppresso dal panico, dal dolore per la ferita, e scioccato dagli eventi inspiegabili che si dipanavano rutilanti dinanzi a lui, riuscì comunque a muoversi di un niente e ad articolare un: «Fuori dai coglioni, voi due stronzi. Cazzo, fate come dice!».

Arretrammo mantenendo la nostra posizione per una possibile linea di tiro.

Pernilla, con inaspettata elasticità e forza, sgusciò tra di noi trascinando Hwang Myong-Hyok come se fosse stato un sacco di patate e si avviò lungo le scale, spalle al muro con il corpo del suo prigioniero a scudo di se stessa.

Sapeva il fatto suo. Era una vera professionista.

Impossibile fermarla.

Dambrosio, che aveva osservato in religioso silenzio dalla sua postazione gli avvenimenti, fece sentire la sua presenza: «*Smart guy*, in posizione. Come escono dal portone principale, Pernilla la posso beccare. Puntamento stimato con una precisione pari massimo all'ottanta per cento, data la situazione meteo. Attendo ordini, capitano».

Dopo l'episodio Matcovich, l'appuntato aveva pensato di armare il drone. «Meglio essere più realisti del re, questa volta. Non voglio tralasciare alcuna possibilità di intervento» mi aveva detto mostrandomi la capacità di azione del suo giocattolo volante. Quel disgraziato si era divertito a centrare in pieno con pallottole in gomma gli occhi della testimonial pubblicitaria su di un cartellone affisso lungo viale Tiziano, a ridosso del giardino delle Crocerossine. Aveva utilizzato dei proiettili che contenevano una speciale miscela i quali, per effetto dell'urto, avevano prodotto una nuvoletta di colore bianco-azzurina a conferma dell'impatto avvenuto.

Ancora una volta un Dambrosio *super star*!

66

Pernilla era attaccata al muro della facciata del palazzo come fosse stata un geco uscito di notte dalla sua tana per andare alla ricerca di cibo. La flessuosità del suo corpo le permetteva di diventare una seconda pelle congiunta alla figura di Hwang Myong-Hyok.

Smart guy, libratosi nell'aria, osservava statico la scena con il teleobiettivo puntato su di lei. La diottra della sua arma tremava, però, nervosa per la presenza di un fastidioso venticello, e la messa a fuoco non trovava il match corretto per entrare in azione. Bisognava aspettare, non si potevano giustificare danni collaterali.

Il respiro ansante di Dambrosio riempiva il mio auricolare con la sua irritabile inquietudine.

«Segui il nostro bersaglio, non intervenire sino a mio ordine. Dacci le coordinate. Verifichiamo prima se c'è la possibilità di un accerchiamento» ordinai all'appuntato.

Ferrante era diventato un fantasma, mimetizzato com'era con l'ambiente che lo circondava. Io stesso facevo fatica a individuarlo, mentre si defilava dalla mia vista silenzioso come una pantera.

Seguivo a una distanza di sicurezza i movimenti di Pernilla Engberg, che non pareva minimamente affaticata dal fatto di trascinarsi il fardello nordcoreano. *Smart guy* era mio fedele compagno di viaggio, mi inviava nitide immagini, non avevo bisogno di starle troppo alle costole, non volevo assolutamente farmi individuare. Preferivo lasciarle l'illusione di non essere seguita. I palazzi di Lungotevere Flaminio, immobili, senza vita, sembravano darle opportuno rifugio nonostante l'assenza di anima viva a quell'ora di notte. Anch'io dovevo adeguarmi all'impalpabilità del mondo che mi circondava e conformarmi al suo stile.

Ma dove si era cacciato Ferrante? Voleva giocare al gatto col topo? Si sentiva così forte e sicuro da ritenere di poter battere la nostra avversaria come e quando avesse voluto?

Passo attutito, movimenti felpati. C'era un buio inebriante, che pareva consumare ogni cosa, che non voleva rivelare ciò che stava accadendo dentro di sé.

L'oscurità si era spogliata da tempo del manto crepuscolare, le strade apparivano statiche e silenziose, le ombre della notte si riunivano e diventavano una cosa sola. Ferrante si dissolveva in tutto ciò come nebbia allo splendere del tiepido sole mattutino. Superato il commissariato di Polizia Roma Flaminia e il fatiscente edificio in stile razionalista, sede del Tribunale amministrativo del Lazio, voltò per via Luigi Canina, indistinto dalla realtà che lo circondava assente. Una leggera salitella, ed ecco raggiunto il lungotevere. Attraversò la strada veloce come un ratto, le luci fulminate di un paio di lampioni lo resero ancora più incorporeo. Si posizionò sdraiato sul parapetto del muraglione di contenimento del Tevere, a guisa di un disperato strafatto di chissà quale mistura oppiacea. L'udito finissimo gli permise di percepire un movimento insolito stazionare nel cielo cupo della notte. Sorrise e, a dispetto di tutto e di tutti, si permise anche di abbozzare con due dita un saluto militare in direzione di *Smart guy.* Un vero tipo da sbarco! Bryan era proprio un elemento simpatico e imprevedibile, nonostante il particolare lavoro che svolgeva.

«Ferrante in posizione. In linea d'aria cinquanta metri» dichiarò asettico Dambrosio.

Un impercettibile *beep* mi confermò che il drone aveva disposto perfettamente il bersaglio alla linea di tiro. Non esitai. Le maniere forti sembravano essere l'unico sistema per ottenere quello che volevamo, quindi diedi conferma di procedere. Non feci in tempo a dare l'ordine di far fuoco, che udii un vociare scomposto giungere poco più avanti. Per la miseria, un gruppo di ragazzi stava uscendo dall'androne di un palazzo. Dalle risa e dagli schiamazzi intuii che la serata trascorsa insieme doveva essere stata di alto gradimento.

«Negativo, negativo!» gridai con tutto il fiato che avevo in corpo nel microscopico microfono sistemato sul bavero della mia giacca a vento, terrorizzato dall'idea che *Smart guy* potesse sbagliare obiettivo per chissà quale atroce destino, ma oramai aveva fatto il suo dovere.

Pernilla se li era trovati davanti all'improvviso.

Tre coppie di giovani amorevolmente abbracciate,

che si sbaciucchiavano appassionate, le stavano sbarrando involontariamente il passo. I ragazzi prima la guardarono divertiti e piuttosto sorpresi di trovare qualcuno fra i piedi a quell'ora di notte davanti al portone, poi bastò poco, invece, per decretare il panico totale. Un fuggi fuggi generale disordinato e precipitoso si concretizzò in un baleno. Infatti, sei paia di occhi sbigottiti si erano fissati a squadrare fuori dalle orbite la lama insanguinata, che premeva forzosamente il collo di Hwang Myong-Hyok. Le gioiose risa dei ragazzi si soffocarono in gola e l'euforica allegria cessò trasformandosi in una sarabanda di grida isteriche.

Un attimo di esitazione di fronte a quell'accidentale parapiglia, un tentennamento di troppo su come muoversi per non trovarsi di fronte a possibili eroiche azioni di disturbo e per Pernilla quell'attimo di distrazione fu fatale.

Un caldo fiotto di sangue schizzò in faccia a Hwang Myong-Hyok, accecandolo per un momento e procurandogli una serie di convulsi conati di vomito. Pernilla emise un urlo strozzato intriso di dolore, barcollò all'indietro, torcendosi su se stessa, con le gambe che incominciavano a cedere. Il sangue le zampillava tra le dita vermiglio e lucente, teneva la mano sinistra premuta sulla carotide nel disperato tentativo di fermare l'emorragia che la squassava.

Hwang Myong-Hyok cercò di divincolarsi da lei lottando centimetro per centimetro, ma il suo corpo pareva essere stritolato da una forza invincibile. Sgomento per non riuscire a liberarsi da quel peso morto, si dimenava in maniera inconsulta, e più si agitava, più scivolava nel sangue di Pernilla che si spandeva come un ruscello sin giù sul marciapiede.

«Fermo, stronzo, o ti ficco una pallottola nel cervello» sbraitai insensibile allo sfacelo che regnava intorno a me. Avevo piantato ferocemente un ginocchio sulla schiena di Hwang Myong-Hyok e, con la mano sinistra, gli torcevo le braccia, pronto ad ammanettarlo, la pistola puntata sulla settima vertebra cervicale. Una minima reazione e non avrebbe avuto scampo.

Ferrante si era inginocchiato di fianco a Pernilla, anche lui imperturbabile di fronte al sangue che ci impregnava le vesti. Le aveva delicatamente alzato il capo in un simbolico gesto di aiuto. Vidi il suo volto accostarsi alle labbra di lei e percepii il flebile suono della sua voce che le poneva una semplice, ma terribile domanda: «*Why?*».

67

Roma, 5 maggio ore 7.00

Avevo requisito forzatamente, si fa per dire, una stanza presso i Carabinieri Comando Stazione Roma Flaminia in via Pietro da Cortona situato a duecento metri dal luogo del rocambolesco inseguimento terminato con l'arresto di Hwang Myong-Hyok e la morte di Pernilla.

Il capitano Ghirlanda, di fronte alle mie richieste, non aveva fatto una piega al solo sentire citare il nome del colonnello Frontini.

«Agli ordini, capitano Petrone. Agisca come lei ritiene più opportuno, valutando l'eccezionalità del caso che mi ha tratteggiato» mi aveva saggiamente detto, e visto lo stato di sovreccitazione che stavo vivendo, non avrei sentito ragioni diverse.

Ghirlanda sembrava essersi trasformata nella fedele immagine delle tre famose sagge scimmiette giapponesi rappresentate in una cornice di legno nel santuario shintoista dedicato a Tokugawa Ieyasu: Mizaru quella che non vedeva, Kikazaru quella che non sentiva, Iwazaru quella che non parlava. Ci voleva una gran bella immaginazione per non vedere lo stato in cui mi trovavo, lercio come un topo di fogna, imbrattato di sangue neanche fossi stato un Hannibal Lecter redivivo, così come doveva essere uno sforzo non indifferente far finta di non sentire il dialogo – definirlo dialogo sarebbe stato un puro eufemismo – instaurato con Hwang Myong-Hyok, che non era certo dei più moderati, e infine non parlare... Parlare adesso sarebbe stato meglio di no, credo che pensasse Ghirlanda, dopo... forse dopo, qualora obbligata da un interrogatorio sotto stretto giuramento.

Ferrante?

Ferrante, una volta riscontrato il decesso di Pernilla, mi aveva lanciato un'occhiata colma di amarezza, aveva alzato in alto i palmi delle mani in un gesto desolato e, senza una singola parola, ma con un preciso intento, si era allontanato in tutta fretta dal luogo della battaglia urbana che avevamo scatenato.

Dambrosio?

«Obiettivo eliminato» aveva comunicato con voce fredda, una volta inquadrata con la microcamera di *Smart guy* l'immagine di Pernilla Engberg riversa sul marciapiede in un lago di sangue. Era rimasto piuttosto scosso per quanto eseguito con un tale livello di precisione. L'eccesso di adrenalina lo aveva prostrato: battito cardiaco pesante, un irrequieto senso di nausea. Impiegò quindi dieci buoni minuti a riprendere fiato, altri dieci per calmarsi. Doveva darsi un contegno, quello che lo attendeva non sarebbe stata certo una semplice formalità, anzi. Doveva espletare tutte le necessarie azioni procedurali del caso, ovvero denunciare l'accaduto agli organi competenti e relazionarli compiutamente sugli avvenimenti di cui era stato protagonista. Innanzitutto i carabinieri e, manco a dirlo, furono chiamati in causa Denisi e Pierotti che, fermi sui blocchi di partenza dall'episodio dell'esfiltrazione del cadavere di Matcovich, fremevano impazienti di poter tornare al più presto sul pezzo; e a seguire la Scientifica al completo, con il tenente Donna, il sottotenente Rosiello e il luogotenente Relotti, ovvero il meglio del meglio per effettuare le doverose analisi sul luogo del reato; la Croce Rossa, anche se pareva oramai più un fatto tecnico che altro e infine, non da ultimo, il magistrato di turno, che sicuramente non sarebbe stato altri se non l'asettico dottor Giancarlo Alberti.

Per completare la nostra azione, era rimasto da portare a termine un ultimo compito: trovare la chiavetta USB con tutti i segreti dell'*Hunter Killer*.

Immaginavo che Ferrante, dopo avermi abbandonato in asso nel casino mostruoso che regnava intorno a me sul lungotevere, si fosse fiondato come un razzo nell'appartamento al quarto piano di piazzale delle Belle Arti e, seguendo le indicazioni ricevute via WhatsApp da Dambrosio – camera da letto matrimoniale, in fondo al corridoio, armadio quattro stagioni, seconda anta in basso a sinistra, terzo cassetto –, l'avesse recuperata.

Braxstone a questo punto aveva il culo salvo.

Fine dell'operazione? No.

Mancava solo un tassello, ma per il sottoscritto basilare. Dovevo assolutamente estirpare dall'ugola di Hwang Myong-Hyok la confessione che avrebbe salvato, questa volta, il *mio* di culo.

Frontini *dixit*.

68

«Mi dici tutto quello che sai e troviamo un accordo, o ti devo staccare le unghie dei piedi e delle mani a una a una come fanno i tuoi amichetti nel campo di prigionia giù dalle tue parti, a Yongpyong-ri?»

Il suo italiano e il suo inglese erano ottimi, ma oltre al nome, al cognome, alla nazionalità e al numero di telefono dell'ambasciata nordcoreana di Roma, non ottenevo nulla da quel maledetto bastardo con gli occhi a mandorla. Disarmante! E sì che in fatto di interrogatori ero considerato un consumato specialista.

Il volto di Hwang Myong-Hyok era una sfida sfibrante. Nonostante fosse sporco come un povero barbone, il volto e le vesti incrostate di sangue, il collo tagliuzzato in più parti, le mani e le braccia colme di escoriazioni anche a causa della mia violenta azione destinata a catturarlo, i suoi occhi erano imperturbabili, esprimevano una sicurezza schifosamente infinita. Pensava di avvalersi dell'immunità diplomatica? Riteneva che le mie parole da «poliziotto cattivo» fossero solo delle minacce a vuoto? Si fidava così tanto del rispetto incondizionato delle leggi da parte degli organi di Polizia italiani, che ovviamente escludevano le minacce di tortura che gli avevo profusamente elencato? Mi scervellavo per tentare di comprendere cosa lo rendesse invulnerabile. Dovevo scalfire quella corazza a ogni costo.

Le avevo provate tutte o quasi per rompere la sua indolente, sarcastica indifferenza. Non ne potevo più del suo estenuante, continuo cantilenare nome, cognome, nazionalità, numero di telefono dell'ambasciata. Stavo per arrendermi e mandare tutto riccamente a 'fanculo. Le fatidiche quarantotto ore *Frontiniane* stavano per scadere, e per il sottoscritto sarebbero stati cazzi amari.

Sentii bussare con circospezione.

«Avanti» sbraitai indispettito da quell'improvvisa interruzione. E sì che avevo avvertito categoricamente il capitano Ghirlanda che non volevo essere disturbato per nessuna ragione al mondo. Dovevo torchiare, spremere quell'essere, dovevo assolutamente raccogliere le prove che Michele Matcovich fosse l'assassino di Jodie Mayhem e che la sua morte potesse essere considerata purtroppo solo un atto di difesa.

La porta si aprì e apparve un indifferente Denisi. Lo guardai con aria interrogativa. Il brigadiere non disse nulla. Una sfinge. Con movimenti al rallentatore si avvicinò di quel tanto solo per porre con discrezione sul tavolo, che mi divideva da Hwang Myong-Hyok, un oggetto, un piccolo oggetto rettangolare in plastica nera e metallo.

Come era venuto, Denisi se ne andò.

Un silenzio opprimente vagò smarrito per un attimo tra Hwang Myong-Hyok e il sottoscritto, poi fragorosamente tutto mutò in un attimo.

Terrore, uno sconfinato terrore scoprii insidiarsi negli occhi del nordcoreano. Le labbra iniziarono a barbellare, le mani si sfregavano nervosamente tra di loro, la gamba destra si muoveva spasmodicamente senza tregua.

Presi in mano quel meraviglioso oggetto che stazionava immobile davanti a me: era un supporto di memoria rimovibile. Sorrisi. Avevo in mano la chiave, o forse sarebbe stato meglio dire la chiavetta, atta a smascherare quel gran figlio di buona donna.

Un paio di ore o poco più, e la storia fu completa. Una spy story uscita dalla leggendaria penna di Ian Fleming e io avevo in mano il salvacondotto da offrire su un piatto d'argento a Frontini per salvarmi le chiappe.

Hwang Myong-Hyok non si risparmiò nei particolari, anzi, questa volta per cercare di salvare il *suo* di culo ne stava producendo così tanti, che a un certo punto mi sentii in obbligo di chiamare i miei amici dell'Intelligence. La faccenda si stava facendo complessa.

Una volta ottenuto quello che desideravo, avrei volentieri lasciato il resto in pasto a loro. Un gentile *cadeaux* al maggiore Mario Gionda, cui prima o poi sarei passato a chiederne il conto, essendo mio debitore sin dall'affare Blowfeld.

69

Roma, 5 maggio ore 22.00

Il crepuscolo sfumò nella sera, la sera nelle ombre della notte. Fuori il cielo era cupo, deserto, eccetto per alcune luci dei palazzi limitrofi, che sembravano ravvicinate costellazioni. Non c'erano pedoni in giro, non c'era neanche molto traffico sulla strada. Ero così assorbito dallo scrivere il rapporto, invero alquanto romanzato degli accadimenti di quelle lunghe giornate, che non avevo notato i costanti cambiamenti della luce o il passare del tempo.

Il trillo di avviso di ricevimento di un messaggio vocale mi risuonò come una stridente campanella nella testa. Sbuffai per l'irritante intromissione. Distolsi gli occhi dal computer, consumati dall'aver letto e riletto la successione dei fatti accaduti, e guardai l'orologio digitale sulla scrivania: le ventidue.

Schiacciai il tasto avvia e la voce di Geneviève si diffuse tra le pareti silenziose del mio ufficio: «Sono le dieci passate, Gherardo. Cosa hai intenzione di fare? *Voulez vous coucher avec moi ce soir*, o preferisci dormire in caserma insieme ai tuoi amatissimi camerati?».

Implacabilmente cartesiana!

«Arrivo subito, tesoro» le scrissi su WhatsApp.

Sì, ma come? Non avevo alcun mezzo di locomozione personale a disposizione. Un taxi? Sì, a quell'ora un radiotaxi 3570 era l'unica soluzione, pensai, mentre scendevo di buona lena le scale.

Un logorante squillo di un cellulare invase il luogo, non era il mio, grazie al cielo, poi passi cadenzati e voci maschie lungo il corridoio che conduceva all'uscita, il rientro di una pattuglia, nessuna interruzione al mio incedere, ma solo saluti formali. Per fortuna nessun intoppo.

Una voce conosciuta, invece, mi colpì alle spalle: «Capitano, ancora qui?».

Allarmato per il possibile intralcio, sacramentai scientemente in schermato silenzio prima di voltarmi e dire a Dambrosio: «Appuntato, buonasera, vedo che anche tu hai fatto le ore piccole».

«Ho dovuto consegnare *Smart guy* nelle mani del tenente Donna.»

«Balistica?» domandai tirando un sospiro.

«Esatto. Speriamo che me lo trattino bene. Sa, capitano, ci sono proprio affezionato. Lui è un'appendice importante del mio essere» disse chinando il capo con aria affranta per il doveroso distacco.

Che soffrisse del disturbo d'ansia da separazione determinata dalla paura di possibili eventi nefasti che sarebbero potuti accadere al drone?

«Ti capisco» cercai di confortarlo ponendogli una paterna mano sulla spalla. «Gli sono affezionato anch'io. Gli devo molto.»

Dambrosio sollevò lo sguardo, espirò sofferto, infine mi sorrise orgoglioso del fatto che anche il sottoscritto patisse sinceramente per *Smart guy*.

«Allora buona serata, capitano. Ci aggiorniamo domani. Io vado a cena da Susanna.»

Susanna Rosiello intendeva, il sottotenente della Scientifica. Bella coppia.

«Aspetta, aspetta, Dambrosio.»

L'appuntato, che caracollava di corsa gli ultimi gradini, si arrestò di colpo, poi fece un irrigidito dietro front su un piede solo.

Era chiaramente preoccupato che lo cooptassi in chissà quale altro intrigo dell'ultima ora.

«Posso essere così indiscreto da chiederti un passaggio sino a casa? Se non erro, il sottotenente Rosiello abita in via Aventina, a pochi passi da me.»

Un sospiro di sollievo veleggiò indisciplinato, un leggero rossore si diffuse nel suo volto, ma soprattutto un largo sorriso si espanse a tutto campo. «Sarà per me un grande onore, capitano, naturalmente se si fida di salire sulla mia Austin Morris Mini Cooper S 970.»

«Un tuffo nel passato pre anni settanta. Credo che ne valga la pena. Grazie.»

Ero salvo.

70

Roma, 5 maggio ore 22.20

Saltai giù come un grillo dalla rumorosissima e invero anche scomoda auto d'epoca. La mia povera schiena indolenzita ne era testimone lampante. Ringraziai Dambrosio per l'immensa cortesia che mi aveva fatto. Un divorzio evitato.

Entrando nell'androne della palazzina, mi fiondai come un fulmine lungo le scale, quattro piani e non avevo il fiatone, nonostante l'età che avanzava inesorabile. Bel fisico, constatai soddisfatto.

La porta di casa si aprì ancor prima che tentassi di inserire la chiave nella serratura.

Alzai d'istinto gli occhi e scorsi Geneviève che mi squadrava dall'alto in basso come se mi vedesse per la prima volta in vita sua. La sua espressione era di evidente disgusto, le sue narici venivano scosse violentemente dalle nauseabonde fragranze che dovevo emanare.

Mi bloccai. Entro o non entro?

«Osservando il tuo stato orripilante, devo dedurre che le quarantotto ore che ti ha concesso il tuo amato colonnello Frontini siano state proficue per le tue indagini, nonché sufficienti a evitarti la *guillotine*.»

Accennai un timido sorriso all'idea di non essere stato ghigliottinato.

In risposta ebbi una nuova, muta esternazione di totale ribrezzo.

Dovevo essere da buttar via. I capelli erano simili a quelli di un istrice, le guance scavate e pallide come un cadavere ambulante, il collo, invece, a contrasto era arrossato e tempestato di aguzzi peli di una barba ai primordi, un reticolo di capillari rosso vivo stazionava nei bulbi oculari, segni inequivocabili di notti insonni. Le vesti? Meglio non commentare. Ma tutto questo evidente sfacelo non fu di ostacolo a due tumide labbra in spontaneo avvicinamento. Il bacio che Geneviève mi schioccò sulla fronte era il meritato *bypass* al derelitto consorte che stazionava incerto sulla porta di casa. Non era ancora il momento di venire ripudiato!

«Per fortuna sei ancora vivo e tutto intero, vedo, *mon amour*» disse con un velo di commozione nella voce.

«Vado a farmi una doccia» le risposi tanto per sdrammatizzare la situazione.

«Sarebbe il caso, Gherardo, e per cortesia butta nel sacco delle immondizie ogni singolo indumento che indossi. Sei raccapricciante con tutto quel sangue appiccicato e non desidero sapere altro.»

«Agli ordini, mio comandante» esclamai elargendole un saluto militare e un battere di tacchi.

«Se hai finito di fare come al solito lo sciocco patentato, lavati e profumati, insomma, renditi presentabile e poi vieni a cena.»

«Ho una fame da lupo.»

«Immaginavo che non avessi messo nulla nello stomaco da tempo e ho preparato una cenetta...»

«Stupiscimi.»

Geneviève, tra le tante sue doti nascoste o meno è anche una ottima cuoca, quando ci si mette di buzzo buono. Chissà con quali arti culinarie aveva pensato di stuzzicare il mio famelico palato. Attendevo impaziente la declamazione del menu.

«*Pour monsieur le capitaine, c'est soir nous avons préparé*: scampi con tomino e pâté de foie gras, e per secondo scottata di branzino su un letto di radicchio rosso tardivo con bottarga. Il tutto innaffiato da un Etna bianco di Murgo.»

«Uhm... un *tête-à-tête* romantico» la provocai.

«Vedremo.»

«Wow! Sono pazzo di te quando fai così. Sei bella, divertente, intelligente, simpatica...»

«Ehi, ehi, fermati, mi pare che tu stia esagerando. Sei troppo buono. Si vede che è un po' di tempo che non mi frequenti.»

Mi limitai a scuotere la testa.

«*Quel curieux caractère*» asserì Geneviève con un sorrisetto canaglia.

«Non è bontà, è la pura e semplice verità, quella che mi spinge ad amarti follemente da sempre» dichiarai mentre mi dirigevo verso il bagno.

71

Roma, 8 maggio ore 10.30

Eitch Borromini Palazzo Pamphilj Hotel: una terrazza panoramica con vista strabiliante su piazza Navona, stracolma all'inverosimile di schiere di vocianti turisti, nonché sulla basilica di San Pietro, abbagliante nella sua augusta religiosa maestosità, e sulla possente cupola emisferica del Pantheon, amichevolmente chiamato dai romani «la Ritonna».

Un trio da brividi sedeva in contemplazione di tali magnificenze capitoline: lo statuario colonnello Frontini in primis, il rilassato OF-4 Braxstone e da ultimo il sottoscritto capitano Petrone, attendista.

Tre fumanti caffè sontuosamente accompagnati da croissant, brioche e una varietà stuzzicante di minipasticceria stazionavano inerti dinanzi a noi.

«Un caffè veloce, due parole di circostanza tanto per rendere meno arido l'incontro, una stretta di mano educata per salvaguardare le relazioni diplomatiche tra i due Paesi, niente inutili salamelecchi e via, ce ne andiamo ognuno per la sua strada. Fine di questa brutta storia. Dieci minuti al massimo, Petrone.»

Mai più fallaci furono le parole che mi disse Frontini di corsa lungo i corridoi della caserma, mentre si recava a una riunione al Ministero della Difesa. «Terrazza bar dell'Hotel Eitch Borromini Palazzo Pamphilj. Appuntamento per domani mattina alle dieci e un quarto, orario inconsueto ma non era possibile fare altro. Mi raccomando, puntuale» mi aveva apostrofato salendo sull'auto di servizio.

Per fortuna che su Roma questa mattina uno stupendo cielo azzurro, privo di nubi, incastonava un fantastico caldo sole, il quale, però, era la sola cosa che riscaldasse in quel momento l'ambiente.

Un mutismo assoluto regnava tra di noi. Dopo gli iniziali formali saluti di benvenuto e le necessarie ordinazioni che un servizievole cameriere aveva gentilmente raccolto, il tempo si era ingessato.

E adesso? La situazione si faceva imbarazzante. Sembravamo dei baccalà. Chi avrebbe avuto il coraggio di rompere il ghiaccio?

Vista la nostra assoluta immobilità, il direttore di sala ogni tanto gironzolava nelle nostre vicinanze, tentando di comprendere cosa non fosse andato per il verso giusto nel servizio effettuato. Era come se intorno a noi tre aleggiasse il guscio di una forza sconosciuta e si percepisse la fastidiosa sensazione che quella potenza oscura potesse scatenarsi ed esplodere all'improvviso creando danni incalcolabili.

A placare quanto avvertito a fior di pelle, l'aria fu riempita dal suono armonioso delle campane della torre della chiesa di Sant'Agnese in Agone, alle quali nel contempo si frapposero voci femminili, spensierate e gioiose. Un caotico misto di idiomi, italiano, francese e inglese si diffondeva garbato fra i rintocchi.

Al mio udito parve di cogliere qualcosa di ben conosciuto nelle inflessioni gergali dei termini pronunciati, soprattutto in lingua francese.

Un'insopportabile sensazione viscerale si impadronì di me, anzi di noi tutti.

Ci voltammo all'unisono, perplessi, verso quell'incalzante cicaleccio.

Non era possibile.

Tre donne, tre belle donne si stavano avvicinando al nostro separé.

Ci guardammo increduli, ma in fondo affascinati da quelle surreali presenze.

«Kendra» disse Braxstone con voce spezzata dall'emozione vedendo sua figlia.

«Geneviève» gli feci eco.

«Carlotta, anche tu qui» si sovrappose Frontini, colto alla sprovvista dalla presenza di sua moglie.

Le signore ci guardarono con aria civettuola, neanche cercassero compagnia!

Non avevamo parole.

La galanteria ci impose comunque di farle accomodare al nostro fianco: dame e cavalieri.

Ma le sorprese non erano finite.

Kendra si voltò con aria compiaciuta verso l'ingresso del foyer e fece un cenno con il capo come se volesse introdurre qualcuno.

Alle nostre spalle apparve un sorridente Bryan Ferrante.

Eravamo al completo.

Mancava la foto di gruppo!

Era stato ordito un piano diabolico nei nostri confronti e io potevo immaginare benissimo chi ne fosse il segreto cospiratore. Lo sguardo soddisfatto di Geneviève ne era prova lampante.

Tutto ciò lo interpretai come un gesto affettuoso destinato a voler eliminare gli attriti, le incomprensioni, i malumori e anche qualcosa di maggiore intensità, che in quei giorni si era inevitabilmente intrufolato tra le pieghe dei nostri esseri. Una semplice azione rivolta a ricompattare gli animi, a suscitare emozioni perdute, a creare commozione per i risultati raggiunti.

I caffè si erano freddati, non importava.

Giù dalla piazza ci giunse la voce di un'artista di strada sulle note di una canzone di Zucchero Fornaciari: «*... donne allo sbando senza compagnia, negli occhi hanno dei consigli e tanta voglia di avventura, e se hanno fatto molti sbagli sono piene di paure. Le vedi camminare insieme nella pioggia o sotto il sole dentro pomeriggi opachi senza gioia né dolore. Donne du du du...*».

Le nostre insostituibili donne erano dinanzi a noi.

Ringraziamenti

Scrivere un libro è una scommessa, una specie di salto nel buio. E se non ha successo? Almeno ci ho provato, ma arrivare al quinto romanzo di un sequel è un'impresa completamente diversa. Gli spettatori quotidiani dei tanti alti e bassi della vita di scrittore sono diversi: mia moglie, la mia famiglia, i miei amici, tutti i collaboratori della casa editrice. Senza costoro nulla sarebbe stato possibile. Ognuno, piano piano, mi ha tolto ogni dubbio, ogni incertezza in merito al fatto che la verità è sempre più stramba della finzione. La lista delle persone da ringraziare questa volta sarebbe lunga, ma mi devo contenere, perché sessanta pagine di ringraziamenti sarebbero davvero un po' troppe.

Ricordo con un pizzico di devozione Luisa, Rossella, Giovanna, Elena, Paolo, insostituibili compagni d'avventura, nonché il mio stuolo di inossidabili critici, gli amici Roberto B.M., Aldo T. e Paolo T., che hanno permesso di far sì che anche questa nuova storia giungesse a termine.

Questo libro è stampato fabbricato da Grafica Veneta S.p.A.
con un processo di stampa e rilegatura certificato 100% carbon neutral
in accordo con PAS 2060 BSI

Finito di stampare nel mese di settembre 2023
per conto di RCS MediaGroup S.p.A.,
da Grafica Veneta S.p.A., via Malcanton 2, Trebaseleghe (Padova)
Printed in Italy